KB036262

Akashic records of bastard magic
instructor

CONTENTS

변변찮은 마술강사와 금기교전

Akashic records
of bastard magic instructor

18

히츠지 타로 지음
미시마 쿠로네 일러스트
최승원 옮김

교전은 만물의 예지를 관장하고, 창조하며, 장악한다.
그러하기에 그것은
인류를 파멸로 인도하게 되리라──.

『멜갈리우스의 천공성』 저자 : 롤랑 엘트리아

Akashic records
of
bastard
magic
instructor

Character

Main

시스티나 피벨

고지식한 우등생. 위대한 마술사
였던 조부의 꿈을 자기 힘으로 이뤄
내기 위해 흔들림 없는 정열을 바치
는 소녀.

글렌 레이더스

마술을 싫어하는 마술강사. 만사에
무책임하고 의욕 제로. 마술사로
서도 삼류라서 장점은 전혀 없는 셈.
그런 그의 진정한 모습은—?

루미아 틴젤

청초하고 마음씨 고운 소녀. 누구에
게도 밝힐 수 없는 비밀을 가지고 있
으며 친구인 시스티나와 함께 열심
히 마술 공부에 매진하고 있다.

리엘 레이포드

글렌의 전 동료. 연금술로
고속 연성한 대검을 다룬다.
근접 전투에서 비교할 자가
없는 이색적인 마도사.

알베르트 프레이저

글렌의 전 동료. 제국 궁정
마도 사단 특무 분실 소속.
신기에 가까운 마술 저격이
특기인 굉장한 실력의 마도사.

엘레노아 샤레트

알리시아의 직속 시녀장 겸
비서관. 하지만 그 정체는
하늘의 지혜연구회가 제국
정부로 보낸 밀정.

세리카 아르포네이

제국 마술 학원 교수. 글렌의
스승인 동시에 길러준 부모
이기도 한 수수께끼가 많은
여성.

Academy

웬디 나블레스

글렌이 담당하는 반의 여학생. 지방
유력 명문 귀족 출신. 자부심이 강하고
권위적인 성격의 세상 물정 모르는
아가씨.

린 티티스

글렌이 담당하는 반의 여학생. 약간
내성적이고 체격도 작아서 귀여운 동물
처럼 보이는 소녀. 자신감이 없어서 고
민이 많다.

기블 위즈덤

글렌이 담당하는 반의 남학생. 시스
티나 다음가는 우등생이지만 결코
주변과 어울리려 하지 않는 냉소주
의자.

카슈 윙거

글렌이 담당하는 반의 남학생. 덩치
가 크고 튼실한 체격. 성격이 밝고 글
렌에게 호의적이다.

세실 클레이튼

글렌이 담당하는 반의 남학생. 조용
한 독서가. 집중력이 높아서 마술 저
격에 재능이 있다.

할리 아스트레이

제국 마술 학원의 베테랑 강사. 마술
명문 아스트레이 가문 출신. 전통적인
마술사와는 거리가 먼 글렌에게 적대
적이다.

마술
Magic
—

룬어라고 불리는 마술 언어로 구성한 마술식으로 수많은 초자연 현상을 일으키는
이 세계의 마술사에게 지극히 『당연한』 기술.
영창하는 주문의 구절과 마디 수,
템포, 술자의 정신상태에 따라 자유자재로 형태를 바꾸는 것이 특징.

교전
Bible
—

천공의 성을 주제로 삼은 지극히 아동 취향인 옛날이야기로 세계에 널리 퍼져있다.
그러나 그 소실된 원본(교전)에는
이 세계에 관한 중대한 진실이 적혀있다고 전해지며, 그 수수께끼를 좇는 자에게는
어째선지 불행이 닥친다고 한다.

알자노 제국
마술학원
Arzano Imperial Magic Academy
—

약 4백 년 전, 당시의 여왕 알리시아 3세의 주도로 거액의 국비를 투입해서
설립한 국영 마술사 육성 전문학교.
오늘날 대륙에서 알자노 제국이 마도대국으로 명성을
떨치는 기반을 만든 학교이자, 늘 시대의 최첨단 마술을 배우는
최고봉의 교육 기관으로서 주변 국가에 널리 알려져 있다.
현재 제국의 고명한 마술사 대부분이 이 학원의 졸업생이다.

서장 황혼의 종소리

운명이 움직이기 시작한다.

무대 뒤의 톱니바퀴가 돌기 시작한다.

그리고 이제 종막이 오르고 배우들이 대본대로 춤추기 시작한다.

극의 제목은 황혼.

단지 모두가 결말을 향해서…….

————.

르바포스 성력 1853년 그람의 달 9일.

자유도시 밀라노에서 저티스가 하늘의 지혜 연구회 최고 지도자인 《대도사》의 정체를 백일하에 드러내고 사신 소환 의식을 실행한 것과 거의 같은 시기, 같은 시각 알자노 제국 남부 요크셔 지방 학원도시 페지테.

"참 나…… 넌 대체 언제쯤 눈을 뜰 거지?"

아르포네아 저택의 침실에서는 검은 드레스를 입은 한 여성이 온화한 표정으로 투정부리듯 혼잣말을 중얼거렸다.

풍성한 금발과 마성의 미모를 자랑하는 그녀의 이름은 세리카 아르포네아.

캐노피 침대 옆에 서 있는 그녀가 내려다보고 있는 것은 침대에 누운 한 소녀였다.

하얀 머리카락과 흰 피부, 굴곡이 적은 화사한 몸매. 전에 스노리아에서 백은룡과 싸웠을 때 발견해서 보호한 정체불명의 소녀다.

지금 그녀는 침대 위에서 마치 죽은 것처럼 조용히 잠들어 있었다.

눈을 뜰 낌새는 아직 없었다.

"⋯⋯흠."

세리카는 평소처럼 침대 옆 의자에 앉아 책을 펼쳤다.

이렇듯 소녀 옆에서 느긋하게 시간을 보내는 건 최근 그녀의 일상이었다.

창문에서 내리쬐는 따스한 햇살. 시간의 흐름이 완만하게 느껴지는 듯한 고요함.

책을 읽는 자신과 조용히 잠든 소녀만이 조화를 이루는 작은 세계.

"⋯⋯넌 대체 정체가 뭐지?"

하지만 이날은 뭔가 생각하는 바가 있었는지 세리카는 문득 그런 말을 꺼냈다.

물론 소녀는 대답하지 않았다. 아니, 할 수 없었다.

하지만 세리카는 개의치 않고 계속해서 말했다.

"너하고는 틀림없이 스노리아에서 만난 게 처음이었어. 그랬을 거야."

그러나 머릿속에서는 드문드문 떠오르는 광경이 있었다.

그 광경 속에서의 자신은 늘 이 소녀와 함께 여행을 하고 있었을 터.

"왠지 난…… 네가 남처럼 느껴지지 않아."

하지만 소녀는 아무것도 대답해주지 않았다.

그런 소녀를 세리카는 잠시 골똘히 쳐다본 후—

"오늘도 대답은 없나. ……뭐, 됐어. 느긋하게 기다려보자고."

손에 든 책으로 다시 시선을 돌렸다.

그리고 여느 때처럼 그 책 『멜갈리우스의 마법사』를 읽기 시작한 그때였다.

두근.

느닷없이 묘한 술렁임이 가슴을 찔렀다.

"……뭐지? 이 감각은?"

몸이 휘청거렸다.

혐오스럽게 몸 전체를 기어 다니는 듯한 불길한 마력의 파동. 아마 이 넓은 세상 어딘가에서 발생한 그것이 페지테의 영맥(靈脈)을 타고 전해진 것이리라.

그리고 전신을 휘감는 듯한 이 사악하고 모독적인 신성(神性)은 분명 기억에 있었다.

자신은 이 감각을 알고 있었다. 이건 2백 년 전의…….

"제길!"

세리카는 치미는 구역질과 두통을 견디며 일어섰다.

창가로 달려가 난폭하게 창문을 열고 아득히 먼 어딘가를 응시했다.

그쪽에 있는 건 자유도시 밀라노.

2백 년 전의 마도대전, 사신의 권속과의 싸움이 시작과 끝을 맞이한 땅.

이 단서들이 의미하는 결론은 하나밖에 없었다.

"말도 안 돼! 사신 강림의 징조라고?! 왜? 왜 이제 와서! 밀라노에서 대체 무슨 일이 일어났길래……!"

세리카는 식은땀을 흘리며 밀라노 방향을 노려보았다.

세계 최고의 마술사인 그녀를 이토록 당황하게 하는 이유는 단 하나밖에 없었다.

"……그, 글렌!"

세리카가 애제자의 안부를 걱정한 순간―.

"……괜찮아요. 그는…… 글렌은 무사해요."

뒤에서 누군가의 말소리가 들렸다.

"……어?"

세리카가 화들짝 놀라 뒤를 돌아보자 그곳에는 믿을 수

없는 광경이 펼쳐져 있었다.

"……"

잠에서 깬 소녀가 몸을 일으키고 공허한 눈으로 자신을 바라보고 있었던 것이다.

"아……"

지금까지 그 어떤 치료도 듣지 않아서 솔직히 이대로 평생 눈을 뜨지 않을지도 모른다고 체념하고 있었는데, 막상 정신을 차린 모습을 보니 한순간 사고가 정지해버렸다.

소녀는 그런 세리카의 눈을 똑바로 쳐다보며 말했다.

"『두 번째 사신 강림』. 당신이 설정한 저의 진정한 각성 조건이 성립됐어요. 덕분에 오랜 봉인의 잠에서 겨우 깨어날 수 있었죠."

"뭐……? 내가 설정한…… 조건이라고?"

"공허. 과거에 저를 토벌했던 숙적이자 나의 벗. 때가 됐습니다. 지금이야말로 당신의 사명을 다할 때 입니다."

세리카는 무슨 뜻인지 몰라 망연자실할 수밖에 없었다.

소녀가 눈을 뜨면 묻고 싶은 말이 정말 많았지만 뭐부터 말해야 할지 알 수 없었다.

하지만 세리카의 『내면의 목소리』는 아니었다.

요즘 들어서 얌전했던 『내면의 목소리』는 소녀의 모습을 본 순간, 사명을 다하라고. 지금이야말로 사명을 완수할 때라며 쉴 새 없이 절규하고 있었다.

"……뭐야. 대체 뭐냐고. 대체 뭐가 시작되는 거지? 나한테 대체 뭘 시키려는 건데!"

세리카가 당황해서 외치자 소녀는 안쓰러운 눈으로 쳐다보았다.

"……그랬었죠. **이 시점의 당신**은 전부 잊고 있었죠."

"이 시점? 그게 무슨……."

"하지만 괜찮아요. 당신의 기억의 문을 여는 열쇠는 제가 가지고 있으니까. ……이때를 위해 **당신이 줬죠.**"

"기억의 문? 열쇠……?"

소녀는 침대에서 내려와 세리카에게 다가왔다.

그리고 발돋움을 하더니 세리카의 이마에 손가락을 대고 눈을 똑바로 들여다보면서 말했다.

"자, **기억해내세요.** ……지금이 바로 그때예요."

세리카의 머릿속에 기묘한 금속음이 울렸다.

그리고 4백 년 전 황야 한복판에서 눈을 떴을 때부터 자신의 기억을 감추고 있던 짙은 안개가 단숨에 사라졌다. 머릿속이 선명해졌다.

지금까지 그토록 발버둥치고 괴로워해도 되찾을 수 없었던 과거의 기억이 한순간에 동기화되었다.

마치 정수리에 벼락이 친 것 같은 충격에 세리카는 머리를 감싸 쥐고 무릎을 꿇었다.

"……아……아아, 아아아아아아아아아아아아아아아아아!"

저택에 비명이 울려 퍼졌다.

머리를 감싸 쥔 세리카는 숨을 가쁘게 쉬며 눈물을 흘렸지만 정신은 이상할 정도로 선명했다. 마치 폭풍이 지나간 뒤에 맑게 갠 하늘처럼…….

그리고 어느새 『내면의 목소리』는 전혀 들리지 않게 되었다.

지금이라면 이해할 수 있었다. 그것이야말로 자신의 『진정한 목소리』 자신의 간절한 바람이었다는 것을…….

"……나는……."

"……기억이 나셨나요?"

소녀의 물음에 세리카는 고개를 끄덕였다.

"응, 기억났어. 그래, 그랬던 거군. ……이젠 전부 알겠어."

으드득.

"난…… **졌어**. ……**실패했던 거지?**"

"……예. 유감스럽게도."

"하지만 결과적으로는 **이겼어**. ……**이겨야만 해**. ……즉, 그런 거지."

세리카는 일어섰다.

"역시 갈 건가요?"

"그래. 이 세계의 인과를 이으러 가겠어."

흔들림 없는 대답에 소녀는 표정을 비통하게 일그러트렸다.

"……세리카. 이건 제가 할 말이 아니겠지만…… 당신에겐 『가지 않는다』는 선택지도 있어요."

하지만 소녀가 그렇게 말한 순간, 세리카의 걸음이 멈추었다.

"당신이 가지 않는다는 선택을 한다면 이 세계의 인과는 확실히 붕괴되고…… 파멸을 맞이하게 되겠죠. 하지만 당신에게 남은 마지막 힘을 쓴다면…… 한 명 정도는 이 세계의 인과에서 분리해 구하는 것도 가능할 거예요."

"……그래. 아마 그렇겠지. 모든 걸 기억해낸 지금의 나라면."

세리카는 자신의 왼손을 내려다보았다.

그 순간 떠오른 것은 사랑스러운 바보 제자의 얼굴이었다.

"당신은 충분히 노력했어요. 괴로워했어요. 여기서 당신이 사명을 포기해도 당신을 탓할 사람은 아무도 없어요. 이건 분기점이에요. 당신에겐 선택지가 있어요."

"……."

"사명을 잊고 뒤틀린 파멸의 인과 밖에서 당신이 구해낸 사랑하는 이와 둘만의 세계에서 영원히 행복하게 살지. 아니면 진정한 사명을 완수해서 인과를 잇고 고독하게 죽을지……."

"……."

세리카는 입을 다물었다.

"……약속……했어. 글렌이랑."

하지만 곧 천천히 고개를 저은 후—

"그 녀석을 볼 낯이 없는 꼴사나운 짓은 절대로 못 해."

소녀를 바라보며 따스하게 미소 지었다.

"그런가요. 역시 당신은 마지막까지 가시밭길을 걷겠다는 거군요."

세리카는 고개를 끄덕였다.

이제 더 이상 그녀의 눈에는 망설임이 없었다.

그저 사명감으로 타오르는 빛만이 깃들어 있을 뿐.

"……알겠습니다. 그 정도로 결심이 확고하다면, 가죠. 세리카. ……내 벗이여. 이 세계의 뒤틀린 인과, 그 모든 것의 시작점을 잇기 위해."

그리고 둘은…….

————.

사흘 후.

르바포스 성력 1853년 그람의 달 13일.

자유도시 밀라노에서 알자노 제국 여왕 알리시아 7세를 향해 반기를 일으킨 이그나이트 경과 글렌 일행이 후세에 『불꽃의 세 시간』이라 불리게 될 격전을 벌이고 있을 무렵.

모든 것의 시작은 여왕이 부재중인 제국 정부 상층부에 들어온 하나의 전령이었다.

그 내용은 『수만에 달하는 정체불명의 군세가 무시무시한 진군속도로 동쪽 레자리아 왕국과의 국경선을 넘고 이그나이트령을 경유해 알자노 제국 수도인 제도 오를란도로 향하고 있다』는 것이었다.

또한 『도중에 있는 군사적 방어 요충지들이 차례차례 함락되고 있다』고도.

당시에는 마침 밀라노와의 모든 교신 수단이 끊어지는 바람에 세계 각국 정부가 상황에 대응하지 못해 큰 혼란에 빠져 있던 시기였다. 정보가 혼잡해서 적의 정체를 제대로 파악할 수 없었다.

여왕이 부재중인 동시에 연락마저 끊긴 상황이었지만, 여왕부의 정무를 대행하고 있던 고관들은 이 사태를 중히 여겨 특급 전시 체제 이행을 발령.

이것이 여왕이 자리를 비운 상황을 노린 레자리아 왕국 매파의 독단적인 침공이자 영지를 통과시킨 이그나이트 경의 배신일 가능성도 시야에 넣고, 시급히 제국군 제도 방위 사단을 편성해 정체불명의 군세에 대응하기로 했다.

초동이 약간 늦어졌어도 평시에 강도 높은 훈련을 받는 정예 제국군의 행군은 그야말로 바람처럼 빨랐고 정체불명의 군세와 동부 올트롬 평야에서 대치하게 되었다.

그리고 역전의 장병들이 적들의 모습을 처음으로 마주한 순간, 경악했다.

그들은 예상과 달리 레자리아 왕국군이 아니었다.

시체였다. 수만 명 규모의 시체들이 무리지어 다가오고 있었다.

대체 어떤 사령술^{네크로맨시}를 쓴 건지 모르겠지만, 칼로 베면 피가 흐를 것 같은 신선함을 유지한 기묘한 시체들이 무시무시한 죽음의 홍수가 되어 제도를 향해 밀려오고 있었던 것이다.

이런 끔찍한 존재들이 바로 제도의 코앞까지 다가왔는데도 왜 이토록 정보 전달이 늦었는지 따질 겨를은 없었다. 당연히 저것들이 제도에 도달하게 내버려둘 수는 없었다.

제국군은 총력을 기울여 망자의 군단을 토벌하기 위한 군사행동을 개시했다.

이때 제국군의 총병력은 제도에 있는 제도 방위대대를 중심으로 북부 이테리아 방면군을 긴급 소집해서 추가 편성한 3만.

거기다 다수의 마도병 부대를 핵심전력으로 보유하고 비장의 전력인 제국 궁정 마도사단의 엘리트 마도사들까지 총동원한 정예 중의 정예군이었다.

반면에 상대는 머릿수만 많은 시체들.

마술을 쓸 수 있기는커녕 제대로 통솔된 군사행동조차 불가능한 오합지졸.

만에 하나라도 질 가능성이 없는 싸움이었다.

하지만 그렇게 사태를 낙관시하는 제국군 앞을 한 소녀가 막아섰다.

지평선을 가득 메운 대량의 시체를 뒤로 하고 광활한 평원 한복판에 검 한 자루만 손에 든 채 홀연히 나타난 것이다.

"스톱, 미안. 거기까지야."

요즘 시대엔 고풍스러운 외투와 서코트를 걸친 기사 같은 복장과, 아무렇게나 기른 파란 머리카락을 목덜미 부근에서 적당히 묶어 내렸고, 손에 든 바스타드 소드의 검날은 푸른 빛을 띤 백은색인 걸로 봐선 아마 미스릴제가 아닐까 싶었다.

그리고 대치 중인 제국군 전체를 내려다보는 듯한 깊디깊은 남자색(藍紫色) 눈동자.

언뜻 보기엔 약간 시대착오적인 분위기를 풍기는 속세와 동떨어진 아리따운 소녀였지만, 뭔가가 달랐다.

그저 검을 손에 든 채 가만히 서 있을 뿐인데도 대치하는 3만의 장병들이 오히려 위압되는 압도적인 존재감을 풍기고 있었다.

"······미안하지만. 다들, 죽어주지 않을래?"

소녀는 검을 양손으로 잡고 천천히 머리위로 올렸다.

"안타깝게도 너희의 영전에 바칠 꽃은 준비하지 못했어. 그러니 대신 이 이름을 가지고 저세상으로 떠나렴. 《검의 공주》 엘리에테 헤이븐. 너희를 죽일 내 이름을······."

그리고 넋을 잃은 제국군 장병들이 지켜보는 가운데 소녀, 일리에테의 검이 세로로 휘둘러졌다.

다음 순간.

마치 천지가 뒤흔들리는 소리와 함께 제국군이 두 쪽으로 갈라졌다.

뭔가가 부서지고 터지는 소리. 대량의 흙먼지와 피가 하늘을 붉게 물들였고 산산 조각난 팔다리와 머리와 몸통, 살 조각들이 마구잡이로 튀어 올랐다.

광대한 대지를 마치 거대한 발톱이 할퀸 듯한 자국이 올트롬 평원을 둘로 쪼개는 거대한 절벽을 만들었고, 그 위에 있었던 천에 달하는 장병들은 당연히 즉사했으며 근처에 있던 병사들도 약 천 명가량이 절벽으로 떨어져 생사를 알 수 없었다.

이 순간, 제국군의 엘리트 마도사들과 장교들은 동시에 큰 충격을 받고 공포에 질렸다.

엘리에테가 펼친 검격의 위력 때문이 아니었다. 방금 이 공격이 **마술에 의한 것이 아님**을 이해해버렸기 때문이다.

그렇다. 엘리에테는 그저 검을 한 번 휘두른 것만으로 검의 간격을 아득히 뛰어넘는 이만한 파괴 행위를 자행한 것이다.

제국군은 삽시간에 공황 상태에 빠졌다.

광란에 휩싸이며 지휘계통이 무너졌다.

하지만 역전의 장교들인 그들이 이토록 동요하는 것도 무리는 아니었다.

마술이야말로 절대적인 힘인 이 시대의 인간에게 마술 없이도 마술 이상의 일을 해낼 수 있는 인간은 신, 혹은 괴물이나 다름없는 존재였으므로……

그리고 장교들의 불안과 공포는 지휘하의 병사들에게도

전염되었다.

이번에는 제국군이 오합지졸이 되었다.

그럼에도 사기가 높은 장병들은 혼란을 수습하고 엘리에테를 향해 군용 공격 주문^{어설트 스펠}을 일제히 퍼부었다.

엘리에테의 존재를 이 세상에서 지워버리기 위해 폭염과 전격과 얼음폭풍이 사납게 날아들었다.

순수한 파괴력이 지배하는 현세의 지옥이 눈앞에 펼쳐졌다.

"……."

하지만 태연히 서 있는 엘리에테에게 파괴의 폭풍은 닿지 않았다.

모든 주문은 도달하기 직전에 마치 촛불처럼 꺼지고 말았다.

엘리에테는 아무것도 하지 않았다.

그저 검을 들고 그 자리에 선 채 눈을 감고 있었을 뿐.

대항 주문^{카운터 스펠}조차 쓰지 않았는데도 이쪽의 공격이 전혀 통하지 않는 상식을 벗어난 사태에 제국군은 더욱 더 큰 혼란과 공포에 빠질 수밖에 없었다.

하지만 사실 엘리에테가 아무것도 하지 않은 건 아니었다.

그저 주문이 닿기 직전에 전부 검으로 베어버렸을 뿐. 눈에 보이지도 않는 속도로…….

"자…… 간다."

그리고 엘리에테는 다시 가볍게 검을 휘둘렀다.

이번에는 세로가 아닌 **가로**로.

그렇다. 세로가 아닌 **가로**였다.

촤아악!

이날 제도 방위사단은 전력의 8할 이상을 손실한 채 퇴각
했다.

올트롬 평원.

약 40평방 킬로스에 달하는 광대한 면적을 인간이었던 것의
잔해와 대량의 피안개로 하늘까지 새빨갛게 물들인 채……

——————.

불타고 있다.

알자노 제국이 자랑하는 제도 오를란도가 불타고 있다.

그리고 그 안에 펼쳐진 것은 현세의 지옥이었다.

제국군을 괴멸시킨 망자의 군단은 결국 제도에 도달했다.

이번에도 엘리에테가 가볍게 휘두른 검이 동쪽 성벽을 완전
히 무너뜨렸고 그 틈 사이로 시체들이 눈사태처럼 밀려들었다.

그 후에 기다리는 것은 배덕과 모독의 향연이었다.

시체 무리는 제도의 50만 시민들을 잇달아 습격해 먹잇감
으로 삼았다.

그렇게 죽은 시민들도 배회하는 시체 군단에 더해져 희생자만 기하급수적으로 늘어났다.

온 시내가 고함과 비명, 절망스런 절규가 울려 퍼지는 혼란의 도가니로 변했다.

남겨진 제국군의 잔존병력이 시내에서 필사적으로 항전했지만 중과부적.

시체의 군세는 여왕이 부재중인 펠드라드 궁전과 각 정부 청사를 거침없이 습격해 파괴했고 제국 정부는 완전히 기능을 정지하고 말았다.

대시계탑, 선샤인 개선문, 성 발디아 대성당, 산타로즈 거리, 제국 박물관, 왕립공원(로열 파크), 알자노 제국 대학 등의 제도가 자랑하는 경관도 모조리 불길에 휩싸였다.

제도의 모든 것이 그렇게 피와 불꽃의 진홍색으로 붉디붉게 물들어가고 있었다.

그곳에서는 『죽음』이 일어나고 있었다. 도로는 망자의 무리가 홍수처럼 메우고 새로운 희생자를 만들기 위에 제도 전체로 쏟아졌다.

그리고 지금도 살아남은 시민들은 어떻게든 제도를 탈출하려고 시내 곳곳에서 발버둥 치며 다양한 군상극(드라마)을 그리고 있었다.

그런 지옥의 도가니 같은 광경을 한 남자가 북쪽 성벽 위에서 싱글벙글 웃으며 내려다보고 있었다.

"······허허, 드디어 시작된 겁니까. 가슴이 뛰는군요."

화려한 사제복을 걸친 인자한 인상의 노인이었다.

하늘의 지혜 연구회 제3단 《천위》 신전의 수령 파웰 퓌네.

<small>헤븐스 오더</small>　　<small>마기스테르 템프리</small>

조직의 최고 간부인 남자가 여유 있는 모습으로 서 있었다.

"이 모든 것이 파국으로 나아가기 위한 첫걸음. 실로 훌륭한 수완입니다. 엘레노아 님."

그리고 옆에 있는 묘령의 여성이 세운 공적을 치하했다.

흑발 흑안과 병적일 정도로 하얀 피부. 검은 상복.

하늘의 지혜 연구회 제2단 《지위》 엘레노아 샤레트였다.

<small>어델터스 오더</small>

"후훗, 제 힘 따윈 뭐······ 그보다 레자리아 왕국의, 지금은 사망한 아치볼트 추기경을 포섭해서 오랫동안 조금씩 준비한 것이 이번에 결실을 맺은 거겠죠."

"그래도 레자리아 왕국 전토에서 매우 효율적으로 『공물』을 제국의 영토까지 나를 수 있었던 건 당신의 사령술 덕분이 아니겠습니까."

"우후후, 그건 그렇죠. 이제 남은 건 『공물』을 계속해서 이 땅에 바치는 것뿐······ 과거에 마도(魔都)가 존재했던 이 제도의 영맥— 멜갈리우스의 제단에요."

<small>레이라인</small>

"그렇습니다. 하지만 『공물』을 바치는 장소는 현재의 페지테에 가까울수록 더 효과가 있지요. 그러니 이곳에서 너무 많은 『공물』을 바치는 건 삼가주시길."

"예, 저도 알고 있답니다."

엘레노아의 대답에 파웰은 싱긋 웃으며 고개를 끄덕였다.

"그건 그렇고 이번 최후의 열쇠^(라스트 오더) 계획은 여러 방면에서 방해가 들어와 아직 시기상조적인 측면도 있습니다만…… 용케 여기까지 계획을 수정해내셨군요. 파웰 님."

"허허, 저티스 로우판이라고 했던가요? 그자가 이번에 저지른 짓에는 솔직히 저도 골치가 다 아프더군요."

파웰은 한 남자의 얼굴을 떠올리며 쓴웃음을 지었다.

"덕분에 《무구한 어둠의 무녀》…… 이제 세상에 강림할 사신의 권속의 역할도 대폭 변경할 수밖에 없게 되었습니다. 현재 대도사님께서도 그 조정 작업에서 손을 떼실 수 없는 상황이지요."

"참 안타까운 일이죠."

"부족한 점이야 뭐 한두 가지가 아닙니다만…… 무엇보다 전력 부족이 뼈아프군요."

"……예, 원래대로라면 이 《라스트 오더》를 실행한 시점에서 《철기강장(鐵騎剛将)》 아세로 이엘로 님, 《염마제장(炎魔帝將)》 비아 돌 님, 《죄형법장(罪刑法將)》 잘 지아 님, 《뇌정신장(雷霆神將)》 발 보르 님…… 하늘의 지혜 연구회 헤븐스 오더의 쟁쟁한 멤버들이 여기 집결할 예정이었는데……."

이그나이트 경―《염마제장》 비아 돌이 최근에 밀라노에서 토벌당했다는 믿을 수 없는 소식을 떠올리며 엘레노아는 쓸쓸한 목소리로 중얼거렸다.

"거기다 각지에서 암약 중이던 어뎁터스 오더의 주요 멤버들도 그 저티스인지 뭔지 하는 자에게 대부분 암살당했다지 뭡니까."

"……예, 덕분에 우리 조직의 구성원들도 이젠 얼마 남지 않았죠."

"하지만 이그나이트 경이 좋은 걸 숨기고 있었던 덕분에 저희는 그것을 이용했습니다."

"이그나이트 가문이 거처에 은닉하고 있었던 『영령재림의 의식』. 그리고 그 의식으로 현대에 되살아난 영웅……이었죠."

엘레노아의 말에 파웰은 고개를 끄덕였다.

"음. 하지만 역시 아깝다는 생각도 드는군요. 얌전히 영웅을 넘겼더라면 일족 전체가 그런 식으로 몰살당할 일도 없었을 텐데…… 허허, 참으로 유감입니다. 이그나이트…… 그들은 우수한 마술사들이었는데 말이지요."

파웰은 아쉬운 목소리로 말하며 옆을 돌아보았다.

"자, 그럼 어디 생각은 좀 해보셨는지요. 이 세계에 이름을 떨친 영웅…… 《검의 공주》 엘리에테 님. ……《6영웅》의 일원이자 제국 사상 최강의 검사이시여."

"……."

그곳에는 그들과 마찬가지로 성벽 위에서 파멸적인 광경을 내려다보는 한 소녀가 있었다.

파란 머리카락과 남자색 눈동자. 고풍스러운 기사 같은 차림새의 엘리에테였다.

"허허허. 딱히 이그나이트의 꼭두각시 신세에서 해방시켜 드린 은혜를 갚아달라고 할 생각은 털끝만큼도 없습니다. 하지만…… 이제 아셨겠지요. 저희의 목적을. 대도사님이 손에 넣어야 할 것을. 그리고 그 위대함을."

"……."

"저희는 그저 역사에 위대한 이름을 남긴 당신께서 찬동 해주시길 바랄 뿐입니다. 저희와 같은 길을 걷는 맹우가 되 어주시길 바랄 뿐입니다. 과거에 사신의 권속과 싸워봤던 당신이라면…… 저희의 목적이 얼마나 숭고한 것인지 이해 하실 수 있을 테니까요."

"……."

"어떻습니까. 저희와 함께…… 금기교전^{아카식 레코드}을 손에 넣어보시 지 않겠습니까?"

그 순간―.

"으음~ 솔직히 관심 없어."

엘리에테는 머리를 긁적이며 대답했다.

"확실히 **그 문장**을 보게 된다면 그 어떤 현자나 성자라도 그때까지 인생을 걸고 믿었던 신앙과 지식이 무너져서, 아카 식 레코든지 뭔지 하는 걸 절실히 원하게 될 것 같지만…… 공교롭게도 난 사제도 마술사도 아니거든."

"······."

"난 너희가 아카식 레코드라고 부르거나 신으로 숭배하는 것에는 관심 없어. 너희가 말하는 『최종 목적』도······ 그냥 아무래도 좋달까? 너희 맘대로 해도 상관없어."

"허허, 그건 참 유감이군요. 저희에겐 《검의 공주》의 힘이 꼭 필요했습니다만······ 으음~ 왠지 요즘 들어서 권유할 때마다 실패만 하는 것 같군요. 이것도 시대의 흐름일까요?"

파웰이 아쉬운 얼굴로 한숨을 내쉬자 엘리에테는 고개를 저었다.

"잠깐. 협력하지 않겠다고 말한 적은 없거든? 실제로 아까도 제국군을 적당히 솎아 내줬잖아? 말은 끝까지 들어."

"······흐음?"

"······그렇다는 말씀은?"

파웰이 그 말에서 뭔가를 깨달은 듯 눈을 가늘게 떴고 엘레노아가 고개를 갸웃했다.

그러자 엘리에테는 비꼬듯 말했다.

"지금의 난 있지······ 아무래도 인간으로선 결함품인 것 같아."

그리고 자신의 손을 슬쩍 내려다보았다.

"음~ 『Project : Revive Life』의 최종형인 영령재림의 의식이라고 했던가? 난 그걸로 생명을 얻고 이 세상에 태어나게 된 모양이지만, 그 과정에서 인간으로서의 윤리관? 선악의 가치? 도덕심? 그런 게 완전히 빠져 버렸는지…….."

그렇게 말한 엘리에테는 약간 슬픈 눈으로 불길에 휩싸인 거리를 내려다보았다.

"아무것도 느껴지지 않아. 아무것도."

"……."

"지금 저기선 수많은 사람이 불에 타고 잡아먹히고 있어. 필사적으로 도망치고 괴로워한 끝에 무참하게 죽어나가고 있어. ……여자든 아이든 예외 없이. 머리로 그걸 이해하고 직접 눈으로 보고 있는데도…… 아무것도 느껴지지 않아. 전혀 슬프지도 않아. 이 참상을 저지른 너희에게 혐오감조차 들지 않아. 조금도 화가 나지 않아. ……대체 난 어떻게 돼버린 걸까?"

"그건…… 이그나이트 경이 원인일 겁니다."

엘레노아는 공손하게 대답했다.

"당신은 이그나이트 경의 편리한 도구로 태어난 병기입니다. 그래서 그자가 도구에 필요 없다고 생각되는 걸 떼어낸 게 아닐까요?"

"그런가. 그렇다면 지금의 난 진짜 괴물이란 소리겠네. 내 입으로 말하긴 좀 그렇지만, 난 생전에는 꽤 정의감과 기사도 정신이 넘치는 기사였는데 말야. 아하하, 이거 참 곤란하게 됐는걸."

엘리에테는 전혀 마음이 담기지 않은 목소리로 말하며 깔

깔 웃었다.

"그런데 그게 또 문제란 말이지. 괴물인 난 두 번째 인생을 어떤 식으로 보내면 좋을까?"

그리고 장난스러운 눈으로 파웰과 엘레노아를 흘겨보았다.

"모처럼 다시 살아났으니 뭔가를 이뤄보고 싶은 건 자연스러운 일이잖아? 괴물이니 남에게 피해를 끼치지 않도록 자살해줄 생각은 눈곱만큼도 없는걸."

"하하하, 그렇습니까. 『그대 원하는 것을 이루어라』……이건 마술사의 이념 중 하나이지만, 만인에게도 적용되는 생명의 기본 원칙이기도 하겠지요. 그렇다면 엘리에테 님. 당신의 소망은 무엇입니까?"

"글쎄……."

엘리에테는 잠시 턱에 손을 대고 생각에 잠기는 듯하더니 갑자기 그녀의 손이 흐릿해졌다.

눈앞의 도시를 향해 펼쳐진 신속의 발검.

그리고 엘리에테는 그대로 움직임을 멈춘 채 마음을 가다듬었다.

낭비되는 동작이 전혀 없는 극도로 세련된 검이었기에 산들바람조차 불지 않는 지고의 참격을 선보인 엘리에테는 만족스럽게 검을 검집에 거두었다.

"으음? 방금 그건 대체 무슨……."

"아하하, 역시 너희 눈에는 안 보였어?"

그렇게 말한 엘리에테는 몸을 돌려 둘을 마주보았다.

"……나한테는 보여."

그리고 의아한 표정으로 고개를 갸웃거리는 엘레노아에게 말했다.

"내가 휘두른 검끝에서 퍼져 나가는 눈부신 황금색 빛이."

"예?"

다음 순간—.

엘레노아와 파웰의 눈앞, 아득히 먼 곳까지 펼쳐진 시내가, **쪼개졌다.**

이어서 세상의 종말이 찾아온 것 같은 격렬한 진동과 함께 제도 전체가 위아래로 흔들렸다.

공기가 살갗을 찌를 듯 떨리며 제도가 마치 거대한 케이크 나이프로 자른 것처럼 두 쪽으로 갈라진 것이다.

그리고 그 경계선을 나눈 것은 거대한 발톱이 할퀸 것처럼 끝없이 이어진 절벽이었다.

"훌륭합니다. 하오나 마술도 쓰지 않고 대체 어떻게 저만한 파괴 행위를……."

시내에서 막대한 흙먼지가 벽처럼 솟구치자 엘레노아는 눈을 가늘게 뜨고 말했다.

"굉장하지? 검에서 주인의 기억을 읽어서 기술을 완전히 카피할 수 있는 세리카도 끝내 재현하지 못했던 내 자랑거리야. 이건."

왠지 자랑스러워하는 듯한 엘리에테에게 파웰은 감탄한 목소리로 말했다.

"호오? 이거 참 진귀한 것을 보았군요. 그건 『황혼의 검』…… 검의 궁극의 경지가 아닙니까."

엘리에테는 고개를 끄덕였다.

"난 이 빛의 끝을 보고 싶어."

"……."

"이 빛의 힘은 고작 이 정도가 아니야. 이보다 더……더 앞이 있어. 아무도 도달하지 못했던 경지가. ……난 이 검끝에 펼쳐진 빛이 여는 그 앞의 세상을 보고 싶어. ……그게 바로 생전의 내가 바라던 소망."

"……."

"하지만…… 생전의 나로선 무리라는 것도 알고 있었어. 늘 윤리관이 방해됐으니까. 생전의 난 검을 조금 좋아할 뿐인 평범한 여자였는걸. 하지만…… 곰곰이 잘 생각해보면 **검의 끝을 본다는 건 궁극적으론 그런 의미잖아?**"

엘리에테는 다시 한 번 발검했고 제도가 또 한 번 크게 뒤흔들리더니 이번에는 가로로 쪼개졌다.

그러자 지금도 필사적으로 살아남으려고 발버둥 치던 막대한 수의 인명이 그렇게 만들어진 십자가 밑으로 허무하게 빨려 들어갔다.

"검의 길, 자기단련, 정신수양…… 아무리 숭고하게 포장한들 검이란 건 어차피 사람을 베는 도구. 사람을 죽이기 위한 수단…… 혹시 내 생각이 틀렸을까?"

"아니, 지당하신 말씀입니다."

"그치? 그래서 좀 두근거려. 지금의 나라면 혹시 이 길의 끝을 볼 수 있지 않을까 싶어서."

구김살 없이 웃는 엘리에테에게는 죄책감은커녕 악의조차 없었다.

그저 검에만 순수한 천사, 혹은 악마 같은 소녀만이 존재할 뿐.

"후후후, 그렇군요. 공정하면서도 청렴. 기사 중의 기사라 칭송받는 《검의 공주》엘리에테 님께선 사실 그 안에 이런 어마어마한 악귀를 기르고 계셨던 건가요."

엘레노아는 서늘하게 조소했다.

"뭐랄까…… 이그나이트 경도 참 무시무시한 괴물을 만들어낸 것 같군요."

파웰도 부드럽게 웃으며 말했다.

"당신은 마술사가 아니기에 진리도 추구하지 않는다. 하지만 구도의 끝은 한 길로 통하니 저희와 함께 할 자격은 있겠지요. ……좋습니다. 엘리에테 님. 당신께서 원하시는 대로 마음껏 그 길을 걸어가십시오. 그러기 위한 전장은 저희가 준비해드리겠습니다."

"응, 고마워! 아하하, 그럼 사람을 잔뜩 베어야지! 음~ 강한 사람들이 많았으면 좋겠네! 머릿수^{스코어}도 중요하지만, 개인적으로 양보단 질이라고 생각하거든!"

엘리에테가 천진난만한 태도로 포부를 밝히는 한편, 파웰은 엘레노아에게 말했다.

"자, 그럼 엘레노아 님. 제도를 제압한 뒤에는 한동안 동쪽에서 『공물』이 추가로 도착하는 걸 기다립시다. 물론 현지 조달도 겸하면서요. ……그건 그렇고 현재 『공물』의 운반 상황은 어떻습니까?"

"예. 현재 이웃나라 레자리아 전토에서 모은 『공물』이 밀라노 사변으로 인해 각국의 상부가 혼란해진 틈을 타 동쪽의 이그나이트령을 통해 여기로 집결하는 중입니다."

엘레노아는 서늘하게 웃으며 답했다.

"역시 이그나이트 경을 끌어들이길 잘한 것 같네요. 아무튼 이그나이트령은 제국 동부의 방어 요충지, 왕국을 막는 방파제. ……그곳이 그런 꼴이 된 이상 월경은 식은 죽 먹기나 다름없으니 말이죠."

"그건 그렇지요. 그럼 계속해서 『공물』을 운반해주십시오. 이 제국이라는 제단에 바칠 『공물』의 숫자가 바로 우리 계획의 핵심이니 말입니다."

"예."

"그리고 충분한 『공물』이 모였을 때…… 우리는 공물을 이끌고 일제히 남하해서 진짜 목표인 페지테를 함락시키는 겁니다."

"그 도중에 대도사님의 소집을 받은 우리 하늘의 지혜 연구회의 남은 생존자들도 집결하겠네요."

"그야말로 총력전이 되겠군요. 허허허, 그럼 이 싸움에 나서는 우리 군단을 저는 《최후의 열쇠병단》이라 명명하겠습니다. 바로 이 제국 전토에 선전포고를 하지요. 우리 하늘의 지혜 연구회가 이달, 그람의 달 말에 알자노 제국 천년 역사에 막을 내리겠노라고 말입니다."

올티무스 클라비스

"우후후, 파웰 님도 참 악랄하시네요. 인류가 이 상황에 전력을 다해 저항할수록 우리의 비원 달성이 빨라지는 걸 노리신 거죠?"

"허허허, 물론입니다. 그럼…… 시작해봅시다. 종말의 시작을."

————.

운명이 움직이기 시작한다.

무대 뒤의 톱니바퀴가 돌기 시작한다.

그리고 이제 막이 오르고 배우들이 대본대로 움직이기 시작한다.

연극명은— 황혼.

모두가 오로지 그저 결말을 향해서.

그것은 어느 희대의 극작가인 현자가 오랜 세월에 걸쳐 완성해낸 지고의 대본.

　인간이 거스를 수단은 없다. 그저 하나의 결말을 향해 놀아날 수밖에 없으리라.

　꼴사납고. 우스꽝스럽게.

　……하지만.

　만약 그 파국의 무대를 뒤엎을 수 있는 자가 있다면.

　그것은 터무니없이 『어리석은 자^{광대}』뿐이리라.

　어느 시대건 간에 현자의 의도를 뛰어넘는 건 『어리석은 자』뿐이었으므로…….

제1장 귀환

르바포스 성력 1853년 그람의 달.

9일. 세계 마술제전 중지. 제국 왕국 정상회담 중지. 사신 소환 의식 발동.

10일. 자유도시 밀라노에서 이그나이트 경이 알자노 제국 여왕 알리시아 7세에 대한 쿠데타를 발발.

13일. 『불꽃의 세 시간』. 이그나이트 경, 사망.

동일 레자리아 왕국에서 발생한 망자의 군단이 알자노 제국 동부 국경선을 월경. 제국군이 요격에 나섰으나 《검의 공주》 엘리에테에게 괴멸.

알자노 제국 수도 오를란도, 망자의 군단 《울티무스 클라비스》에 의해 함락.

16일. 망자의 군단을 지휘하는 하늘의 지혜 연구회 소속 파웰 퓌네, 제국에 정식으로 선전포고를 발표. 투항 권고 없이 제국민의 몰살 선언. 이로 인해 큰 혼란에 빠진 제국 전토.

그리고······.

르바포스 성력 1853년 그람의 달 22일.

"지금 이걸 믿으라고? ……제정신이야?"

학구도시 페지테로 향하는 하늘 위.

이송용 흐레스벨그가 끄는 부유 차량 안에서 글렌은 현재 상황을 정리한 보고서를 읽으며 신음을 흘렸다.

"《울티무스 클라비스》? 제국군 사단 하나를 괴멸시킨 《검의 공주》? 제도 함락? 일개 범죄 조직이 한 국가에 선전포고? 심지어 며칠 안에 페지테를 침공할 가능성이 있다? 이건 삼류 오컬트 출판사에서 낸 가짜 기사보다 심하잖아."

"……하지만 사실이야."

그러자 옆에서 팔짱을 끼고 앉은 이브가 조용히 입을 열었다.

평소처럼 침착한 태도였지만 표정은 굳어 있었고 안색도 약간 창백했다.

"지금 제국은 미증유의 위기에 처한 상태야. 하늘의 지혜 연구회…… 이번에야말로 놈들도 진심인가 봐. 무슨 수를 써서라도 이 제국을 멸망시키겠다는 강한 의지가 느껴져."

"아무리 그래도 그렇지 수완이 좋아도 너무 좋잖아!"

글렌은 보고서를 구겨버리면서 말했다.

"남부에서 사신이 부활하느냐 마냐 하는 상황에 대체 뭐냐고! 저쪽에만 유리한 이 전개는! 하나 같이 죄다 누군가 의도한 것처럼 흘러가는 것 같아서 소름이 끼칠 정도야!"

"이해해. 나도 마치 누군가가 언젠가 이렇게 전개되도록 수천 년에 걸쳐서 무대를 조정하고 각본을 준비한 것 같은……일종의 예술적인 무대 연출처럼 느껴질 정도인걸."

글렌이 분개하자 이브는 한숨을 내쉬었다.

"그러고 보니 저티스도 늘 뭔가와 싸우는 것처럼 보였는데…… 어쩌면 그도 이 파멸의 흐름에 홀로 저항하고 있었던 걸지도 모르겠네."

"켁! 이제 와서 그딴 미치광이 얘긴 꺼내지도 마."

글렌은 짜증스럽게 말을 내뱉고 창밖의 하늘을 노려보았다.

자유도시 밀라노로 원정을 떠났던 알자노 제국 대표 선수단 멤버들은 현재 이 이송용 흐레스벨그 부유 차량을 타고 페지테로 귀환하는 중이었다.

여왕의 재량으로 흐레스벨그 4기가 끄는 대형 차량을 군에서 내준 덕분에 시스티나, 기블, 자일, 리제, 하인켈, 콜레트, 프랑신, 레빈 같은 대표 선수들은 물론이고 매니저였던 루미아와 엘렌, 특별히 카슈, 웬디, 테레사, 세실, 린을 비롯한 응원단, 그리고 선수단의 경호를 맡은 리엘과 지니도 현재 같은 차량에 탑승해 있었다.

포젤만큼은 그대로 밀라노에 두고 오고 싶었지만—.

"뭐?! 제도가 함락됐어?! 웃기지 마! 제도에 있는 『봉인지』! 내가 언젠가 조사하려고 했던 그 유적은 어쩔 거야! 역시 평소처럼 불법 탐색을 해야 했나? 어떻게 생각해? 글렌 선생!"

……유감스럽게도 어느새 빈틈없이 글렌의 뒷자리를 차지한 그는, 지금도 몸을 내밀고 정신 사납게 자기 할 말만 떠들어대고 있었다.

일단 글렌은 그런 포젤에게 관절기를 걸어서 침묵시켰다. 그리고 얌전해진 그를 뒷차량인 짐칸에 발로 처박았다.

산업폐기물^{포젤}을 처분하고 다시 자기 자리로 돌아가던 글렌은 긴장한 낯빛으로 앉은 학생들의 얼굴을 돌아보다 그만 한숨을 내쉬었다.

명단에서 빠진 얼굴이 있다는 것을 새삼 떠올렸기 때문이다. 만약 이 자리에 있었다면 긍정적이고 밝은 성격으로 모두의 기운을 북돋아줬을 누군가.

'……마리아.'

《무구한 어둠의 무녀》로서 사신소환 의식의 핵심이 된 그녀는 현재 밀라노 지하 깊은 곳에 남겨져 있으리라. 생사조차 확인할 수 없는 상태였다.

'미안하다. 널 밀라노에 혼자 두고 와 버려서…….'

─그건 그렇고 선생님! 말씀대로 과제를 달성했어요! 그러니 약속대로 제 부탁을 하나 들어주시는 거 맞죠?! 예?

─알고 있다구요! 하지만 부탁을 드리는 건 지금이 아니에요! 유사시를 대비해서 아껴둘 거예요!

—제가 어떤 부탁을 할지…… 후후, 기대하고 계세요!

머릿속을 스쳐 지나가는 마리아의 모습과 말.

그토록 귀찮았던 마리아의 시끄러운 목소리가 묘하게 그리워졌다.

'……조금만 기다려, 마리아. 반드시 구해줄 테니까!'

주먹을 굳게 쥔 글렌이 결의를 새롭게 다지며 자리에 앉은 그때였다.

"서, 선생님……."

누군가가 기어들어가는 듯한 목소리로 말을 걸었다.

정면. 마주보듯 배치된 자리에 앉은 소녀, 시스티나였다.

"왜? 하얀 고양이."

"그게…… 전…… 제도가 함락됐다는 걸…… 도저히 믿을 수가 없어서……."

그녀는 명백히 의기소침해 있었고 동공도 불안하게 떨리고 있었다.

그러자 옆자리에 앉은 루미아가 등을 부드럽게 쓰다듬어 주었다.

"거짓말이죠? 제도가 괴멸했다는 건……."

"안타깝지만 사실이야. 현실을 똑바로 받아들여."

잔혹하지만 현실에서 눈을 돌릴 수는 없었기에 글렌은 시스티나를 질타했다.

"그럴 수가…… 아버지랑 어머니가 제도의 마도청에서 근무하시는데…… 만약 정말로 제도가 괴멸했다면 아버지랑 어머니는……."

"……."

"저, 전 그게…… 불안해서…… 혹시 아버지랑 어머니께 무슨 일이 생긴다면……."

시스티나는 눈물이 맺힌 눈을 질끈 감고 고개를 떨구었다.

확실히 요 몇 달 새에 정신적으로 크게 성장했지만 아직 어리다. 사랑하는 부모의 안부를 걱정하며 불안과 동요를 드러내는 건 어쩔 수 없는 일이리라.

오히려 이 정도로 그친 게 장하다는 생각이 들었다. 예전 같았으면 반쯤 이성을 잃고 울부짖었어도 이상하지 않았을 테니까.

"……안심해, 시스티나."

글렌은 손을 뻗어서 시스티나의 어깨를 두드려주었다.

"너희 부모님…… 레너드 씨와 필리아나 씨에게 무슨 일이 생겼을 리 없잖아?"

그는 전에도 시스티나의 부모인 레너드와 필리아나와 몇 번이나 만난 적이 있었고 그때마다 개성 넘치는 부부에게 휘둘리곤 했었다.

"그 기운 넘치는 부부라면 분명 지금쯤 제도를 무사히 탈출했을걸?"

"그럴……까요?"

"……응."

값싼 위로라는 것을 알면서도 지금은 그렇게 대답할 수밖에 없었다.

"맞아. 분명 무사하실 거야. 시스티."

루미아도 옆에서 거들었다.

"응. 걱정하지 마. 레너드랑 필리아는 강하니까."

그 옆에 앉은 리엘도 담담한 목소리로 위로했다.

"……그럴까? 그렇겠지?"

"응. 분명."

하지만 그 순간, 글렌은 루미아의 표정에 그늘이 지는 것을 보았다.

"……루미아, 너야말로 괜찮은 거냐? 저기…… 대놓고 말하긴 좀 그렇다만…… 너도 언니가 있지 않았어?"

그러자 루미아는 고개를 떨구고 입을 다물었다.

그녀는 원래 알자노 제국 왕실의 이왕녀였다. 그렇다는 건 일왕녀. 즉, 손윗누이가 있다는 뜻이다. 전에 그녀의 입에서 들은 대로라면 어릴 때는 자주 같이 놀기도 했던 사이좋은 자매였을 터.

"솔직히…… 걱정되지 않는다고 하면 거짓말이겠죠."

루미아는 작게 한숨을 내쉬고 말했다.

"레닐리아 언니는 알자노 제국대학에 다니는 대학생이에

요. 그런데 제국대학은 제도가 함락됐을 때 특히 심하게 파괴당했다고 하니…… 어쩌면 언니는……."

글렌이 뭐라 위로해야 좋을지 몰라 망설인 그때—.

"미, 미안. 루미아……."

시스티나가 사과했다.

"난…… 내 생각만 하느라…… 너도 제도에 소중한 사람이 있을 텐데……."

"아냐, 괜찮아. 시스티."

그러자 루미아는 미안해하는 시스티나를 위로하듯 말했다.

"그보다 지금은 모두가 무사하길 기도하지 않을래? 괜찮아. 분명 다들 무사할 테니까……."

"……응."

리엘도 고개를 끄덕이며 말했다.

"그래. 그리고 지금 여기서 울고불고 해봤자 가족은 돌아오지 않는걸. ……지금은 우리가 할 수 있는 일을 해야 해! 정신 똑바로 차리고!"

"맞아. 같이 힘내자, 시스티."

"응. 모두가 힘을 합치면 어떻게든 될 거야."

이 절망적인 상황에서도 그런 식으로 강하게 맞서 싸우려고 하는 소녀들을 보고 글렌은 생각에 잠겼다.

'……기특한 녀석들. 아직 한참 애들인데 말이지.'

아무리 강한 척 해봤자 아직 나이도 차지 않은 아이들인 것이 사실이다.

'제길…… 어떻게든 해결하긴 해야겠는데…… 어쩌면 좋지?'

그러다 보니 글렌으로선 더더욱 조바심을 느낄 수밖에 없었다.

이때 그의 머릿속에 불현듯 떠오른 것은 언제나 여유 있는 태도를 고수하는 금발 여마술사의 모습이었다.

'……세리카.'

과거에 세상을 구했던 《6영웅》의 일원, 《잿더미의 마녀》세리카 아르포네아.

세계최고의 제7계제이자 세계최강의 마술사.

'부탁 좀 하자, 세리카. 넌 이런 골치 아픈 일에 끼어드는 건 진짜 싫을지도 모르지만…… 이번만큼은 네 힘을 빌려줘! 제발! 내 평생소원이니까!'

글렌은 그렇게 강하게 빌면서 창밖으로 시선을 돌렸다.

아래에 산과 초원이 펼쳐지고 옆으로는 구름이 떠다니는 하늘 풍경.

그 너머에서 하늘에 뜬 웅장한 성의 모습이 작게 눈에 들어왔다.

페지테 상공에 떠 있는 환영의 성. 석양의 붉은 빛을 반사해 반짝이는 멜갈리우스의 천공성이었다.

흐레스벨그는 상공의 기류 관계상 목적지를 향해 직진할 수 없다 보니 마침 글렌이 앉은 좌석의 창문에서도 볼 수 있었던 것이다.

저 성이 보인다는 건 페지테가 머지않았다는 뜻이다.

'……제발.'

글렌은 천공성을 바라보며 자신을 키워준 어머니이자 스승이기도 한 여마술사와의 재회를 간절히 바랄 뿐이었다.

————.

학구도시 페지테의 모습은 참담했다.

제도가 함락됐다는 소식은 이미 도시 전체로 퍼진 모양이었다.

시내는 불온한 분위기로 가득했고 실처럼 팽팽하게 긴장되어 있었다.

페지테 경라청의 경라관들도 혹시라도 폭동이 일어날 걸 경계하는지 신경을 곤두세운 채 시내 전역을 엄중 경계태세로 순찰하는 중이었다.

페지테 북쪽 성문 앞은 간신히 제도를 탈출한 피난민들이 우후죽순으로 흘러넘치다 보니 출입 관리소는 절찬 혼란 상태였다.

글렌 일행이 그런 페지테에 도착한 건 해가 저물기 시작한 저녁때였다.

학생들은 그 자리에서 해산했고 이브도 한 발 앞서 페지테에 도착한 여왕이 거점을 구축한 페지테 시청으로 향했다.

글렌은 루미아, 시스티나, 리엘을 데리고 불온한 공기에 감싸인 시내를 걷고 있었다. 오랜만에 돌아온 정겨운 고향이건만 왠지 멀고 낯설게만 느껴졌다.

글렌은 소녀들을 대동한 채 인파를 헤치며 담담하게 걸었다.

가게들이 늘어선 중심가는 만에 하나의 사태를 대비해 사재기를 하는 시민들로 붐비는 데다 고함과 소음이 빗발치는 혼돈의 도가니가 되어 있었다.

"이봐, 그 소식 들었어?"

"응. 제도를 괴멸시킨 《울티무스 클라비스》의 다음 공격 목표가 여기라며?"

"큭…… 웃기지 말라고!"

글렌은 시민들이 주고받는 소문을 흘려들으며 하늘을 올려다보았다.

그곳에는 이 학구도시 페지테의 상징인 멜갈리우스의 천공성의 웅대한 장관이 변함없이 자리잡고 있었다.

지금까지의 전개와 상황, 그리고 명백해진 사실이 모든 것을 증명하고 있었다.

그렇다. 아마 이 모든 사태는 저 성과 연결되어 있을 터. 하늘의 지혜 연구회의 목적도. 고대문명의 수수께끼도. 그리고 아카식 레코드라는 것 또한…….

평소에는 바라보고 있기만 해도 고대의 신비를 향한 고양감과 동경심이 샘솟는 성이었으나, 지금은 강렬한 석양의 붉은빛에 물들어서 마치 불에 타고 있는 것처럼 보였다.

그런 불길한 성의 모습이 어째 이 페지테의 미래를 암시하는 것만 같아서 글렌은 가슴이 불안하게 술렁이는 것을 억누를 수 없었다.

"……선생님."

그러자 루미아가 걱정스러운 얼굴로 말을 걸었다.

"아, 미안. 너희 집까지 일단 서두르자."

마음을 다잡은 글렌은 인파를 헤치며 담담하게 발을 움직였다.

앞이 보이지 않는 이 혼란스러운 상황 속에서 그저 이를 악물 수밖에 없는 자신.

일단 지금까지의 강행군으로 지친 소녀들을 배려하기로 한 그는 그녀들을 피벨 저택까지 바래다주었다.

————.

아무도 없는 피벨 저택에 소녀들을 바래다준 후.

리엘에게 시스티나와 루미아를 부탁한다는 말을 남긴 글렌은 자택으로 돌아가고 있었다.

"후우…… 춥네."

해가 저물고 주위는 밤의 장막이 완전히 드리워져 있었다.

페지테 특유의 쌀쌀한 밤공기가 밖을 돌아다니는 이의 몸을 심지부터 꽁꽁 얼리려 했다.

글렌은 어깨에 걸친 강사용 로브를 깊게 여미며 목깃을 세웠다.

얼마 전까지 밀라노라는 따스한 남쪽 나라에서 오래 머문 탓에 계절감이 어긋나 버렸지만, 지금은 그람의 달. 즉, 계절은 완연한 겨울이었다.

글렌은 한산해진 페지테 북쪽 지구 4번가, 칼리지로(路)에서 동쪽과 서쪽을 가로지르는 로잔로를 걸었다.

작년 같았으면 이 시기의 페지테는 이틀 후 그람의 달 24일에 열리는 축제 행사인 성야제^{노엘} 준비로 도시 전체가 크게 떠들썩했을 터.

시내 전역을 다양한 색상의 촛불이 장식하고 축음기에선 노엘 송이 흘러나왔을 터.

가정을 가진 어른들은 올해 선물에 관한 화제로, 연인들은 올해 노엘의 밤을 어떻게 지낼지에 관한 화제로 들떠 있을 터였다.

"조용하구만."

하지만 글렌은 빠른 걸음으로 이동하면서 찬바람이 쌩쌩 부는 한산한 밤거리를 둘러보았다.

작년처럼 밝고 즐거운 분위기는커녕, 모든 것이 숨을 죽인 것처럼 고요해진 풍경은 마치 유령도시처럼 보였다.

"……."

아무래도 이런 시기여서 그런지 갑자기 옛날 생각이 났다.

노엘을 앞두고 떠들썩했던 이 거리를 세리카와 함께 걸었던 어린 시절이……

—뭐하냐? 글렌. 왜 가뜩이나 적은 용돈으로 그런 미련스럽게 큰 양말 따윌 사는 건데?

—그치만 모레는 노엘이잖아?

—호오? 그러고 보니 벌써 그런 시기가 됐나.

—노엘 밤에는 잠든 사이에 산타 니콜라우스가 베개 맡에 둔 양말 안에 선물을 넣어준대! 올해의 난 착한 아이였으니까 이렇게 큰 양말이라면 분명 산타도 굉장한 선물을 넣어줄 거라구!

—하하하, 바보구나. 글렌. 이 세상에 산타 따윈 없어.

—뭐?!

—애당초 내가 마술 결계를 깔아둔 저택 안에 그딴 불법 침입자가 들어올 수 있을 리 없잖아? 아하하!

—그, 그럴 수가! 그, 그치만 작년에는 분명 선물을……

—그건 내가 넣은 거다.

—뭐어어어어어어어어어어어어어어어어?!

—그런 고로 글렌. 올해 선물은…… 뭐랄까. 이제 고민하기도 귀찮으니까 그 양말 안에 현금이나 대충 넣어줄까 하

는데, 어때?

—너무해! 세리카는 바보오오오오오오오오오오오오오!

"……허 참."

글렌은 동심을 가차 없이 파괴당했던 과거의 한 장면을 떠올리며 입가를 끌어올렸다.

긴 여행과 격전으로 지친 몸과 마음에 채찍질을 해가며 걷는 속도를 올렸다.

아무리 고집불통에 성격이 뒤틀린 자신이라 해도 지금 가슴속에서 솟구치는『어떤 감정』의 정체를 도저히 부정할 수가 없었다.

'……세리카…… 제발 이번만 네 힘을 빌려줘.'

글렌은 걸으면서 멍하니 생각에 잠겼다.

어린 시절 그는『정의의 마법사』를 동경했었다.

동화『멜갈리우스의 마법사』. 하늘에 떠 있는 성을 무대로『정의의 마법사』가 나쁜 마왕을 해치우고 공주님을 구하는…… 그런 애들 취향의 이야기.

글렌은 그 동화의 주인공인『정의의 마법사』를 어린 시절부터 항상 동경해왔다.

하지만 사실 글렌이『정의의 마법사』…… 마법사나 마술사를 특별시한 이유는 원점으로 거슬러 올라가면 역시 세리카와의 만남이 계기였다.

벌써 10년도 더 지난 일이다. 당시 앙리에타라는 사악한 외도 마술사에게 붙잡혀 있던 『자신』이 비인도적인 마술 인체실험을 당해 과거의 기억을 잃고 그저 어둡고 차갑기만 한 절망 속에 갇혀 있었을 때.

그런 절망에 빠진 『자신』을 동화처럼 산뜻하게 구해주었던 마법사.

『자신』에게 『글렌』이라는 새로운 이름과 인생을 준 마법사.

그게 바로 세리카였기 때문이다.

'세리카…… 전에 스노리아에서도 말했지만, 막 나가던 당시의 넌 그럴 생각이 없었을지 몰라도…… 나에게 있어서 『정의의 마법사』는 너였어. ……동화처럼 굉장한 마법사가 되고 싶다는 건 그 뭐냐…… 과정이나 수단, 쑥스러움을 감추기 위한 핑계였던 거고…… 난 그냥…… 너처럼 되고 싶었던 거야.'

멍하니 그런 생각을 하면서 걸었다.

'너만 있으면 분명 이런 엿 같은 상황 따윈 금세 해결할 수 있겠지? 그야 넌 내가 동경했던 세계에서 가장 대단한 마법사니까 말야. 그러니까…….'

거기까지 생각한 순간, 갑자기 쓴웃음이 나왔다.

'……후, 아니지 아니야. 내가 지금 무거운 다리를 열심히 움직여서 아르포네아 저택으로 가고 있는 건…… 고작 그런 이유 때문이 아니잖아?'

그렇다. 사실 지금 이렇게 필사적으로 걷는 이유는——.

이 가슴속에서 샘솟는 『어떤 감정』의 정체는——.

쓸데없는 노이즈를 전부 걷어내고 나면 지극히 단순하고 명료했다.

자신은 그저 세리카를 만나고 싶었을 뿐. 그녀의 얼굴을 직접 보고 싶었다.

문을 열고 잘 다녀왔냐고 맞이해줬으면 했다.

차 맛도 모르는 너에겐 아까운 찻잎이라고 투덜대면서 홍차를 내주길 바랐다.

어쩐지 체감상으로는 벌써 몇 년이나 만나지 못했던 것만 같다.

"……세리카."

돌이켜보면 페지테를 떠난 뒤로 정말 많은 일들이 있었다. 지나칠 정도로…….

하지만 글렌은 교사였다. 어른이었다. 그래서 늘 누군가가 기댈 버팀목이 되어줘야만 했다.

누군가에게 의지하는 건 허락되지 않았다.

하지만 그럼에도 너무 많은 일들이 있었던 탓에…… 슬슬 한계였다.

그리고 머지않아 지금까지 겪은 것 이상의 역경과 고난이 닥쳐올 터.

'……물론 난 맞서 싸울 거야. 이런 상황에서 ^{그 녀석들}학생들 앞에

서 우는 소릴 내뱉을 생각은 없어. 도망칠 생각 따윈 눈곱만큼도 없다고.'

하지만 적어도 지금 이 순간만큼은, 누군가에게 잠시 기대고 쉬어도 되지 않을까.

마음을 쉴 시간을 가져도 되지 않을까.

'하! 마더콘이라고 비웃을 테면 비웃으라지. ……그래도 세리카…… 난 지금 널 만나고 싶어서 견딜 수가 없어. 평소처럼 날 놀리면서 이런 상황쯤은 별 거 아니라고, 너만 믿으라면서 아무렇지 않게 웃어넘겨줬으면 해.'

그것으로 분명 자신은 더 싸울 수 있으리라. 싸울 힘을 얻을 수 있다.

그러니 한시라도 빨리 소중한 하나뿐인 가족을 만나고 싶었다.

긴 여행과 격전으로 완전히 녹초가 된 글렌을 움직이는 원동력은 사실 그것이 전부였다.

'조금만 더…… 저 골목을 돌면 아르포네아 저택이 보이겠지. 그 녀석을 만날 수 있어. 난 평소처럼 솔직하게 굴지 못하겠지만…… 그래도 난…….'

글렌은 그렇게 자신을 타이르며 한 걸음 한 걸음 천천히 나아갔다.

찬바람이 불어오자 한기가 한층 더 강해졌다.

자, 그리운 집은 이제 코앞이다.

뭔가가 이상하다는 건 바로 눈치챘다.

완전히 주위가 어두워졌는데 멀리서 보이는 아르포네아 저택에 불이 하나도 켜져 있지 않았다.

"……세리카?"

어두컴컴한 저택 부지로 진입한 글렌은 앞뜰을 지나 현관 문 앞에 섰다.

마술로 잠긴 문에 키워드를 말해서 열고 안으로 들어갔다.

여느 때처럼 그를 맞이한 현관 홀.

평소였다면 천장의 샹들리에가 마술 조명으로 쓸데없이 화려하게 번쩍거려야 할 시간대였지만, 지금은 어두컴컴했다.

저택 내부는 을씨년스러울 정도로 적막했다.

물론 누구보다 만나고 싶었던, 자신을 맞이하러 나와 줬으면 했던 여마술사의 모습은 어디에도 없었다.

"……."

이상했다. 명백히 이상했다.

지금은 세리카가 밖을 돌아다닐 시간대가 아니었을 터. 만약 나갈 일이 있다고 해도 글렌에게는 반드시 말을 전하고 나갔다.

갑작스러운 사정이 생겨도 글렌에게는 반드시 어떤 마술적 수단으로 연락을 남기는 것이 약속이었다.

이때 글렌은 매우 불길한 예감에 휩싸였다.

이유는 알 수 없었다. 하지만 세리카가 손이 닿지 않는 머나먼 어딘가로 떠나버린 것 같은 불길한 예감에 등골이 싸늘해졌다.

"세리카! 야! 세리카!"

글렌은 달렸다. 육체를 짓누르는 무거운 피로를 망각하고 넓은 저택 안을 뛰어다녔다.

객실, 계단, 갤러리, 세리카의 서재, 응접실, 식당, 욕실, 주방, 세탁실, 유희실의 문을 모조리 열어보면서 세리카의 모습을 찾아다녔다.

하지만 그럴수록 불길한 예감은 기하급수적으로 커져만 갔다.

그리고 그것은 세리카의 침실 문을 열었을 때 절정에 도달했다.

"……어?"

거기에 반드시 있어야 할 동거인의 모습이 보이지 않았기 때문이다.

이 방의 침대에는 전에 스노리아에서 발견해 보호한 소녀가 깨어나지 않는 긴 잠에 빠져있었을 터.

그런데 그 소녀의 모습이 없었다. 침대 위는 텅 비어 있었다.

"이건…… 대체 뭐가 어떻게 된 거지? 내가 없는 동안 대체 무슨 일이……."

이윽고 글렌은 비틀거리며 자기 방으로 돌아왔다.

문을 열자 마술 관련 서적들이 꽂힌 책장이 사방의 벽을 가득 채운 수수한 방이 그를 맞이했다.

당연히 안은 껌껌했고 세리카의 모습도 없었다.

하지만 그 대신이라고 해야 할지, 책상 위에 있는 뭔가가 눈에 띄었다.

그리고 그 위에는 뭔가가 누름돌처럼 올려져있었다.

"……칫!"

글렌은 반사적으로 그것을 쳐내고 편지를 손에 들어 봉투를 찢었다.

그리고 거칠게 내용물을 꺼내서 촛불 앞에 대고 뭐라 적혀 있는지 확인했다.

예상했던 대로 세리카가 자신 앞으로 남긴 편지였다.

『―글렌에게.』

『미안하다. 갑자스럽겠지만 난 이 집을 떠날 거다.』

『무슨 일이 있어도 해야만 일이 생겼거든. 전부 떠올라버렸지 뭐냐.』

『아마 다시 여기로 돌아올 일은 없을 거다. 너하곤 두 번 다시 만날 수 없겠지.』

『정말로 일이 이렇게 돼서 미안하다.』

『마지막으로 한 번만이라도 널…… 만나지 못한 건 아쉽지만…… 어쩔 수 없지. 네 모습을 보면 분명 난 결심이 무뎌질 테니까.』

『그러니 난 이대로 떠날 거다. ……타움의 천문신전으로.』

『■■■■.』(※뭔가를 쓰다 잉크로 지운 자국)

『지금까지 고마웠다, 글렌. 난 널 만나서 정말 행복했어.』

『영원자인 내 쓸데없이 더럽게 길기만 했던 인생에서…… 진정으로 의미와 가치가 있었던 건 널 만난 거였다고 생각해.』

『그건 그렇고 네가 어릴 때 내 생일을 멋대로 정해서 만들어줬던 허접한 적마정석 펜던트 말인데…… 실은 무척 기뻤어.』

『지금까지 말 못했지만, 고마웠다.』

『하지만 그것도 여기에 두고 가마. 결심이 약해질 테니까.』

『안심해. 난 확실히 내 사명을 다할 테니까. ……무엇보다도 널 위해.』

『아마 넌 내가 무슨 소릴 하는지 도무지 이해할 수 없을 테고 너무 갑작스러운 이 상황에 화가 났겠지만…… 내가 이렇게 네 앞에서 사라지는 건 꼭 필요한 일이야.』

『잘 지내렴, 내 사랑하는 ■■.』(※잉크로 지운 자국)

『하하, 역시 나이 값도 못하고 주책이었으려나. 위에 건 잊어줘.』

『＿＿＿＿＿.』

그제야 글렌은 깨달았다.

이 편지 위에 올려져 있던 무언가. 그것이 자신이 어릴 때 서투른 연금술로 만들었던 적마정석 펜던트였다는 사실을…….

"……아……."

볼품없다고, 촌스럽다고 투덜대면서도 한시도 몸에서 떼놓은 적이 없었던 펜던트를 그녀가 여기 두고 떠났다는 사실.

편지지에 남긴 강한 의지가 느껴지는 글씨체.

거기에서 글렌은 세리카가 『진심』임을 본능적으로 깨달았다.

편지 후반부에는 유산상속, 즉. 이 저택을 글렌에게 양도하고 본인 명의의 자산과 계좌를 전부 그의 명의로 돌렸다는 법적 절차에 관한 내용들이 쓸데없이 길게 적혀 있었지만, 솔직히 그딴 건 아무래도 상관없었다.

뱃속에서 화가 부글부글 끓어 올랐다.

펜던트를 강하게 쥐고 그것을 사납게 노려보았다.

내가 원하는 건 이 집이 아니야. 나에게 필요한 건 돈과 유산이 아니라고.

그런데 이유도 알려주지 않고 일방적으로 그걸 떠넘긴 채 상담도 없이 멋대로 떠나버리다니…… 진짜 이러기야? 우린 가족 아니었어?

우리가 가족으로 살아왔던 시간을 이런 식으로 막을 내려버리는 건…… 정말 해도 너무하잖아.

"제길! 웃기지 말라고!"

글렌은 분노에 몸을 맡긴 채 편지를 구겨버리고 펜던트를 벽에 집어던졌다.

그리고 그것은 벽에 부딪힌 충격으로 두 쪽이 나서 융단

위로 떨어졌다.

"……아……."

깨져버린 펜던트를 본 글렌은 그제야 이성을 되찾고 넋을 놓았다.

어깨를 희미하게 떨면서 다가가 그것을 주워들려 했지만 결국 망설이며 손을 멈추었다.

그리고 미련을 떨쳐내듯 일어나 이 상황에서 유일하게 뭔가를 알고 있을 법한 인물의 이름을 외쳤다.

"남루스! 너, 지금 보고 있는 거지?! 당장 튀어나와!"

그러자 어두운 방 한켠에 작은 빛의 입자가 모이더니 등에 이형의 날개가 달린 소녀의 모습을 이루었다.

루미아와 쌍둥이처럼 닮은 소녀, 남루스였다.

『……글렌.』

어째선지 그녀는 당장에라도 눈물을 쏟을 것 같은 표정이었다.

"너!"

글렌은 그런 남루스를 향해 매섭게 달려들었다. 만약 그녀에게 물리적인 실체가 있었다면 그대로 멱살을 잡고 들어올릴 기세였다.

"이게 대체 어떻게 된 상황인데? 이제 좀 가르쳐달라고! 세리카는…… 그 녀석의 정체는 대체 뭐지?! 이제 두 번 다시 돌아오지 않는다는 건 또 무슨 뜻이냐고!"

『…….』

"넌…… 역시 뭔가 알고 있는 거지?"

하지만 남루스는 침묵했다. 이런 상황에서도 침묵을 관철했다.

"그 녀석…… 타움의 천문신전으로 갈 거라고? 왜 하필 이 타이밍에 거길? 그리고 보니 너도 전에 그런 소릴 했었지?"

―글렌……. 가까운 장래에…… 당신은 한 번 더 그 타움의 천문 신전을 세리카와 함께 찾아오게 될 거야…….

"이제 전부 실토해! 가르쳐달라고!"

그리고 글렌은 남루스의 발밑에 무릎을 꿇고 힘없이 고개를 떨구었다.

"……제발…… 부탁이니까."

『………….』

감정이 드러나지 않는 표정으로 글렌을 잠시 내려다보던 남루스는 곧 씁쓸한 표정으로 입을 열었다.

『몇 번이나 말하지만…… 난 이 일에 일절 간섭할 수 없어. 어차피 난 부외자에 불과하니까. 본질에 관한 건 아무것도 가르쳐주지 못 해.』

"아직도 그딴 소릴……!"

『하지만 한 가지는 말할 수 있어. ……여기가 분수령이야.』

남루스는 무릎을 꿇고 글렌과 시선을 맞추었다.

"······분수령?"

『응. 이제부터는 글렌. 당신이 스스로 선택하고 고민해서 행동하는 수밖에 없어.』

그리고 고개를 끄덕이고 말을 계속했다.

『결론부터 말하자면······ 아마 지금부터 세리카의 뒤를 좇아가면 늦진 않을 거야. 틀림없이 그녀를 만날 수 있겠지. **만나지 못하는 게 이상해.** 하지만 그건 이 며칠 사이가 마지막 기회. 그 기간을 넘기면······ 당신은 두 번 다시 세리카를 만나지 못할 거야.』

"······뭐?!"

글렌은 고개를 쳐들었다.

"늦지 않을 거라고? 아직 세리카를 **데려올** 수 있다는 거야?"

『······.』

남루스는 입을 다물어버렸지만 글렌은 안절부절 못하는 기색으로 서둘러 일어났다.

"그럼 이러고 있을 때가 아니지! 얼른 준비해서 지금 당장 타움의 천문신전으로······."

거기까지 말한 글렌은 어떤 사실을 떠올렸다. 떠올리고 말았다.

"이 상황에서······ 페지테를 떠나?"

북쪽에서 밀려오는 망자의 군단, 남쪽에서는 부활을 준비하는 사신의 권속이라는 미증유의 위기에 처한 페지테.

이런 상황에서 과연 자신이 세리카를 찾으러 페지테를 떠나도 되는 것일까?

이 페지테에는 시스티나와 루미아와 리엘을 비롯한 제자들이 있다.

그들을 못 본 척하고 세리카를 찾으러 가는 것이 정말 옳은 일일까?

"……"

글렌은 생각했다.

세리카의 목적은 알 수 없지만, 그녀가 향하는 곳은 틀림없이 《별의 회랑》을 여는 플라네타리움 장치가 있는 대 플라네타리움실. 타움의 천문신전 최심부일 터.

타움의 천문신전은 내부공간이 고대 마술로 뒤틀려 있는 <ruby>유적<rt>에인션트</rt></ruby>이라 내부구조가 그야말로 상상을 초월할 정도로 넓다. 전에 조사했을 때는 세리카의 마술로 간이적인 전이 법진을 구축하면서 탐색했을 정도다.

그 전이 법진은 이미 효력을 잃었을 테니 다시 사용하는 건 불가능하다. 즉, 최심부까지 도달하려면 아무리 짧게 잡아도 수일. 자칫하면 그보다 훨씬 더 긴 시간이 필요할지도 몰랐다.

하지만 망자의 군단과 《검의 공주》와 하늘의 지혜 연구회는 그 사이에 페지테에 도달하고 말 터.

왕복하는 시간도 고려하면 도저히 제시간에 맞출 수 없으리라.

"이 상황에서……? 이 페지테를…… 그 녀석들을 버려? 그, 그럴 수는…… 하, 하지만…… 빌어먹을!"

그 순간, 글렌은 방금 전 시스티나 일행과 나눴던 대화를 떠올렸다.

아직 살아 있는지조차 확인할 수 없는 가족들이 걱정돼서 불안할 텐데도 그녀들은 그 감정을 억누르며 자신들이 지금 해야 할 일을 찾고 있었다.

'그 녀석들에 비해…… 난 뭐지? 이 꼴사나운 모습은 뭐냐고?'

상황은 거의 비슷한데 자신은 이토록 동요하고 당혹스러워하고 있었다.

자신이 뭘 해야 할지 판단을 내릴 수가 없었다. 결단할 수가 없었다.

세리카를 포기해? 정말 자신이 그럴 수 있을까?

'나, 나는……!'

그런 식으로 고뇌에 잠긴 글렌에게 남루스는 담담한 목소리로 말했다.

『……분수령이야, 글렌. 잘 생각해. 이건 어느 쪽이 옳고 그른지를 따지는 게 아니야. 선택의 옳고 그름은 신이 아닌 당신이 판단할 수 있는 문제가 아니니까.』

그러자 글렌은 전에 마술 경기제에서 루미아가 했던 말을 떠올렸다.

『인간은 어떤 선택을 하든 후회할 수밖에 없는 생물이다.』

『그러니 그 무엇보다 중요한 건 본인의 솔직한 마음이다.』

『중요한 건 당신이 어떻게 하고 싶은지 뿐. 그것이 당신이 진심으로 바라는 것이라면 역사가 그 선택에 걸맞은 답을 제시해줄 뿐……. 그저 그뿐이겠지.』

그 말을 끝으로 남루스는 천천히 모습을 지웠다.

"내…… 선택? 내가 진심으로 바라는 것……?"

홀로 남겨진 글렌은 넋을 잃은 채 서 있을 수밖에 없었다.

그저 하염없이 계속…….

제 2 장 각자의 생각

같은 날, 날짜가 바뀌려 하는 깊은 밤.

"……."

네글리제를 입은 시스티나는 피벨 저택의 어느 방 안에 있었다.

사방을 책으로 가득 채운 책장, 책상과 테이블, 융단 같은 매우 고가의 가구들로 둘러싸인 이곳은 그녀의 아버지인 레너드 피벨의 서재였다.

평소에는 거의 발을 들이지 않는 그곳에서 시스티나는 책장을 물색하는 중이었다.

"……이게 아니야. ……이것도 아니고."

책장에서 책을 꺼내 내용을 대충 확인하고 다시 꽂는 단순작업을 옆에 떠 있는 미약한 마술광을 의지해 담담하게 반복했다.

"……이것도 아닌가. 으음~ 분명 이쯤에 있었던 것 같은데……."

똑똑.

그러자 마침 밖에서 문을 두드리는 소리가 들렸다.

"……시스티?"

루미아다. 네글리제 차림의 그녀가 문을 열고 서재 안으로 들어왔다.

"어? 루미아. 무슨 일이야? 자고 있던 거 아니었어?"

시스티나는 손에 책을 집어든 자세로 눈을 깜빡였다.

"……그건 내가 할 말이거든?"

루미아는 걱정스러운 눈으로 말했다.

"너도 어서 자. 그렇지 않아도 내일부터 많이 바쁠 테니까."

"으, 응. 뭐, 그래야지. 그런데 난 좀 할 일이 있어서…… 그러니 넌 리엘이랑 먼저 자."

그렇게 대답한 시스티나는 다시 책을 찾기 시작했다.

"뭔데? 조사? 내일 하면 안 되는 거야?"

루미아가 고개를 갸웃거리자 시스티나는 복잡한 표정으로 말했다.

"……응. 밀라노에 있을 때부터 한시라도 빨리 확인해보고 싶었던 게 있거든. 상식적으로 생각하면 진짜 말도 안 되는 일이지만…….."

그 순간, 책장을 훑던 시스티나의 손이 한 책등에서 멈추었다.

"차, 찾았다! 이거야!"

시스티나는 그 책을 뽑아서 펼쳤다.

루미아도 따라서 책 안을 들여다보았다.

거기에 있는 건 글자가 아니라 사진들이었다.

빛바랜 흑백 사진들이 연대별로 쭉 정리되어 있었다.

"……앨범? 이게 네가 찾던 거야?"

"응."

시스티나는 앨범의 페이지를 넘겼다.

"이건…… 내 증조부님 대부터 찍어둔 피벨 가문의 기록이야. 어릴 때는 할아버님과 같이 자주 이 사진집을 보곤 했었어."

"그랬구나. ……그런데 왜 지금 그걸?"

시스티나는 루미아의 질문에 대답하지 않고 뒤페이지부터 차례대로 넘기기 시작했다.

당연히 뒤에 있는 사진일수록 최근에 찍은 것들이었다.

거기에는 시스티나, 레너드, 필리아나의 다양한 사진들이 있었다. 가장 최근에 찍은 것들 중에는 루미아와 리엘도 나왔다.

"……."

시스티나는 계속 페이지를 넘겼다. 과거를 거슬러 올라갔다.

이윽고 사진에서 리엘과 루미아의 모습이 사라지고, 루미아가 이 집에 맡겨지기 전. 시스티나, 레너드, 필리아나, 그리고 조부 레돌프를 비롯한 순수 피벨가의 일족만 나오기 시작했다.

하지만 시스티나는 페이지를 넘기는 손을 멈추지 않았다.

이윽고 자신의 모습도 없어지고 다른 가문에서 시집을 온 필리아나의 모습도 보이지 않게 되자, 그녀가 잘 아는 얼굴은 젊은 시절의 레너드와 조부 레돌프만 남게 되었다. 물론 먼 친척이나 조모의 모습도 드문드문 있었다.

그렇게 계속 페이지를 넘기다 나온 레너드의 소년 시절.

아마 여기서부터는 그가 자신과 거의 비슷한 나이였을 때 남긴 기록이 되리라.

"우와~ 아버님 젊으시다! 후훗, 멋지신걸. 아, 확실히 어머님 말씀대로 왠지 글렌 선생님이랑 좀 닮으셨을지도?"

루미아가 흥분한 목소리로 반응했다.

"……아니야. 닮긴 했지만…… 미묘하게 달라."

하지만 시스티나는 공허한 목소리로 그런 영문을 알 수 없는 말을 중얼거리며 다시 페이지를 넘겼다.

과거를 더 거슬러 올라갔다.

그렇게 앨범에서는 레너드의 존재도 사라졌다.

시스티나는 진지한 눈으로 사진들을 흘겨보며 페이지를 계속 넘겼고, 이윽고 한 페이지에서 손을 멈추었다.

그곳에는 조부 레돌프의 소년 시절이 찍혀 있었다.

그도 알자노 제국 마술학원의 학생이었는지 교복을 입은 청춘의 한 컷이 흑백 사진 안에 고이 담겨 있었다.

그것을 본 루미아가 눈을 휘둥그레 떴다.

"와…… 시스티네 할아버님께선 진짜 미소년이셨구나."

영원한 초상으로 남겨진 레돌프의 모습은 이게 흑백사진

이라는 것이 믿기지 않을 정도로 선명한 존재감을 과시했다.

"어? 그런데 이 사람…… 분명 어디선가……."

루미아가 기묘한 기시감을 느낀 순간―.

"……거짓말…… 거짓말이지?"

시스티나의 몸이 갑자기 덜덜 떨리기 시작했다.

"……시스티? 왜 그래?"

"그럴 리 없어. 말도 안 돼…… 이건 말도 안 된다구!"

루미아는 시스티나의 옆얼굴을 쳐다보았다. 반응이 심상치 않았다.

시스티나는 이 어두운 방 안에서도 확연히 느껴질 정도로 안색이 나빴고 이마에는 식은땀이 맺혀 있었다. 호흡도 조금 가빴다.

"레돌프 피벨…… Redolf Fibel……."

앨범을 떨어트린 시스티나는 조부의 이름을 계속 되뇌며 그 자리에 풀썩 무릎을 꿇었다.

"그럴 리 없어……. 그럴 리가 없단 말야! 할아버님…… 할아버님께선 5년 전에 돌아가셨는데……!"

"시, 시스티?"

아무래도 이상한 반응에 루미아가 불안감을 느꼈다.

"……어? 그러고 보니 난 그때……."

시스티나가 뭔가를 깨달은 것처럼 중얼거렸다.

"……."

잠시 그렇게 굳어 있던 그녀는 유령처럼 휘청거리며 일어났다.

불안한 눈으로 지켜보는 루미아 앞에서 책장 앞에 있는 레너드의 책상으로 가서 서랍에 손을 댔다.

시스티나는 이 안에 아버지의 어떤 소지품이 있다는 것을 알고 있었다.

예전 같았으면 손도 못 댔을 고도의 술식으로 잠긴 마술 자물쇠도 성장을 거듭한 지금의 그녀라면 손쉽게 해제할 수 있었다.

"……죄송해요, 아버지."

시스티나는 이 자리에 없는 아버지에게 사죄한 후, 서랍에 손을 댄 채 흑마【넉 락】을 영창했다.

그러자 서랍에 걸린 마술 술식과 해제 마술이 복잡하게 맞물리더니 철컥 소리를 내며 자물쇠가 풀렸다.

"시스티? 대체 뭘……."

"……."

루미아가 지켜보는 가운데 시스티나는 살며시 서랍을 열었다.

거기에 숨겨진 물건은…… 한 권의 **일기**였다.

————.

다음 날.

알자노 제국 마술학원 대회의실에서는 『제국 최종 방위 회의』가 열렸다.

그런 명제를 붙인 건 제국에서 제도 다음으로 번영한 도시인 이 페지테까지 함락되면 제국에는 뒤가 없기 때문이다. 틀림없이 멸망의 길을 걷게 될 터.

그리고 이 중대한 회의에는 현재 쟁쟁한 멤버들이 모여 있었다.

우선 현 제국 정부의 주요인물들.

밀라노에서 귀환한 여왕 알리시아 7세와 여왕부 관방장관 그라츠 르 에드와르도 경. 우연히 페지테에 있는 생가에 귀성했던 덕분에 운 좋게 제도의 난을 벗어난 원탁회의 일원 에이브럼 루치아노 기사작. 하지만 다른 원탁회 멤버들과 정부 고관들은 안타깝게도 현재 행방불명, 생사를 알 수 없는 상태였다.

군 관계자는 여왕이 밀라노에 대동했던 제국 궁정 마도사단 특무분실의 멤버들. 저번 제도 방위전에서 제국군에 《검의 공주》에게 괴멸당했을 때 운 좋게 겨우 살아남은 제국 궁정 마도사단 제1실 실장 크로우 오검 이하 상급 장교 몇 명.

그리고 방위전의 무대가 페지테인 이상 당연히 페지테 경라청의 호나우두 맥스웰 장관을 필두로 하는 고관들도 이회의에 참석했다.

또한 알자노 제국 마술학원도 유사시에는 제국 전시법에 의거해 교내에서 전력을 공출할 의무가 있으므로 릭 워켄 학원장을 필두로 할리 아스트레이, 체스트르 누아르 남작, 오웰 슈더, 포젤 루포이 엘트리아를 비롯한 유력 교수 및 강사진이 참석했다.

마술학원의 학생들도 이 위기에서 조국을 지키기 위해 자발적으로 임시 학생 부대를 결성했고, 그 핵심 멤버인 학생회 집행부의 회장 리제 필마나 시스티나 피벨 등도 참석이 허락되었다.

신분, 나이, 입장을 불문하고 눈앞에 닥친 하나의 문제를 해결하기 위해 모인 그 모습은 지난 《불꽃의 배》 사변 때와 동일했다.

알자노 제국은 평소야 어떻든 일단 위기가 닥치면 여왕이라는 구심점 아래에서 일치단결하는 국민성을 지닌 나라였기 때문이다.

"먼저 북쪽…… 제도 오를란도의 상황은 어떻죠?"

"확실히 말씀드리자면, 심각합니다."

알리시아 7세의 물음에 본회의의 정보 총괄을 맡은 제국 궁정 마도사단 특무분실의 집행관 넘버 5 《법황》 크리스토프가 대답했다.

"동부 국경선을 뚫고 이그나이트령을 경유해 제도 방위군을 돌파한 망자의 군단은…… 약 5만. 그것이 무방비한 제도로 단숨에 쏟아져 들어온 탓에 제도 시민 약 50만 중 대략 절반가량이 하룻밤 사이에 희생됐습니다. 그리고 희생자들은 그대로 새로운 망자가 되어 적진에 합류. 현재 제도는 완전히 사령들의 소굴입니다. 가까스로 제도를 탈출한 시민들은 주위의 지방 도시로 뿔뿔이 흩어졌다고 합니다."

크리스토프의 보고에 주위에선 탄식이 터져 나왔다.

"그리고 지금 이 시간에도 시체들은 레자리아 왕국에서 국경을 넘어 제도에 집결하고 있습니다. 망자의 군단이 눈덩이처럼 불어나고 있다는 뜻이죠. 방금 전 성 엘리사레스 교황청의 파이스 추기경님이 보내주신 정보에 따르면 고(故) 아치볼트 추기경령의 영민들이 계속해서 언데드화하는 현상이 발생했기에 현재 성당 기사단이 총력을 기울여 토벌하고 있으나 제도로 유입되는 건 막을 수 없다고 합니다.

"……그런……가요."

"이런 대규모 사령술…… 술사는 그야말로 초월적인 경지의 네크로맨서입니다. 척후대의 보고에 따르면 제도의 성벽 위에서 하늘의 지혜 연구회 어댑터스 오더인 엘레노아 샤레트의 모습을 확인. 이 망자의 군단을 지휘하는 건…… 능력을 감안하면 그녀가 틀림없다고 추정됩니다."

"즉, 그 여자를 죽이지 않으면 막을 수 없다는 건가?"

버나드가 지긋지긋한 표정으로 말했다.

"그 망자의 군단을 부리는 하늘의 지혜 연구회의 목적은?"

"불명입니다. 다만, 다음 표적이 이곳 페지테라는 것만은 틀림없습니다."

그 순간, 주위가 술렁였다.

"지금도 움직임을 보이고 있습니다. 대열을 짠 일부가 제도 남부 가도를 서서히 남하 중. 아무래도 시체이다 보니 진군 속도는 느리지만…… 그래도 5일 후면 틀림없이 이 학구도시 페지테에 도착할 것으로 사료됩니다."

"그런가요……."

"그보다 더 나쁜 보고가 하나 있습니다. 남부의 밀라노에서 발동 중인 사신소환 의식이…… 급격히 활성화된 모양이라 《뿌리》는 이미 밀라노뿐만 아니라 주변 국가에도 조금씩 발생하고 있어서 저마다 큰 혼란에 빠진 상태라고 합니다.

"2백 년 전과 똑같군요. ……사신의 권속 강림이 가까워지면 전 세계에 《뿌리》가 발생해서 막대한 피해가 발생했다고 들었습니다. ……그렇다면 우리 예상보다 부활이 이를지도 모른다는 건가요?"

"확증은 없습니다만…… 아마……."

크리스토프의 결론에 회의실은 무거운 침묵에 잠겼다.

"아아, 세상에……! 건국 1천 년에 이르는 유서 깊은 우리 제국에 설마 이런 위기가 찾아오다니……!"

"허! 한탄해봤자 어쩌겠소. 문제는 이 위기를 어떻게 극복할지가 아닌가?"

루치아노 경은 어깨를 으쓱이며 약한 소리를 하는 에드와르도 경에게 말했다.

"까놓고 말해 우리의 현 전력 상태는 어떻지?"

그리고 질문을 던지자 제국 궁정 마도사단 제1실 실장인 크로우 오검이 자리에서 일어나 대답했다.

"정예 중의 정예인 제국군 제도 방위사단이 저번 전투에서 사실상 전멸했으니…… 현재 방위사단의 생존자들을 모으고 근방의 주둔 사단에서 긴급 소집 중이긴 합니다만, 며칠 내로 모이는 전력은 밀라노에서 귀환한 병력을 합쳐도 1만. 아니, 잘해봐야 1만 5천 정도가 아닐까요? 좀 더 시간이 주어진다면 모르겠습니다만……."

크로우는 결국 말꼬리를 흐릴 수밖에 없었다.

"이번 전투에서 머릿수는 전혀 의미가 없을 거다."

그러자 특무분실 넘버 17 《별》 알베르트가 담담한 목소리로 발언했다. 밀라노에서 부상당한 오른쪽 눈에 감은 붕대는 아직도 풀지 않은 상태였다.

"적측에는 《검의 공주》 엘리에테 헤이븐이 있다. 그 여자 앞에서 병력의 규모 따윈 무의미해. 대체 어떤 방법으로 현세에 되살아난 건지 모르겠지만, 놈은 진짜 영웅…… 그리고 지금은 이 제국의 적이자 인류의 적이다. 그건 틀림없어."

그 발언에 주위가 한층 더 크게 동요했다.

"그리고 지금 적군에는 그 남자가 있다. 하늘의 지혜 연구회 헤븐스 오더……《마기스테르 템프리》파웰 퓌네. 666의 악마 군단을 거느린 세계 최고(最古)이자 최강의 악마 소환사. ……그자의 실력은 격이 달라. 아마 《울티무스 클라비스》의 최강 전력이라 봐도 무방하겠지."

"그렇다는 건…… 우리는 엘레노아 샤레트, 엘리에테 헤이븐, 그리고 파웰 퓌네라는 세 괴물을 해치우지 못하면 승산이 없다는 건가."

특무분실 집행관 넘버9 《은둔자》 버나드가 어이없는 표정으로 말했다.

"이건 스릴 넘치는 수준을 넘어서 아주 기가 막힐 지경이구만! 으하하하!"

"그럼에도 우리는 이 위기를 극복해야만 합니다. 가까운 미래, 밀라노에 사신의 권속이 강림할 테니까요. 제2차 마도대전이 시작되기 전까지 《울티무스 클라비스》와 하늘의 지혜 연구회를 무찌르고 진정한 최종결전을 대비해야만 해요."

여왕 알리시아 7세는 의연한 태도로 발언했다.

그리고 이 회의에 참석한 한 여성을 지목해서 불렀다.

"이브 디스트레 임시 천기장."

"예!"

호명당한 이브는 절도 있게 기립했다.

"제도에 있던 군의 고관들과 상급 장교들이 전부 행방불명되거나 전사해버린 지금…… 이 페지테에 모인 잔존 병력은 소속과 지휘계통이 제각기 따로 노는 오합지졸일 뿐입니다. 이들을 군사행동이 가능한 수준까지 재편해서 지휘할 수 있는 인재는…… 이제 당신밖에 없겠죠."

"폐하……."

"저번 밀라노 사변에서 당신이 세운 무공과 공적을 감안해 여왕의 권한으로 당신을 특진시키겠습니다. 제국 궁정 마도사단 특무분실의 실장 《마술사》로 재임명하는 동시에 정식 원수로 임명하죠."

그러자 주위가 술렁거렸다.

"워, 원수라고……?!"

"이브 님을……?!"

원수란 군사행동의 최고 전술단위인 사단을 전부 지휘하고 운용할 권한을 가진 제국군의 최고 계급이다. 사실상 죽어서 공석이 된 이그나이트 경의 후임이 된 셈이다.

현재 이브는 천기장이긴 해도 임시직에 불과했다. 그것을 감안하면 그야말로 이례적인 인사였다.

이 자리에 모인 이들 중 다수는 영문을 알 수 없는 승진에 고개를 갸웃거릴 수밖에 없었지만 군 관계자, 그중에서도 특히 저번 밀라노 사변을 경험했거나 아는 자들은 납득했다.

이그나이트 경이 일으킨 쿠데타『불꽃의 세 시간』. 당시의 절망적인 전황에서 기적적인 대역전극을 펼친 그녀야말로 이번 싸움의 총사령관에 걸맞으리라는 사실을……

"이 페지테에 있는 제국 최종 방위군의 총사령관을……
맡겨도 될까요?"

"예. 이 목숨을 걸고."

하지만 그 결정에 수긍하지 않는 자들도 있었다.

"외람되오나 폐하! 저는 그 여자를 총사령관에 임명하는
걸 반대합니다!"

페지테 경라청의 호나우두 맥스웰 장관이었다.

"폐하께선 모르시겠지요! 그 여자가 저번 『페지테 최악의
사흘』 때 얼마나 피도 눈물도 없는 짓을 벌였는지! 그 여자
는 본인의 전과를 위해서라면 주위를 얼마든지 희생할 수
있는 인간입니다! 그런 여자가 위에 있으면 희생이 더 늘어
나기만 할 뿐이란 말입니다!"

호나우두의 지적에 주위가 술렁이기 시작했다.

경라청 소속의 참석자들은 모두 그의 의견에 동조해 이브
를 비난하기 시작했다.

'……잠깐만 이브…… 너, 대체 무슨 짓을 저질렀던 거야?'

사실 글렌으로서도 당시의 태도를 돌이켜보면 짚이는 데
가 없는 건 아니었다.

'거 참…… 그래도 뭐…… 걱정은 안 해도 되겠지.'

그렇게 생각하며 이브를 흘겨본 순간—

"……그 일에 관해서는 정말 죄송할 따름입니다."

그녀는 공손하게 고개를 숙였다.

하지만 경라청 고관들은 설마 이렇게 나올 줄 예상하지 못했는지 당황한 표정이었다.

"당시의 제 부족함과 미숙함으로 인해 페지테 경라청분들께 큰 폐를 끼친 점…… 지금 이 자리를 빌려서 다시 사죄드립니다."

그리고 이브는 고개를 들고 그들을 똑바로 응시했다.

"하지만 제 이름을 걸고 그런 어리석은 짓은 두 번 다시 저지르지 않을 겁니다. 전 제 목숨을 걸고 이 페지테를, 그리고 조국을 지킬 것을 맹세하겠습니다. 그러니 부디 이 미숙한 후배에게 여러분의 힘을 빌려주시길 바랍니다."

전과는 전혀 다른 이브의 성실하고 올곧은 태도에 호나우두를 비롯한 경라청 고관들은 잠시 서로 얼굴을 마주보았지만 곧 날선 태도를 거두고 말없이 자리에 착석했다.

알리시아는 그 광경에 만족했는지 살포시 미소 지었다.

그리고 일동을 돌아보며 다시 진지한 표정을 지었다.

"여러분. 이번 페지테 최종 방위전은 틀림없는 총력전이 될 겁니다. 제국의 흥망은 이 일전에 걸려 있다고 봐도 무방하겠죠. 이 국난은 지금 우리가 가진 모든 전력을 집결하지 않으면 극복할 수 없습니다. 그러니 부디 저에게 힘을 빌려주십시오."

"폐하의 하명이라면 어쩔 수 없군요."

그러자 알자노 제국 마술학원 강사 할리 아스트레이가 발언했다.

"이 페지테를, 조국을 구하고 싶은 건 저희 마술학원 일동도 마찬가지입니다. 아낌없는 협력을 약속하겠습니다."

"그래! 이 제국에서 살아가는 미소녀들을 위해 힘 좀 써봐야겠군!"

"흠하하하하하하하하하! 이 천재의 힘이 필요하다면 언제든지 말하도록!"

체스트 남작, 오웰도 저마다 동의했다.

"저희 학생 자원 부대도 분골쇄신의 각오로 최종 방위전에 참가하겠습니다."

그러자 학생 대표 리제 필마도 의연한 태도로 발언했다.

"페지테는 고향, 제국은 조국. 이 유사시에 나서지 않는 건 마술사도 아니에요."

"으하하하하하하! 말 잘했다, 내 손녀! 아주 장해!"

"……저기, 할아버님? 여긴 공적인 자리거든요?"

그 말에 루치아노 경이 크게 기뻐하며 호탕하게 웃자 리제는 어이없다는 반응을 보였다.

"좋아! 어디 해보자고!"

"이봐, 베어! 우선 시급히 군의 생존자들부터 찾는 거다! 한 명이라도 더 많은 병력을 모아!"

"옛썰, 크로우 선배!"

"우리 경라청은 페지테 시내의 경비를 강화하자! 먼저 지반부터 다지는 거다!"

"""예!"""

"학원장님, 전 망자의 군단에 효과적인 마술 전술을 검토해 보겠습니다."

"부탁하네, 할리 군."

"젠장! 아, 진짜! 하긴 좀비 놈들을 쓸어버리지 않으면 제도의 『봉인지』 탐색은 꿈도 꿀 수 없겠지! 귀찮지만 어쩔 수 없군!"

처음에는 절망적인 표정이었던 이들도 어느새 의기충천해 자신들이 해야 할 일을 찾아 움직이기 시작했다.

'……그래. 나도…… 뭔가…… 뭔가를 하긴 해야겠는데……'

하지만 글렌은 그런 모두를 마치 딴 세상일처럼 바라보고 있었다.

'나도……'

그렇다. 자신이 할 수 있는 일을 해야만 했다. 국가 존망의 위기 앞에서 개인의 사정 따윈 사소한 일이다. 망설일 여유 같은 건 없었다.

'하지만 난……'

글렌이 무한히 되풀이되는 사고의 늪에 잠긴 그때였다.

"글렌."

어느새 휴식 시간이 된 건지 알리시아가 옆에 와 있었다.

"폐, 폐하?!"

글렌이 황급히 일어나서 자세를 바로잡자 알리시아는 웃으면서 본론을 꺼냈다.

"글렌, 당신에게 좀 묻고 싶은 게 있는데요."

"아, 예! 얼마든지 물어 보십쇼!"

"세리카는 요즘 어떻게 지내고 있나요?"

"······?!"

그 순간, 몸이 찢어질 듯한 통증이 글렌을 엄습했다.

"요즘 몸 상태가 안 좋다는 소식은 들었어요. 하지만······ 이 국난을 벗어나기 위해서라도 그녀의 힘을 꼭 빌리고 싶은데, 어떤가요?"

"으, 으음····· 그게······."

글렌은 동요를 억누르면서 대답했다.

"죄송합니다. 사실 그 녀석은····· 지금 싸울 수 있는 상태가 아니라서요."

"그, 그런가요?!"

알리시아는 걱정스러운 표정으로 눈을 크게 떴다.

"그럴 수가····· 설마 그 정도로 심각한 상태였다니······ 그럼 지금도?"

"아, 평범하게 일상생활을 하는 건 전혀 문제없습니다! 뭐랄까····· 이젠 마력을 심하게 소모하는 전투에는 버틸 수 없는 몸이 됐다고 해야 할지······."

"그렇군요……"

알리시아는 잠시 뭔가를 생각하다 감회에 젖은 목소리로 말했다.

"하긴 그러고 보면…… 세리카는 거의 4백 년 동안이나 이 땅에 머물면서 제국의 수호신 노릇을 자처하고 있었죠."

"수, 수호신?! 아, 아니 그건 좀 과장이 심하신 게 아닐까요?!"

"후훗, 사실 이 나라는 그 정도로 그녀에게 신세를 지고 있었답니다. 그 강대한 힘 때문에 늘 악랄한 소문이 따라다녔지만…… 그녀가 없었다면 이 나라는 이미 예전에 지도에서 지워졌을지도 모르죠."

글렌이 당황하자 알리시아는 쿡쿡 웃었다.

"하지만…… 그러네요. 언제까지 세리카만 의지할 수는 없겠네요. 이 제국의 미래는 우리 손으로 헤쳐 나가야 하는 거겠죠."

"……"

"글렌. 당신도…… 힘을 빌려주실 건가요?"

"예, 물론이죠. 전……"

글렌은 내심 복잡한 심경으로 대답했다.

"……선생님?"

"글렌…… 오늘 아침부터 왠지 좀 이상해."

"그러게."

시스티나와 리엘과 루미아가 그런 그의 모습을 걱정스러

운 눈으로 바라보고 있었다.

————.

"난 대체 어쩌면 좋지?"

회의가 끝난 후, 글렌은 교내를 정처 없이 걸었다.

이 페지테에서 가장 방어가 굳건한 시설을 고른다면 역시 알자노 제국 마술학원이다 보니 최종 방위군의 방어거점도 당연히 이곳이 될 수밖에 없었다.

현재는 군 관계자와 경라청 관계자와 마술학원의 마술사들이 바쁘게 돌아다니는 상태였다.

"내가 지금 해야 할 일은……."

무엇이 옳은 선택인지는 두말할 필요도 없었다.

페지테에 남아 방위군의 일원으로서 싸우는 것.

예전에 자신이 목표로 삼았던 『정의의 마법사』가 여기 있었어도 그렇게 했으리라. 누구에게 물어볼 필요까지도 없었다.

'……나에겐…… 오리지널 【광대의 세계】, 【광대의 일격】, 그리고 흑마 개량형 【익스팅션 레이】가 있어.'

글렌은 자신의 손을 내려다보고 생각했다.

'자만하는 건 아니지만…… 고양이 손이라도 빌리고 싶은 이 상황에서 지금의 난 전술적 가치가 제법 높은 패야.'

오히려 자신이 자리를 비운 탓에 지인 중 누군가가 죽는 결과가 될 가능성이 컸다.

그러니 이것이 옳은 선택일 터.

이대로 페지테에 남아 학생들을, 모두를 지키기 위해 싸우는 것이 옳다.

절대적으로.

하지만 그 경우에는…….

"젠장……!"

글렌은 생각을 정리하지 못한 채 다시 교내를 정처 없이 걷기 시작했다.

"……여왕 폐하…… 맞아. 폐하께 상담해보면……."

지금의 알리시아에게 사정을 밝혀서 대체 무슨 말을 듣고 싶은 건지조차 알 수 없는 상태로 글렌은 여왕을 만나기 위해 움직였다.

임시로 마련된 여왕의 집무실을 향해 걸었다.

다행히도 그 구역을 담당하는 위병이 글렌의 활약상과 공적을 잘 알고 있는 이라 긴급한 용건이라는 말을 했더니 간단한 몸수색만 하고 길을 열어주었다.

"세리카의 친구이기도 한 폐하라면…… 분명……."

글렌이 집무실 문을 두드리려 한 순간―.

"저더러 이 도시를 떠나 외국으로 망명하라니…… 그게 대체 무슨 말씀이에요! 어머니!"

안에서 소녀의 고함소리가 들렸다.

글렌은 대체 무슨 일인가 싶어 손을 내렸다.

그리고 문 틈 사이로 안을 들여다보자 알리시아 7세와 그녀에게 뭔가를 따지는 소녀, 루미아의 모습이 눈에 들어왔다.

"진정하고 들으세요, 엘미아나."

왠지 화가 난 듯한 소녀에게 알리시아는 엄숙한 목소리로 말했다.

"아무도 없는 지금이니 말하죠. 이번 싸움은 어쩌면 패배…… 아니, 그렇게 될 가능성이 커요. 이 싸움에서 지면 페지테는 지도에서 사라지고 제국은 멸망하겠죠. 당신은 그렇게 되기 전에 이 나라를 탈출하세요. 원한다면 당신의 소중한 친구들을 데려가도 상관없으니까요."

"어, 어머니?! 그게 무슨……!"

"전 왕실의 인간이자 알자노 제국의 여왕입니다. 저에겐 이 나라를 지키기 위해 마지막까지 싸워야 할 의무가 있죠. 하지만 당신은 아니잖아요? 그러니 당신만이라도……."

"싫어요!"

하지만 루미아는 결연한 자세로 말했다.

"어머니를 두곤 못 가요! 그리고 지금 제국을 탈출해봤자 달라질 건 없어요! 머지않아 사신이 강림해서…… 세계는 멸망의 위기에 처할 테니까요! 도망칠 곳 따윈 어디에도 없다구요!"

"아아, 엘미아나…… 대체 왜 알아주질 않는 거니!"

그러자 알리시아는 눈물을 뚝뚝 흘리기 시작했다. 아무리 보는 이가 없다지만 그 의연한 알자노 제국 여왕 알리시아 7세 말이다.

"네 언니이자 내 사랑하는 딸…… 레닐리아는 현재 행방불명…… 생사를 확인할 수 없는 상태란다. 제도의 참담한 꼴을 봐선 아마 죽었다고 봐야겠지……."

"어, 어머니……."

"그럼 적어도 이젠 죽고 없는 그이가 남겨준 너만이라도 살아남길 바란다는…… 이 어미의 마음을 대체 왜……."

결국 감정을 억누르지 못한 알리시아는 루미아를 끌어안고 오열하기 시작했다.

"아아, 미안하구나! 널 버린 주제에 이제 와서 무슨 낯짝으로 이런 말을…… 어쩜 이렇게 비겁하고 추할 수가…… 미안, 흑…… 정말 미안해. 제국이…… 세상이 이렇게 되는 걸 막지 못한 무능하고 무력한 날 용서해주렴……."

"아니에요, 어머니."

루미아도 눈물을 글썽이며 알리시아를 끌어안았다.

"그리고 아직 언니가 죽었다고 정해진 건 아니잖아요? ……저희가 이겨서 제국의 미래를 지키면…… 언니가 무사히 돌아올 가능성도 있어요. 그러니 같이 싸워요, 어머니. ……저희는 궁지 높은 알자노 제국의 왕족이니까요."

"흑…… 엘미아나…… 흐흑…… 엘미아나……."

"……."

그런 모녀의 대화를 들은 글렌은 말없이 그 자리에 서 있을 수밖에 없었다.

그리고 결국 알리시아에게는 아무 말도 못 하고 그 자리를 떠났다.

그대로 정처 없이 교내를 돌아다니던 글렌은 보기 드문 조합의 남녀를 발견했다.

"저, 전 절대로 반대예요!"

"……."

마술학원의 의무실에서 근무하는 법의사인 세실리아 헤스티아와 알베르트였다.

대체 무슨 일인가 싶어서 걸음을 멈춘 글렌은 벽 뒤에서 둘의 대화를 엿듣기 시작했다.

"대체 뭐냐구요, 이게! 당신은 대체 무슨 생각으로 이런 걸……!"

세실리아가 화가 난 얼굴로 알베르트의 콧잔등에 동그란 돌 같은 물체를 들이밀었다.

"몇 번이나 설명했을 텐데. 그게 내 오리지널이라고."

알베르트는 평소처럼 날카로운 맹금류 같은 눈으로 담담

하게 대답했다.

"완성 자체는 한참 전에 했었지. 하지만 나약하게도 그 사용 리스크를 두려워한 난 지금까지 이식하는 걸 피했던 거다."

"그, 그야 당연하죠!"

그 얌전한 세실리아가 웬일로 화를 내면서 소리쳤다.

"……."

하지만 알베르트는 말없이 그녀에게 눈으로 뭔가를 호소하고 있었다.

"이봐, 무슨 일이야?"

글렌은 불온한 분위기를 읽고 황급히 달려갔다.

"그, 글렌 선생님? 그러고 보니 선생님은 알베르트 씨의 친구분이셨죠? 이 사람, 진짜 저한테 터무니없는 요구를 하고 있다니까요? 좀 말려주세요오……."

"별 것 아니다. 내가 전에 만든 의안인 이 오리지널을 저번 싸움에서 잃은 오른쪽 눈 대신 이식해달라고 세실리아 여사에게 의뢰한 것뿐이니까."

"제 말 좀 들어보세요오~. 이건 진짜 말도 안 되는 물건이라니까요?!"

세실리아는 울 것 같은 표정으로 글렌에게 매달렸다.

"이건 영혼의 심장부인 세피라 하나를 억지로 파내고 이걸 거기에 쑤셔 넣어서 잇는 거나 마찬가지…… 자칫하면 시술 과정에서 죽을 수도 있고…… 조정에 실패하면 수명이 줄어들지도 모르는데…… 전 법의사로서 이런 이식 수술은 절대로 받아들일 수 없단 말예요!"

"알베르트, 너…… 설마."

글렌이 험악한 표정으로 노려보았지만 알베르트는 오히려 슬쩍 웃었다.

"안심해라, 글렌. 난 딱히 죽으려는 게 아니니까."

"……뭐?"

예상치 못한 대답에 글렌은 놀랄 수밖에 없었다.

"예감이 들어. 난 이번 싸움에서 하늘의 지혜 연구회 최강의 간부인 《마기스테르 템프리》 파웰 퓌네와 맞붙게 될 거라는……. 하지만 지금 내 힘으로는 설령 내 목숨을 전부 불태운다 해도 이기지 못하고 죽겠지. 그래서 이 힘이 필요한 거다."

"너……."

"하나를 버리고 아홉을 구하는 건 아직도 변치 않는 내 신념이다. 그리고 그 하나엔 당연히 내 목숨도 포함돼. 예전의 나였다면 파웰을 쓰러트리기 위해, 아홉을 구하기 위해 망설임 없이 이 의안을 직접 내 눈에 쑤셔 넣었겠지. 그러다 실패해서 변변찮은 최후를 맞이하게 되더라도."

"……."

"하지만 어딘가의 바보 같은 몽상가가 나한테 그러더군. ……다른 사람을 의지하라고. 혼자 짊어지지 말라고. 하나를 포기하는 건 그렇게 한 뒤에도 늦지 않는다고. 그래서 난 이렇게 세실리아 여사에게 고개를 숙여가며 부탁하고 있는 거다. 전에 이브의 왼팔을 이어붙인 그녀의 심령수술 솜씨라면…… 반드시 성공할 거라고 믿으니까."

알베르트는 왠지 평소보다 약간 누그러진 표정으로 말했다.

"……그런가. 넌 딱히 자포자기한 것도, 평소처럼 깔쌈하게 체념한 것도 아니라 살기 위해, 네가 해야 할 일을 위해서란 거지?"

"……그래."

"……세실리아 선생님, 저도 이렇게 부탁합니다. 이 녀석의 부탁을 좀 들어주십쇼."

알베르트의 결의를 느낀 글렌은 오히려 세실리아에게 부탁했다.

"예, 예에……? 그, 글렌 선생님까지……."

"예. 하지만 안심하십쇼. 만약 수술하다 실수로 이 녀석이 죽더라도 그건 제 책임이니까요. 당신이 짊어질 필요는 하나도 없습니다."

"그래, 맞아. 네 책임이다. 글렌. 내 묘에는 꽃 한 송이라도 바치도록."

그러자 웬일로 알베르트가 농담을 입에 담았다.

"바~보. 그런 건 나랑 안 어울리거든? 그냥 네가 싫어하는 상표의 술을 끼얹어줄게."

"후우~ 남자들은 왜 늘 이런 식인 걸까요?"

격의 없는 대화를 나누는 둘 앞에서 세실리아는 어이없는 한숨을 내쉰 후—.

"……알았어요. 다른 사람도 아니고 글렌 선생님이 그렇게까지 말씀하신다면…… 한 번 해볼게요. 이 세실리아 헤스티아 일생일대의 대수술이 되겠네요."

뭔가를 각오한 듯 힘차게 고개를 끄덕였다.

"……미안하군, 그리고 감사하마."

알베르트는 평소처럼 무뚝뚝한 태도로 고개를 살짝 숙였다.

"글렌."

그리고 떠나려 하는 글렌을 불러 세웠다.

"왜?"

"……살아남자."

그 말을 들은 순간, 글렌은 눈을 깜빡거리며 놀랄 수밖에 없었다.

임무를 위해서라면 자기 목숨도 초개처럼 버릴 수 있는 알베르트에게 대체 무슨 심경의 변화가 있었던 것일까. 글렌은 모든 걸 혼자 짊어지려고만 했던 그의 변화에 놀라움을 느끼면서도 짧게 대답했다.

"……으, 응."

그리고 그 자리를 떠났다.

딱히 수술은 걱정되지 않았다.

자기 목숨조차 소모품으로 여기던 저 녀석이 저렇게까지 말하는 걸 봐선 세실리아의 심령수술은 틀림없이 성공할 터.

'……저 녀석도 나름 필사적으로 이 싸움에 대비하고 있는데 난…….'

하지만 왠지 가슴이 답답해진 글렌은 다시 교내를 헤매기 시작했다.

"글렌 레이더스!"

딱히 목적도 없이 연구동을 걷고 있자, 뒤에서 갑자기 누군가가 이름을 불렀다.

"서, 선배……?"

"흥."

뒤를 돌아보자 그곳에는 글렌의 직장 선배인 할리 아스트레이가 불쾌한 얼굴로 서 있었다.

"……저한테 무슨 볼일이라도 있으십까?"

"이걸 보도록."

혹시 평소처럼 또 뭔가 비아냥거리는 게 아닐까 싶어 긴장했지만, 그는 양피지를 눈앞에 내밀었다.

"이, 이건…….."

마술식 도면이었다. 룬 문자와 수식과 기호가 복잡하게 얽혀서 하나의 기적적인 해답을 도출했다.

"네놈이라면 이해할 수 있겠지? 이건 내가 전부터 대 네크

로맨서용으로 연구하던 마술식이다. 현재 자잘한 부분은 체스트 남작님과 슈더 교수님이 채우는 중이지. 난 이걸 쓰면 지근거리에서의 사령술에 대항할 수 있으리라 확신하고 있다."

"아, 예…… 확실히 이거라면……."

글렌은 마술식을 눈으로 한 번 훑었다.

무시무시할 정도로 치밀하게 계산되고 정밀하게 구축된 마술식을 구성하는 마술함수 하나만 놓고 봐도 고안자의 탁월한 재능을 미루어 짐작할 수 있었다.

"그런데 이게 왜요?"

"네놈 눈에는 어떻지?"

"예?"

"둔감한 녀석 같으니라고. 교내의 마술사 중에서도 톱클래스의 실전파인 네 눈으로 보기에 이 식이 과연 마술 전투에서 도움이 될지 묻고 있는 거다."

"……."

글렌은 예상치 못한 대답에 놀라면서도 마술식을 정독하고 대답했다.

"……아니, 솔직히 무리일걸요."

"……."

"너무 무겁습니다. 평범한 네크로맨서라면 모를까 엘레노아 수준의 네크로맨서가 상대라면…… 여기…… 이 부분의 마력 집속 속도가 느린 게 치명적이겠네요. 아마 여길 파고들

검다."

글렌은 겉치레 없이 솔직하게 대답했다.

그리고 이번엔 또 무슨 대답이 돌아올지 긴장했는데—.

"그런가. 아직 개선할 여지가 있군. 아직 시간이 있어서 다행이야."

할리는 그렇게 말하고 깔끔하게 등을 돌렸다.

그 반응에 의문을 느낀 글렌이 입을 열었다.

"선배? 저기…… 화 안 내심까?"

"화? 내가 왜? 네놈이 마술사로서 그렇게 판단했다면 나도 마술사로서 해야 할 일을 할 뿐이거늘."

예상치 못한 대답에 글렌이 눈만 깜빡거리자 할리는 시선을 피하고 코웃음을 쳤다.

"글렌 레이더스. 난 말이다. 매사에 의욕도 없고 난봉꾼인 네놈이 여전히 싫다만…… 마술사로서의 네놈은 어느 정도 인정하고 있다."

할리의 갑작스러운 고백에 글렌의 눈이 휘둥그레졌다.

"확실히 마술사로서는 삼류지만…… 지금까지 넌 마술사로서의 존재방식을 마도의 업이 아닌 행동으로 증명해왔지."

"……."

"흥. 이번에도 그런 식으로 열심히 널 증명해보도록."

그 말을 끝으로 할리는 글렌을 두고 떠나갔다.

"……응?"

문득 정신을 차리고 보니 어느새 안뜰에 나와 있었다.

그곳에서는 많은 학생들이 줄지어 서서 뭔가 훈련 같은 것을 받고 있었다.

저마다 진지한 표정으로 표적인 골렘을 향해 주문을 날리거나, 레이피어 같은 물건을 휘두르거나 하면서…….

"아, 선생님."

글렌이 그렇게 가만히 지켜보자 마도사 예복을 입은 소녀가 다가왔다.

얼마 전에 특무분실에 들어온 집행관 넘버 10 《운명의 수레바퀴》 엘자였다.

"응, 글렌."

그 옆에는 똑같은 예복 차림의 리엘도 서 있었다.

"……너희는 또 뭐 하냐?"

"으음~ 저랑 리엘이 이번 페지테 방위전에 자원한 학생 부대의 임시 훈련 교관으로 선정됐거든요."

"응. 분명 그랬어."

"……학생 부대라."

글렌의 표정이 복잡해졌다.

"예. 저번 세계 마술제전의 대표 선수들은 특례로 군용 어설트 스펠을 배웠지만, 다른 학생분들은 아니잖아요?"

"응. 그래서 이거. ……난 잘 모르겠지만."

리엘이 레이피어 같은 물건, 《마도사의 지팡이》를 글렌에게 불쑥 내밀었다. 아무래도 《불꽃의 배》 사변에서 대활약한, 학생들을 간편하게 마도병으로 전환시킬 수 있는 마도기가 또 세상 빛을 보게 된 모양이다.

글렌이 그것을 불편한 눈으로 쳐다보았으나 엘자는 감탄한 목소리로 말했다.

"여기 학생분들은 정말 대단해요. 거의 다 자발적으로 입대를 희망하던걸요. 전투에 자신 없는 분들까지 위생병으로 참가하겠다고 그러더라구요."

"그러냐……."

학생 부대의 역할은 도시 방위전의 후방 지원.

즉, 출진한 제국군의 본거지인 페지테를 지키는 역할이라 직접 전선에 나가서 싸울 일은 없었다.

하지만 만에 하나라도 전선을 돌파당해 시내에 적의 침입을 허용한다면 싸울 기회가 생길 터.

'……난 그런 짓이나 하라고 그 녀석들에게 마술을 가르친 게 아닌데 말이지.'

글렌이 다시 주위를 둘러보자 학생들은 결전을 대비해 필사적으로 훈련에 매진하고 있었다.

기블, 리제, 자일, 하인켈 같은 대표 선수 멤버들. 그리고 카슈, 웬디, 테레사, 세실, 린을 비롯한 글렌의 반 학생들은 대부분 나와 있었다.

모두가 필사적이고 진지한 얼굴이었다. 사랑하는 조국을 지키기 위해, 고향을 지키기 위해.

그리고 그 중에서도 가장 눈에 띈 것은 역시 시스티나였다.

"《풍왕의 검이여》!"

그런 주문과 동시에 흑마 【에어 블레이드】가 목표인 훈련용 골렘을 깨끗하게 좌우로 갈라 버렸다.

"좋아! 컨디션 최고!"

시스티나는 주먹을 굳게 쥐었다.

훈련용이라 당연히 어지간한 방법으론 파괴할 수 없는 골렘을 간단히 박살 낸 그녀에게 주위의 찬사와 감탄하는 시선이 모여들었다.

아무튼 적은 강대하다. 그렇다면 아군은 강할수록 좋았다.

"이 주문의 한 소절 영창도 많이 안정됐네. 남은 건…… 앗, 선생님?"

그렇게 열심히 훈련 중이던 시스티나는 글렌이 온 것을 깨닫고 다가왔다.

"어때요? 선생님이 가르쳐주신 대로 【에어 블레이드】의 한 소절 영창은 이제 거의 완벽해요!"

"하하하, 대단한걸. 역시 가르친 사람이 훌륭해서겠지, 으하하."

글렌은 복잡한 속내를 드러내지 않고 칭찬했다.

"그건 그렇고 하얀 고양이…… 너, 꽤 멀쩡하네? ……상황이 이런데도 말야."

시스티나의 부모도 생사를 알 수 없는 상태라는 것을 떠올리며 말했지만 오히려 긍정적인 대답이 돌아왔다.

"그러게요. 하지만 아버지랑 어머니는 분명 살아계실 테니까요."

"······!"

"확실히 걱정되긴 해도······ 계속 꿍꿍대고만 있을 수는 없으니까요. 그래봤자 상황은 아무것도 변하지 않잖아요? 이럴 때 선생님이라면 평소처럼 앞을 향해 망설임 없이 나아가실 거잖아요?"

"······."

"그럼 선생님의 제자인 저도 남부끄럽지 않도록 정신 똑바로 차려야겠죠. 부모님이 돌아오실 이 땅을 지켜야죠. ······ 그렇죠? 선생님."

"······아, 응. 그래. 그래야겠지······."

예상과는 다른 대답에 글렌은 모호하게 대답할 수밖에 없었다.

"······? 선생님?"

그 반응에서 위화감을 느낀 시스티나가 고개를 살짝 갸웃거리고 있을 때—

"여, 선생님!"

"선생니임~!"

누군가가 글렌의 양 옆구리에 달려들었다.

성 릴리 마술여학원의 학생인 콜레트와 프랑신이었다.

"우옷?! 뭐야 너희들!"

"어째 안색이 어두워 보여서 말야! 그래서 기운 좀 차리라고 귀여운 우리가 포옹해주는 거야!"

"맞아요! 이제 곧 큰 전투가 기다리고 있는데 그런 표정은 안 어울린다구요!"

콜레트와 프랑신은 소악마처럼 웃으면서 말했다.

"에잇, 필요 없거든?! 난 애들한텐 관심 없어!"

"잠깐 너희들! 선생님한테서 떨어져!"

글렌이 포옹에서 벗어나려고 날뛰자 시스티나도 새빨갛게 달아오른 얼굴로 소녀들의 등을 잡아당겼다.

"아야야야! 아니, 그보다 너희는 왜 이런 곳에 있는 건데?! 돌아간 거 아니었어?"

글렌은 엉망이 된 모습으로 물었다.

"남북의 중계점인 제도가 지금 그런 꼴이 됐으니 성 릴리로 돌아가고 싶어도 못 돌아간답니다~."

그러자 프랑신 뒤에 있던 지니가 변함없이 느긋한 목소리로 대답했다.

"아…… 하긴 그렇겠군. 괜한 소릴 해서 미안하다."

"우후훗, 신경 쓰지 마세요."

"그리고 어차피 돌아가 봤자 상황은 마찬가지일 테니 말야. 페지테가 함락되면 제국은 확실히 끝…… 사신의 권속이 강림해서 세계 멸망. 모두 사이좋게 저세상행일 테니까."

"저희 대표 선수단은 그럼 차라리 여기 머물면서 싸우자고, 마술사의 의무를 다하자는 결론을 내렸죠."

프랑신과 콜레트에 이어서 크라이토스 마술학원의 남학생인 레빈도 대화에 끼어들었다.

"예, 맞아요. 그치? 시스티! 우린 함께 싸울 거잖아?"

레빈의 사촌인 엘렌도 다가와서 말했다.

"으, 응. 그렇긴 하지만…… 그런데 엘렌. 네가 여기 남은 건 다른 이유 때문 아냐?! 내 기분 탓 아니지?!"

엘렌이 찰싹 달라붙어서 뺨을 비벼대자 시스티나는 뺨을 실룩이며 외쳤다

"너희들……."

글렌은 그런 학생들의 모습에 왠지 눈이 부셨다. 그리고 콜레트와 프랑신이 다시 말을 걸었다.

"이기자, 선생님!"

"맞아요! 이겨서 다 같이 살아남죠!"

"그리고 적을 전부 때려눕히고 평화로워지면 전에 말했던 것처럼 이번엔 우리가 이쪽에 유학생으로 올게? 어때? 괜찮지?"

"예! 그렇게 되면 틀림없이 즐거울 거랍니다!"

두 사람은 그렇게 속편한 미래의 전망을 아무렇게나 입에 담았다.

"후훗. 그건 서로에게 피차 좋은 일이겠네요. 그때는 저희 학생회 집행부도 꼭 도와드릴게요."

"흥. 너희가 오는 건가. ……학교가 더 시끄러워지겠군."

마침 휴식 시간이 된 건지 리제와 기블도 다가왔다.

이어서 카슈를 비롯한 글렌의 제자들도 모여들었고, 어느새 그들은 교환 유학과 이 싸움이 끝난 후의 이야기를 떠들썩하게 주고받고 있었다.

모두 불안하긴 해도 절망까지는 하지 않았다.

절로 무릎이 꺾일 것 같은 역경 앞에서도 이를 악물고 일어나 앞으로 나아가려는, 필사적으로 미래를 쟁취하려는 강함이 흘러넘쳤다.

'……이 녀석들이 이렇게 강했던가? 그런데 나란 놈은……'

왠지 불편했다.

자신에겐 이 자리에 있을 자격이 없는 것처럼 느껴졌다.

"……젠장……."

이윽고 글렌은 아무도 눈치채지 못하도록 슬쩍 자리를 빠져나왔다.

아직 망설임과 갈등이 남은 자신이 여기 있어선 안 될 것 같은 기분이 들었기에…….

"……선생님?"

하지만 시스티나만은 오늘따라 뭔가 이상한 글렌의 쓸쓸한 등을 지켜보고 있었다.

—————.

"……저기, 리엘."

"응? 왜? 시스티나."

글렌이 떠난 후, 시스티나는 같이 훈련 중이던 리엘에게 말을 걸었다.

"……오늘 훈련…… 나랑 같이 좀 일찍 빠지지 않을래?"

"왜? 몸 안 좋아?"

"그런 건 아니지만…… 선생님 일로 좀 신경 쓰이는 게 있어서."

"글렌?"

리엘이 고개를 갸웃거리자 시스티나는 성대한 한숨을 내쉬었다.

"하아~ 실은 나도 지금 엄청 신경 쓰이는 일이 있긴 한데…… 그건 일단 뒤로 미뤄야겠지. 선생님 일부터 해결해야겠어. 선생님이 계속 저런 식이면 왠지 이쪽도 기운이 안 나니까."

"엄청 신경 쓰이는 일? ……그게 뭔데?"

"아~ 그쪽은 개인적인 일. 아마 나하고만 관계있는 일일 테니까 신경 쓰지 마."

"응. 알았어. 신경 안 쓸게."

시스티나의 대답에 리엘은 순순히 고개를 끄덕였다.

"그러니 지금부터 루미아도 데리러 가자. 같이 확인하고 싶은 게 있어. 우선……."

─────.

"……난…… 어쩌면 좋지?"

건물 안으로 돌아온 글렌은 다시 정처 없이 돌아다니면서 계속 홀로 자문했다.

사실 정답은 이렇게 고민할 필요까지도 없었다.

세리카를 포기하고 페지테에 남아 모두와 같이 싸우는 것.

단 한 명과 그 밖의 모두.

어느 쪽을 우선해야 할지는 저울에 올려놓지 않아도 명백하리라.

망설일 필요 같은 건 없었다. 전혀. 하나도.

"……그런데도 난 왜 이렇게 망설이는 거냐고!"

쿵!

글렌은 복도 벽을 주먹으로 때리며 신음했다.

그렇다. 머리로는 올바른 선택지가 무엇인지 확실히 알고 있었다. 하지만 감정이 납득해주지를 않았다.

세리카 아르포네아.

고아였던 자신을 어릴 때부터 돌봐준 어머니나 다름없는

사람이자 마술 스승. 그리고 동경하는 사람.

그런 사람이 손이 닿지 않는 곳으로 떠나려 한다.

이제 두 번 다시 만날 수 없을지도 모르는 상황에 처해 있다.

소중한 사람이다.

사실은 지금 당장 페지테를 떠나 뒤를 쫓고 싶었다.

도저히 가만히 있을 수가 없었다.

하지만 현재 미증유의 위기에 처한 페지테의 사람들도 비슷할 정도로 소중했다.

시스티나, 루미아, 리엘을 비롯한 마술학원의 학생들.

세실리아, 할리를 비롯한 직장 동료들.

이브, 알베르트, 크리스토프, 버나드를 비롯한 옛 동료들.

모두가 힘을 합쳐서 이 위기를 벗어나려고 하는데 자신 혼자만 세리카를 구하기 위해 떠나도 되는 걸까?

심지어 시스티나와 루미아 또한 소중한 가족의 소식이 끊겼음에도 저마다 각오를 단단히 하고 다가올 결전을 대비하고 있었다.

그런 가운데 자신만 세리카를 구하기 위해 떠나는 이기적인 행동이 과연 용납될 수 있을까?

"나는⋯⋯."

머릿속에선 지금까지의 추억들이 명멸했다.

세리카와의 만남. 세리카와 함께한 시간들. 세리카의 미소. 혼난 적도 많고 싸울 때도 많았다. 지금도 웃어넘길 수 없는 씁쓸한 기억도 있었다.

하지만 그럼에도 세리카와의 시간은 그 무엇과도 바꿀 수 없었다.

그녀와 함께 있는 것이 너무 당연해서 막연하게 영원히 계속 될 줄만 알았다.

하지만 그 당연한 일이 이토록 쉽게 무너질 줄 어떻게 알았으랴.

"……난…… 바보였어."

어느새 정신을 차리고 보니 학교를 나와 있었다.

페지테 교외에 있는 자연공원에 와 있었다.

글렌은 파릇파릇한 잔디와 나무들로 둘러싸인 벤치에 홀로 앉아 멍하니 생각에 잠겼다.

'그렇게 소중한 사람이라면…… 왜 좀 더 곁에 있어주지 못한 건데. 왜 어디론가 떠나지 못하도록 옆에 달라붙어서 감시하지 않은 거냐고.'

『우리는 아홉을 구하기 위해 하나를 포기하는 결단을 내려야만 하는 때가 있다.』

『열을 구하려는 네 이념은 숭고해. 하지만 실제로는 어쩔 수 없이 한쪽을 포기해야만 하는 순간이 있을 거다.』

과거에 전우에게서 귀가 따갑도록 들었던 말이 머릿속에

되살아났다.

지금이 바로 그 어쩔 수 없이 한쪽을 포기해야만 하는 순간이 아닐까.

딱히 대수로울 것 없다. 군에 있을 때도 수도 없이 경험하고 선택해야 했던 대상이 이번에는 자신의 소중한 사람이 된 것뿐이니까.

그런데도 막상 그 날이 오자 이런 꼬락서니라니. 자신의 위선에는 신물이 났다.

"…………."

고민했다.

고민하고, 고민했다.

벤치에 앉은 글렌은 고개를 떨군 채 미동조차 하지 않고 고민했다.

아무리 생각해봐도 뭔가를 아는 듯한 남루스의 말에 의하면 세리카와 다시 만날 수 있는 건 앞으로 며칠 사이가 고비라는 모양이다.

즉, 타움의 천문신전으로 이동하는 시간과 탐색 시간을 고려하면 오늘이나 내일 안에는 결론을 내야만 했다. 내일이 지나면 타임오버다.

더는 두 번 다시 세리카를 만날 수 없게 되리라.

"…………."

고민했다.

고민하고, 고민했다.

벤치에 앉은 글렌은 고개를 떨군 채 미동조차 하지 않고 고민했다.

이윽고 해가 저물어서 주위가 붉게 물들었다.

해가 기울수록 주위는 점점 어두워졌다.

공기가 차가워지고 찌를 듯한 추위가 주위를 좀먹었다.

밤하늘에 빛나기 시작한 별들.

달이 떠오르고 밤이 깊어졌다.

"…………."

그래도 고민하고, 또 고민했다.

벤치에 앉은 글렌은 고개를 떨군 채 미동조차 하지 않고 고민했다.

…….

…….

이윽고 날이 바뀌고 하늘 높이 뜬 달이 기울 무렵에서야 비로소 글렌은 결론을 내렸다.

"난…… 교사야."

그렇다면 이제 뭘 해야 할까. 자신이 해야 할 일은 무엇일까.

"그럼 그 녀석들을…… 학생들을…… 지켜줘야 해. 맞아. 나만 가족 문제로 계속 이러고 있을 수는 없잖아."

그렇게 중얼거린 순간—

뭔가 터무니없는 상실감이 밀려왔다.

몸이 기온이 아닌 다른 요인으로 떨리기 시작했고 눈시울이 뜨거워졌다.

"나는…… 나는……."

글렌이 머리를 감싸 쥐고 신음한 순간—.

『그것이…… 당신의 선택?』

어느새 눈앞에는 환영의 소녀, 남루스가 서 있었다.

"……그래, 맞아."

글렌은 놀라지 않고 고개를 들어서 대답했다.

『후회는 없어?』

"인생의 모든 선택은 늘 후회를 동반하기 마련이니 후회 없는 선택은 존재하지 않아."

『세리카를 만나고 싶지 않아?』

"……진짜 이러기야? ……맞을래?"

『……미안.』

글렌의 기운 없는 대답에 남루스는 시선을 내리깔고 사과했다.

"……."

『그래…… 당신이 그렇게 정했다면 분명 그게 옳은 거겠지.』

그녀는 어딘지 모르게 슬픈 목소리로 말했다.

"……."

글렌은 한동안 아무 말도 없었다.

"……그 뭐랄까…… 사실 나도 이 상황을 그렇게 심각하게 받아들인 건 아니야."

하지만 곧 억지로 기운을 쥐어짜 내서 입을 열었다.

"어쩌면 그 녀석의 농담일 수도 있고…… 언젠가 갑자기 불쑥 나타날지도 모르고…… 참 나, 그땐 아주 혼쭐을 내줘야지. ……하하."

공허한 희망이었다.

글렌은 집에 두고 온 편지를 떠올렸다. 편지지 곳곳에 남겨져 있던 물기에 젖었다가 마른 흔적이 그 가능성이 한없이 0에 수렴함을 증명하고 있었다.

"나한테는…… 지켜야 할 사람이 이래저래 많으니까 말야. 하, 하하…… 인기 많은 남자는…… 괴롭구만."

그렇게 힘없이 중얼거리는 글렌은 남루스는 그저 말없이 지켜보았다.

그리고 글렌은 자신의 두 뺨을 강하게 후려쳤다.

"……괜찮아. 오늘까진 좀 미묘했지만…… 내일부터는 전력을 다할 거니까."

『…….』

"난 삼류 마술사지만…… 결전을 대비해서 나름 최선을 다해 준비해봐야겠군. 그야 이러니저러니 해도 나 역시 이 페지테를…… 이 나라를 좋아하니까 말야."

글렌이 그런 혼잣말을 중얼거린 그때—.

『…….』

갑자기 다가온 남루스가 실체가 없는 양팔을 뻗더니 정면에서 글렌을 끌어안았다.

『……바보. ……당신들 사제는 진짜 바보야. ……바보 멍청이들이라구.』

"……남루스?"

실체가 없기에 당연히 아무런 감촉도 없었다.

하지만 이상하게도 그녀의 따스함과 감정이 전해지는 것만 같았다.

『……미안해. ……나 때문에 당신들 사제가 이토록 괴로운 일을 겪게 해서. 이럴 의도는…… 없었는데. 난…… 그저…….』

당장에라도 울음을 터트릴 것만 같은 남루스는 그대로 눈을 감았다.

이때 글렌은 거듭된 정신적인 피로로 이미 한계였다.

그래서 마음의 빗장이 풀려버리고 만 것이리라.

고개 숙인 글렌의 눈가에서 눈물이 흘러내렸다. 콧등을 타고 밑으로 떨어졌다.

"……."

아무도 없는 어두운 밤 공원에서 글렌은 소리 없이 조용히 울었다.

『…….』

남루스는 그런 글렌을 실체가 없는 몸으로 그저 하염없이 끌어안아줄 수밖에 없었다.

제 3 장 성야제
_{노엘}

다음 날.

르바포스 성력 1853년 그람의 달 24일.

이날은 알자노 제국민……이라기보다 오히려 북 셀포드 대륙의 성 엘리사레스교를 믿는 나라의 국민들에게는 특별한 날이었다.

"……노엘~?"

이른 아침의 익숙한 통학로에서 시스티나와 마주친 글렌은 그 화제가 거론된 순간, 그렇게 되물을 수밖에 없었다.

그람의 달 24일은 노엘이라 불리는 1년에 한 번뿐인 축제날이다.

25일은 성 엘리사레스교의 최고 성인이자 신의 아이인 이엘 엘리사레스의 탄생일이기에 그 전날 밤을 『신의 아이가 태어난 성스러운 밤』으로서 축하하는 종교적 배경이 있었다.

원래의 그날 밤에 모두가 교회에 모여서 미사— 엄숙한 목소리로 성서를 낭독하거나 성가를 부르는 종교 행사였지만, 일반적으로는 가족이나 친구 같은 친한 사람끼리 파티를 열어서 떠들썩하게 축하하는 방식이 유명했다.

"그 노엘이 어쨌다는 건데?"

"저희끼리 파티를 열어서 성대하게 축하해보자는 거예요. 이미 우리 반 애들이나 지인분들한테도 이야기는 해뒀어요."

시스티나는 의기양양하게 가슴을 폈다.

하지만 곧 뭔가에 낙담한 듯 한숨을 내쉬었다.

"사실 오늘 축하받고 싶은 일은 따로 있는데…… 하지만 올해는……."

"응? 뭐라고?"

"앗! 아, 아니 아무것도 아니에요! ……하아~."

시스티나가 황급히 손과 머리를 붕붕 휘두르자 루미아는 피식 웃으며 슬쩍 귓속말을 건넸다.

"……네 생일이라면 내년에는 분명 괜찮을 거야."(소곤소곤)

"응앗?! 얘, 얘도 참 무슨 소릴……!"

"……?"

시스티나가 갑자기 큰 소리를 내자 글렌은 고개를 갸웃거릴 수밖에 없었다.

"그, 그건 그렇고!"

약간 얼굴이 빨개진 시스티나는 헛기침을 하고 다시 말했다.

"물론 지인끼리만 작게 열 예정인데, 어떠세요?"

"응. 글렌, 파티하자. 딸기 타르트도 잔뜩 나온대."

"후우~!"

그런 소녀들 앞에서 글렌은 성대한 한숨을 내뱉었다.

"너희 말이다? 지금 상황을 알긴 하는 거야? 느긋하게 파티 같은 걸 열 때가 아니잖아? 나를 보고 좀 배우는 게 어때?"

그리고 품속에서 뭔가를 꺼냈다.

플린트락 피스톨, 뭔가 신비한 마력이 느껴지는 전장식 단발총이다. 그 손잡이에는 『그대, 정위치의 광대가 되기를』이라는 글귀가 새겨져 있었다.

"어? 그 총은……."

"마총 《퀸 킬러》…… 알리시아 3세의 수기 안에서 가져온 녀석이지. ……어째선지 이건 안 사라지더군. 아마 알리시아 3세가 나에게 남긴 선물이겠지."

글렌은 방아쇠울에 손가락을 넣고 총을 빙빙 돌리다가 전방을 척 겨누었다.

"기능과 사용법을 알 수 없어서 지금까진 안 썼지만, 어젯밤에 마침 마술해석이 끝났거든. 이건 진짜 대단한 물건이라고? 반드시 앞으로의 싸움에 쓸모가 있을 거야. 그리고……."

이어서 글렌은 주머니에 손을 넣어서 뭔가를 쥐더니 소녀들 앞에서 손바닥을 펼쳐보였다.

그 위에는 열 개가 넘는 결정이 올려져있었다.

"이, 이건……!"

시스티나가 눈을 부릅뜨고 쳐다보았다.

"그래, 너도 잘 아는 《허량석》. 이 글렌 레이더스 초선생님의 초필살기인 【익스팅션 레이】의 발동 촉매지."

글렌은 의기양양한 얼굴로 가슴을 폈다.

"이 촉매를 난 어젯밤에 철야로…… 아니, 세리카 녀석한테 밤새 만들어달라고 했어. 훗, 왠지 한가해보였거든."

"……!"

그 순간, 시스티나와 루미아의 표정이 살짝 흔들린 것을 글렌은 깨닫지 못했다.

"이제 좀 알겠냐? 난 결전을 대비해서 이렇게 착실하게 준비하는 중이라고. 너희도 노엘 파티 같은 거에 들떠 있지 말고 좀 진지하게 준비해보는 게 어때? 오, 지금 나 엄청 교사답지 않았냐?"

글렌은 평소처럼 장난스럽게 행동했다.

"그리고 미안하지만 오늘 밤엔 이브랑 앞으로의 작전에 관한 의견을 나눠볼 예정이야. 내 능력을 잘 활용하면…… 어쩌면 엘레노아 정도는 암살할 수 있을지도 모르니까. 그러니 파티가 하고 싶다면 너희 학생들끼리 해."

"……암살…… 선생님이 우리 앞에서 그 단어를 입에 담으셨다는 건 역시…….."

하지만 시스티나는 침통한 얼굴로 시선을 내리깔고 작게 중얼거렸다.

"……응? 하얀 고양이, 너 방금 뭐라고 했냐?"

"이런 때일수록, 이잖아요. 선생님."

글렌이 묻자 루미아가 대신 답했다.

"이런 때일수록 모두 다 같이 모여서 파티를 열고 싶은 거예요. ……과연 내년에도 열 수 있을지는 모르니까요."

그 말에는 아무런 대답도 할 수 없었다.

"괜찮아요. 걱정하지 마세요, 선생님!"

그러자 시스티나가 글렌의 등을 가볍게 두드리며 말했다.

"저희는 딱히 부정적인 의미로 파티를 열려는 게 아니니까요! 그 반대라구요!"

"반대?"

"예. 내년에도 반드시 다 같이 모여서 파티를 열겠다……그런 긍정적인 의미도 겸해서 성대하게 해보자는 거죠!"

"맞아요. 우리 반 애들도 전부 같은 의견이랍니다?"

"응. 글렌. 같이 파티 가서 딸기 타르트 먹자."

리엘도 여느 때처럼 감정을 읽을 수 없는 졸린 듯한 무표정으로 글렌을 바라보았다.

긍정적인 대답을 기대하는 분위기에 글렌은 한숨을 내쉬고 머리를 긁적일 수밖에 없었다.

"후우~ 나 원. 너희는 용케도 그런 기분이 드나 보네. 이게 젊음이란 건가? 어쩔 수 없군. 그렇게까지 말한다면 참석해주마."

"정말요? 후홋, 다행이다."

루미아는 손뼉을 치며 기뻐했다.

"뭐, 아무리 거부해도 강제로 끌고 갈 생각이었지만요!"

시스티나는 빨개진 얼굴로 시선을 피하며 머리를 쓸어 올렸다.

"응. 잘됐다. 기대돼."

그런 소녀들에게 글렌은 단호히 말했다.

"미리 말해두지만, 난 그냥 얼굴만 비출 거다? 신나게 노는 건 너희끼리 해. 알았지?"

————.

"영양 보충! 영양 보추우우우우우우우우우우웅!"

그날 밤, 알자노 제국 마술학원의 학생 식당에선 글렌의 절규가 울려 퍼졌다.

"우오오오! 설마 음식을 이렇게 많이 차렸을 줄이야! 아무래도 이 기회에 영양을 비축해둬야겠구만!"

글렌은 요리가 차려진 테이블 앞에서 큰 접시에 음식을 산더미처럼 쌓고 외쳤다.

"뭐야, 저게. 결국 가장 신이 난 건 본인이면서……."

"자자~."

"응."

그런 글렌을 시스티나가 도끼눈으로 노려보고, 루미아가 달래고, 리엘이 딸기 타르트를 야금야금 먹으면서 바라봤다.

현재 학생식당 한 켠은 평소와 완전히 딴판으로 변해 있었다.

노엘답게 실내는 장식 띠와 화관, 별모양 장식, 양말, 종, 과자 등으로 화려하게 꾸며져 있었다. 구석에는 대체 어디서 조달한 건지 전나무를 다양한 색상으로 장식한 노엘 트리도 있었고, 양초들도 형형하게 타오르고 있었다.

모두가 둘러싼 테이블에는 노엘의 정석 요리인 칠면조 구이, 연어, 미트파이, 구운 채소, 굴, 푸딩, 치즈 등이 촛대의 불을 반사해 반짝반짝 빛났다.

알자노 제국 마술학원에서는 매년 이 시기가 되면 반이나 부활동 단위로 여기저기서 빈번히 노엘 파티가 열리곤 했다.

그중에서도 학생식당은 파티가 열리는 단골 장소다.

하지만 올해는 파티를 개최한 그룹이 거의 없었다. 이 학생식당에서도 파티를 연 것은 글렌 일행뿐이었다.

"……그래도 이래저래 꽤 많이 모였단 말이지."

시스티나는 주위를 둘러보며 말했다.

일단 글렌이 맡은 반 학생들은 대부분 참석했다.

그리고 마술제전에서 어깨를 나란히 하고 싸운 인연으로 부른 자일과 하인켈, 학생 부대의 지휘와 관리로 정신없을 터인 리제까지 바쁜 와중에 와 주었다.

성 릴리의 콜레트, 프랑신, 지니. 크라이토스의 레빈, 엘렌도 당연한 것처럼 한 자리씩 차지하고 있었다.

"우후후…… 우후후, 즐겁네. 리엘. 너와 함께 보내는 노엘…… 우후후."

"……엘자? 거리가 너무 가까워. 딸기 타르트 먹기 불편해."

조금 떨어진 곳에서는 엘자가 리엘과 함께 식사 중이었다. 왠지 거리감이 위험해보였지만 아마 기분 탓이리라.

그렇게 주위를 한 차례 확인한 시스티나는 한숨을 내쉬었다.

"평상시에 교내에서 열리는 노엘 파티라도 이 정도 규모는 보기 드문데 말야. 솔직히 이렇게 많이 모일 줄은 예상 못 했어."

"그만큼 다들 선생님을 좋아해서 그런 걸 거야."

루미아는 눈을 깜빡거리는 시스티나에게 살포시 웃어주었다.

확실히 시스티나가 처음 이 이야기를 꺼냈을 때는 이런 상황에서 굳이 그래야겠냐며 난색을 표하는 학생들도 있었다.

하지만 이번 노엘 파티의 『진정한 취지』를 설명한 순간, 다들 그 자리에서 즉시 참가를 표명했다.

"……저 변변찮은 인간을 말이지?"

시스티나가 카슈 일행과 주스 원샷 대결 중인 글렌을 뭐라 형언할 수 없는 표정으로 바라보고 있을 때—.

"……늦어서 미안. 벌써 시작했나 보네."

구둣발 소리와 함께 새로운 참가자들이 도착했다.

"어?! 이브씨? 게다가 버나드 씨랑 크리스토프 씨까지?"

시스티나는 화들짝 놀랐다.

"……뭐야, 그 표정은. 혹시 일이 빨리 끝나거나, 마음이 내키면 와줄 거라고 했잖아."

팔짱을 낀 이브는 언짢은 표정으로 시선을 피하고 코웃음을 쳤다.

"크하하하! 요 녀석, 말은 이렇게 해도 실은 오늘따라 필사적으로 일을 빠르게 처리…… 꾸엑?! 파, 팔꿈치이?!"

그러자 옆에서 히죽거리는 버나드의 명치에 이브의 팔꿈치가 완벽한 각도로 꽂혔다.

"시스티나 씨. 오늘 밤 파티에 초대해주셔서 감사합니다. 하하, 이런 건 사관후보생 학교를 졸업하고 처음이라 좀 두근거리네요."

일단 부르긴 했지만 일 때문에 못 올 거라고 생각했던 인물들의 등장에 시스티나는 그저 어안이 벙벙할 수밖에 없었다.

"다들 당신과 같은 생각입니다. 선배도 이래저래 전부 혼자 담아두는 타입이니까요."

"알 도령은 지금 큰 수술을 받는 중이라 오지 못했네만, 전언이 있었네. 「글렌을 잘 부탁한다」더군."

"……알베르트 씨……."

타인의 입을 통해서 들은 말이지만 거기서 느껴지는 선명한 감정에 시스티나는 가슴이 벅차올랐다.

"사정은 잘 몰라도, 나와 함께 고대문명의 수수께끼를 해명할 동지 겸 조수가 메인게스트인 파티라면 참석하지 않을 수 없지."

그리고 포젤도 어디선가 나타났다. 오른손에는 와인글라

스 왼손에는 요리 접시를 든, 완전히 즐기는 자 모드였다.

"부, 부르지도 않았는데……."

여러모로 골치 아픈 인물이라 초대하지 않았는데도, 어느새 이 자리에 와 있는 포젤의 모습을 본 시스티나는 눈을 게슴츠레하게 뜨고 한숨을 내쉴 수밖에 없었다.

"자자, 시스티. 예정에 없던 손님한테는 내가 나중에 잘 설명할 테니까."

"응. ……뭐, 그건 그렇고 생각보다 사람이 많이 모여서 다행이네."

시스티나는 마음을 가라앉히며 머리를 쓸어 올렸고 루미아는 살며시 귓속말을 건넸다.

"전해졌으면 좋겠다, 시스티."

"응……."

시선을 돌리자 식당 한가운데에서는 글렌이 2반 남학생들과 왕 게임을 시작하고 있었다.

거기에 성 릴리의 학생들도 끼어들어 분위기는 한층 더 달아올랐다.

그렇게 누구나 웃고 즐기는 즐거운 한때는 쏜살처럼 지나갔다.

―――――.

얼마나 시간이 지났을까.

시끌벅적함이 가라앉고 서로가 조용히 담소를 나누는 분위기가 됐을 때—.

"아, 눈이다."

누군가가 그렇게 중얼거려서 모두 창문을 바라보았다.

완전히 어두워진 창밖에 하얗게 빛나는 알갱이 같은 것이 보였다.

"……화이트 노엘인가. 올해는 운이 좋은걸."

글렌이 멍한 눈으로 바라보며 중얼거리는데 학생식당의 벽시계가 울리기 시작했다.

시간을 보니 슬슬 노엘 파티의 종료 예정 시작이었다.

"이제 곧 끝나겠네."

"예, 그러게요."

글렌의 혼잣말에 시스티나가 대답했다.

"자, 그럼 슬슬 이 파티의 라스트 메인이벤트를 시작해볼까요!"

"뭐? 메인이벤트? 이제 와서?"

글렌이 고개를 갸웃거렸지만 시스티나는 개의치 않고 앞으로 나왔다.

"그럼 여러분, 올해는 노엘! 노엘이라고 하면 역시 산타 니콜라우스에게 선물을 받는 날! 그래서 이런 게임을 준비했답니다!"

시스티나가 부자연스러운 톤으로 활기차게 외쳤고—.

"오! 기다렸습니다!"

"기다리다 지쳤다구요!"

카슈를 비롯한 2반 학생들이 떠들썩하게 호응했다.

그러자 어느 틈에 산타 니콜라우스 복장— 특징적인 모자와 빨간 옷으로 갈아입은 루미아와 순록 인형 옷으로 갈아입은 리엘이 운반대를 밀면서 등장했다.

"뭐야 저건? 추첨기?"

그 위에 있는 것은 핸들을 돌리면 구슬이 나오는 장난감이었다.

어안이 벙벙한 글렌 앞에서 루미아와 리엘은 파티 참가자들에게 종이를 순서대로 나눠주기 시작했다.

"응. 글렌, 이거."

"……으, 음?"

받아서 보니 빙고카드였다.

글렌은 당황해서 눈을 깜빡거렸다.

"그럼 빙고 대회를 시작하겠습니다아아아아아아아아!"

"""와아아아아아아아아아아아아아아아아아아아아!"""

그리고 시스티나의 선언에 학생들은 환호성으로 답했다.

"……어? 이런 이벤트도 있었어? 난 완전 금시초문인데……."

자기만 이상한가 싶어서 주위를 돌아보니 이브, 버나드, 포젤을 비롯한 성인 참가자들은 이 상황을 태연하게 받아들이고 빙고카드를 손에 든 모습이었다.

'뭐지? 이 소외감은……'

황당해하는 글렌 앞에서 이 이벤트의 사회자 역을 맡은 듯한 시스티나가 설명을 시작했다.

"규칙은 간단해요! 그야 평범한 빙고 게임이니까요! 하지만 이건 산타가 개최한 특별한 게임! 우승자에겐 선물이 있겠죠?"

"아, 아하하……"

산타 복장의 루미아가 추첨기 뒤에서 수줍은 얼굴로 손을 흔들었다.

그러고 보니 운반대 위에는 추첨기 말고도 리본과 빨간 포장지로 깔끔하게 포장된 작은 상자가 있었다.

아무래도 저게 이 이벤트의 상품인 듯했다.

"하지만! 이 선물에는 놀랍게도! **마법이 걸려 있답니다!**"

시스티나의 설명이 이어졌다.

"예, 이 선물상자에는 그 사람이 **가장 바라는 것**이 나오는…… 그런 마법이 걸려있어요! 아무튼 산타의 선물이니까요!"

'뭐어? 마법이라고라? 그건 또 뭔 소리래.'

글렌은 어이없는 눈으로 그녀를 바라보았다.

"그럼 바로 게임을 시작하겠습니다! 여러분, 마음의 준비는 되셨나요?"

""""우오오오오오오오오오오오오오오오오오오오오오오!""""

어째선지 굉장히 열성적으로 호응하는 학생들의 모습에

글렌은 쓴웃음이 나왔다.

'……무슨 의도인지 모르겠지만, 뭐. 재미는 있겠네. 나도 참가해볼까.'

시스티나가 말하는 『마법이 걸린 선물』의 정체도 궁금했다.

글렌은 조금이지만 가슴이 두근거리는 것을 느끼고 빙고 카드를 들었다.

그리고 모두가 지켜보는 앞에서 리엘이 덜그럭 소리를 내며 추첨기를 돌렸고, 구멍에서 나온 구슬에 적힌 숫자를 루미아가 받아서 읽기 시작했다.

───.

게임 자체는 특별할 것 없는 평범한 빙고게임이었다.

나오는 숫자에 일희일비하면서 조용한 흥분과 함께 진행되었다.

추첨기의 회전수가 늘어날 때마다 빙고카드에 구멍이 하나, 둘, 셋 늘어났고…….

"오, 빙고야."

글렌은 일렬로 구멍이 뚫린 빙고카드를 머리 위로 들고 선언했다.

"축하드려요! 우승자는 글렌 선생님이시네요!"

시스티나가 그렇게 선언하자 주위에서 박수와 환호성이 들렸다.

"거 참."

글렌은 약간 쑥스러워하며 앞으로 나왔다.

"그럼 마법의 선물을 선생님께 증정하겠습니다!"

그러자 루미아가 작은 선물 상자를 건넸다.

의아한 눈으로 그 상자를 내려다보는 글렌을 시스티나가 재촉했다.

"자자, 얼른 이 자리에서 열어봐주세요! 분명 선생님께서 원하시는 물건이 들어있을 테니까요!"

"참 나, 무슨 속셈인지는 모르겠다만 시시한 거면 진짜 가만 안 있을 거다?"

글렌은 쓴웃음을 지으며 리본을 풀고, 포장지를 벗기고, 뚜껑을 연 순간—

"……?!"

아연실색해서 말문이 막혔다.

그 안에 전혀 예상치 못했던 물건이 들어있었기 때문이다.

"이, 이건……?"

글렌은 떨리는 손으로 상자 안에 있는 **그것**을 꺼내들었다.

적마정석 펜던트.

전날 화를 참지 못하고 벽에 집어던지는 바람에 깨진, 옛날에 세리카에게 선물했던 펜던트였던 것이다.

반으로 쪼개졌던 적마정석은 어째선지 원상 복구되어 있

었다.

글렌이 이게 대체 어떻게 된 거냐며 노려보자 시스티나는 이렇게 말했다.

"선생님. 저희는 절대로 지지 않을 거예요. 걱정하지 마세요. 그러니…… 선생님은 선생님의 소중한 분을…… 아르포네아 교수님을 구하러 다녀와 주세요. 이게 바로 저희가 선생님께 드리는 노엘 선물이랍니다."

"뭐?!"

갑자기 세리카의 이름을 언급하자 글렌은 흠칫 놀랐다.

그러고 보니 어느새 이 자리의 모두가 자신을 바라보고 있었다.

어딘지 모르게 한없이 따스한 눈으로…….

"자, 잠깐 기다려봐. 그게 무슨 소리야?! 이게 대체 무슨……!"

글렌이 추궁하자 시스티나는 주머니에서 뭔가를 꺼내서 보여주었다.

그것은 세리카가 글렌 앞으로 남긴 편지였다.

"너…… 인마, 그건?!"

"죄송해요, 선생님. 페지테에 돌아온 후부터 분위기가 너무 이상해지셔서…… 어제 루미아랑 리엘이랑 같이 상담하려고 교수님을 찾아뵀었거든요."

그러고 보니 그녀들은 아르포네아 저택 현관문의 키워드

를 알고 있었다.

"그랬더니 교수님은 어디에도 안 계시고 이 편지랑…… 선생님이 옛날에 교수님께 만들어드렸다는 그 펜던트가 쪼개진 채 바닥에 떨어져 있는 게 보여서……."

"그때 거기 있었던 남루스 씨께 사정을 좀 듣게 됐어요."

"칫. 그 녀석, 괜한 짓을……."

루미아의 말에 글렌은 민망한 듯 머리를 긁적였다.

하지만 이제야 어떻게 된 상황인지 대충 이해가 갔다.

요컨대 오늘 노엘 파티는 처음부터 계획된 것이었다.

범인은 글렌을 제외한 전원.

빙고게임도 마술을 쓰면 숫자를 조작하는 것쯤 식은 죽 먹기다.

펜던트를 고친 건 아마 리엘의 연금술이리라. 슬쩍 쳐다보자 그녀는 노골적으로 칭찬해달라는 듯 두 눈을 반짝이고 있었다.

글렌은 어깨를 으쓱이며 말했다.

"그럼 뭐야? 그런 시시한 소리나 하려고 다들 일부러 몰래 모여서 이 파티를 계획했다는 거야? 참 나, 이 한가한 녀석들 보게."

"그런 말씀을 하시는 걸 보니 역시 저희를 위해 페지테에 남으시려고 했던 거죠?"

"……당연하지. 너희를 두고 어떻게 나만 혼자 도망가겠어."

그리고 다시 호들갑스럽게 어깨를 으쓱이며 말했다.

"안심해. 난 너희만 두고 어디에도 안 가. ……이래 봬도 교 사니까 말이다. 그 뭐냐…… 세리카 문제는…… 이미 일어난 일이니까 어쩔 수 없어. 그러니……."

"그럴 리 없잖아요! 거짓말하지 마시죠, 선생님!"

그 순간, 글렌의 말허리를 끊고 나선 것은 뜻밖에도 카슈 였다.

"어쩔 수 없다니…… 선생님이랑 교수님은 그렇게 쉽게 맺 고 끊을 수 있는 관계가 아니잖아요!"

"맞아요!"

웬디도 동의했다.

"전에 다 같이 타움의 천문신전을 조사하러 갔을 때 저희 도 봤는걸요! 두 분이 서로를 진짜 소중한 가족으로 여기시 는 모습을요!"

"선생님께 교수님은 세상에서 둘도 없이 소중한 사람……."

"그러니 제발…… 구하러 가주세요. 선생님 본인을 위해서 라도."

세실과 린도 동의했다.

"옳소! 옳소!"

"저희는 걱정하지 마시고요!"

카이와 로드를 비롯한 학생들도 나서서 동의를 표했다.

"이, 이 바보 녀석들이……."

그러자 글렌은 약간 멈칫거리며 말했다.

"너희가 지금 무슨 소릴 하는지 알기나 해?! 현실을 봐! 지금부터 너희가 겪게 될 건 진짜 전쟁이라고! 너희가 싸울 각오를 한 건 분명 칭찬할 만한 일이다만, 전쟁은 영웅 놀이가 아니야! 들떠 있는 것도 정도껏 해! 위험한 순간에 내가 너희 곁에 없으면 어쩔 거냐고!"

"……?!"

"그리고 난 이제 절대로 도망치지 않아! 예전의 난 『정의의 마법사』가 되고 싶었어! 하지만 좌절해서…… 볼썽사납게도 모든 걸 버리고 도망쳤었지! 하지만 이런 변변찮은 쓰레기를 받아준 장소가…… 바로 여기였어! 여기야말로 내가 있을 곳이라고! 그러니 난 도망치지 않아! 그런 경험을 하는 건 이제 두 번 다시 사양이라고! 이번에야말로 난……!"

"선생님은 평소에는 꽤 논리정연하게 말씀하시는 편인데, 이번엔 아무래도 이해가 잘 안 되네요."

그러자 시스티나가 끼어들었다.

"선생님께서 말씀하시는 도망친다는 게 대체 뭔가요?"

"……?!"

"선생님은 교수님을 구하러 가시는 거잖아요? 전 그건 도망치는 게 아니라고 생각해요."

"응. 글렌, 말이 이상해."

시스티나, 루미아, 리엘의 지적에 글렌은 말문이 턱 막혔다.

"하, 하지만…… 하얀 고양이랑 루미아, 너희도 나랑 거의 비슷한 상황이잖아? 나 혼자만 이런 상황에서 가족을 우선시하는 건……."

"아뇨. 시스티네 부모님과 제 언니에 관한 건 지금 당장 해결할 수 있는 문제가 아니에요 하지만…… 선생님은 지금 밖에 없으신 거잖아요?"

"……?!"

루미아의 지적에 글렌은 반박할 말이 없었다.

그리고 그런 그에게 시스티나가 결정타를 날렸다.

"선생님. 그 펜던트를 한 번 더 자세히 보세요. ……괜찮으시겠어요? 선생님은 정말 그걸로 괜찮으시겠냐구요."

보면 안 된다는 걸 알면서도 손에 든 펜던트로 시선을 내린 순간, 세리카와의 추억이 선명히 되살아났다.

웃는 얼굴, 우는 얼굴, 그녀의 다채로운 표정, 함께 했던 나날들.

"나, 나는……난……!"

글렌은 그래도 망설이며 괴로워했다.

"홋, 자네…… 아직도 그 일을 맘에 담아두고 있었던 건가? ……도망치듯 군을 나오는 바람에 있을 곳이 사라져버렸던 경험을?"

그러자 버나드가 위로하듯 어깨를 가볍게 두드려주었다.

크리스토프도 온화한 목소리로 말했다.

"걱정하지 마세요, 선배. 만약 선배가 소중한 사람을 구하러 여기를 잠시 떠나 계셔도…… 선배의 소중한 이 장소는 저희가 지켜드릴 테니까요."

"영감…… 크리스토프……."

이 순간, 글렌은 왜 자신이 이토록 망설이는지 막연하게나마 깨달았다.

그렇다. 자신은 도망치고 싶지 않았다. 도망쳐서 잃고 싶지 않았던 것이다.

마침내 겨우 찾아낸 자신의 보금자리를…….

그래서 지키고 싶었던 거다.

하지만 세리카도 이 페지테도 우열을 가릴 수 없을 정도로 소중했다.

그래서 이토록 갈등한 것이리라.

"다녀오세요, 선생님!"

"아르포네아 교수님을 구하러……!"

시스티나와 루미아의 질타에 가까운 호소가 마음의 벽을 두드렸다.

"걱정하지 마세요, 선생님! 저희도 이래저래 많이 성장했다고요! 그리고 선생님이 없어도…… 우린 언제나 함께니까요!"

카슈도 등을 세게 때리듯 외쳤다.

"예. 그야 저희가 강해진 건…… 전부 선생님 덕분인걸요."

웬디도 등을 떠밀듯 말해주었다.

"저희는 신경 쓰지 마세요, 선생님."

"예, 뒷일은 맡겨주세요."

"……응. 그러니까 선생님……."

세실, 테레사, 린을 비롯한 2반 학생들도—.

"난 딱히? 다만…… 응. 당신이 최강의 집행자였던 넘버 21 《세계》세리카 아르포네아를 데려와준다면 전략적 가치가 헤아릴 수 없겠지. 여기서 당신이 가는 건 전략적으로도 옳은 판단이니까 맘대로 해."

그리고 이브도 머리를 쓸어 올리며 쌀쌀맞게 말했다.

"이브까지…… 하, 하지만 역시 이런 상황에서 싸울 수 있는 인간이 빠지는 건 좀 그렇잖아? 확실히 난 별 볼일 없는 삼류 마술사지만, 이런 나라도……."

"네가 빠진 후의 전력 저하가 마음에 걸린다면 그건 괜한 걱정이라고 말해두지, 글렌 선생."

그러자 이번에는 몇 미트라쯤 떨어져 있던 포젤이 갑자기 발언했다.

"뭐? 왜?"

"그야…… 대신 내가 남을 테니까."

그리고 그의 모습이 홀연히 시야에서 사라졌다.

"……?!"

다음 순간, 그는 어느새 바로 눈앞에서 글렌의 얼굴에 주먹을 대고 있었다.

글렌은 전혀 반응할 수 없었다.

방금 무슨 일이 일어난 건지 이해하지 못해서 눈만 깜빡거렸고, 이브와 버나드와 크리스토프 같은 역전의 마도사들도 포젤의 뛰어난 체술에 경악을 금치 못했다.

"이해했나? 까놓고 말해서 난 너보다 압도적으로 강해."

포젤은 주먹을 내리고 한쪽 입가를 끌어올렸다.

"솔직히 말하면 난 『봉인지』를 조사하기 위해 내일쯤 페지테를 떠나 혼자서 북쪽으로 갈 예정이었지. 잘 생각해보면 제도가 엉망이 된 지금이야말로 천재일우의 찬스니까. 하지만 마음이 바뀌었어. 동지 겸 조수인 너에 대한 의리로 나도 페지테에 남아주지. 네가 자리를 비운 동안 내가 대신 네 학생들을 지켜주겠다는 거야. ……어때? 이러면 플러스마이너스제로 아닌가?"

"포, 포젤, 너까지…… 하, 하지만……."

그래도 글렌은 결단을 내리지 못했는데 마침 학생식당 문이 열리고 새로운 인물이 등장했다.

"후훗, 안녕하세요. 글렌. 좋은 밤이네요."

"폐하?!"

예상치 못한 여왕의 등장에 모두가 당황하며 몸을 움츠렸다.

"저도 부탁드릴게요, 글렌."

알리시아는 부드럽게 웃으면서 말했다.

"확실히 지금 페지테는 위기예요. 한 명이라도 더 많은 전력이 필요하죠. 하물며 당신처럼 우수한 마도사라면 더더욱. 하지만 전 당신이 가족을 걱정하는 마음도…… 세리카를 걱정하는 마음도 이해한답니다. 저도 이 나라와 사랑하는 딸들 중 한쪽만 고르라면 못 할 테니까요."

그리고 그녀는 글렌을 똑바로 바라보며 다시 말했다.

"저도 부탁드릴게요, 글렌. 아무쪼록 제 벗 세리카를 구해주세요. 만약 명분이 필요하다면…… 여왕으로서 명령이라도 내려드릴 테니까요?"

잇따라 자신의 등을 떠밀어주는 사람들의 등장에 글렌은 그저 아연실색할 수밖에 없었다.

"지, 진짜 영문을 모르겠네. 다들 대체 왜……?"

그래서 모두를 돌아보고 말했다.

"……왜 나 같은 놈을 위해서 이렇게까지……?"

그러자 시스티나는 방긋 웃고 당당하게 대답했다.

"예? 아직도 모르시겠어요? 그야 지금까지 선생님은 늘 한결같이 저희를 위해서 전력으로 달려와 주셨잖아요?"

"응. 이번에는 우리가 글렌을 위해서 힘낼 때야."

리엘도 고개를 연신 끄덕였다.

"그러니 선생님. 당당하게 행동해주세요. 저희는…… 그저 지금까지 선생님께 받은 걸 조금이라도 갚아드리고 싶은 것뿐이니까요. 이 모든 건 전부 지금까지 선생님이 해 오신 일의 결과랍니다."

루미아도 따스하게 미소 지었다.

"그러니 선생님은 그냥 마음 내키는 대로 달리시면 된다구요! 평소처럼!"

시스티나도 힘차게 웃어주었다.

이 자리의 모두가 뭔가를 맡기듯 가만히 지켜보았다.

"평소처럼, 이라…… 그래. 맞아, 그랬었지."

한동안 차마 입을 열지 못했던 글렌은 곧 머리를 긁적이면서 고개를 들었다.

"솔직히 나도 냉정하질 못했어. 하지만 어쩔 수 없잖아? 사신 부활, 망자의 군단, 최강의 적, 세리카의 실종…… 이런 엄청난 문제들이 한꺼번에 터졌는데 평소처럼 행동하는 게 오히려 말이 안 되잖아?"

그리고 자신의 두 뺨을 강하게 후려쳤다.

"그래, 맞아. 주제넘은 욕심으로 열을 구하려고 발버둥치는 게 평소의 나였어. 세리카도 구하고 페지테도 지키는 게 평소의 나야. 하지만 이번엔 혼자 힘으론 도저히 무리니까 너희를 믿고 맡기면…… 되는 거겠지?"

그 솔직한 발언에는 모두가 쓴웃음을 지었다.

"그래, 알았어. 정말 고맙다. 반드시 세리카를 데려올게. 그리고 너희가 위기에 처했을 때 그 녀석이랑 같이 화려하게 등장해서 구해주면 되는 거지? 크아~! 진짜로 나만 이런 멋진 역할을 맡아도 괜찮은 거야? 으하하하하하!"

그가 평소의 모습으로 돌아온 것을 확신한 시스티나는 그 제야 만족스럽게 웃었다.

"그럼 오늘 밤의 파티는 이만 해산하겠습니다! 여러분, 파티를 마무리하는 겸 이번 싸움의 승리를 기원하며 마지막으로 다 같이 건배하죠!"

시스티나는 참가자 전원에게 다시 잔을 돌리고 마실 것을 따른 후 글렌을 재촉했다.

"그럼 선생님. 건배사 좀 부탁드릴게요. 어쨌든 오늘 파티의 메인게스트는 선생님이잖아요? 멋지게 한 말씀 해주세요."

"그래, 그래! 알았어! 거 참, 누가 하고 싶다고 했나……."

글렌은 투덜거리며 앞으로 나왔다.

모두가 지켜보는 가운데 잔을 머리 위로 들고 겉치레 없는 솔직한 마음을 입에 담았다.

"우리의, 페지테의, 그리고…… 조국의 승리를 기원하며…… 건배."

""""건배!""""

그렇게 전원이 잔을 비우고 성대한 박수소리가 터졌다.

학생 위주의 파티라 마신 건 당연히 평범한 포도 주스였지만, 이때 마신 포도 주스의 맛은 그 어떤 미주(美酒)보다도 훌륭했다.

제 4 장 출발

다음 날.

르바포스 성력 1853년 그람의 달 25일 이른 아침.

방한 코트를 여며 입고 배낭을 짊어지는 것으로 페지테를 떠날 준비를 마친 글렌은 아르포네아 저택을 나서자마자, 겨울 새벽 특유의 날카로운 냉기의 환영을 받았다.

주위는 아직 어둡고 하늘은 두꺼운 구름에 덮여 있었고 멀리서는 조용히 눈으로 화장한 거리의 정경이 눈에 들어왔다.

"······꽤 쌓였구만."

『······결국 가는 거구나. 세리카를 만나러.』

글렌이 눈 위를 저벅저벅 밟으며 하얗게 물든 앞뜰을 걷고 있자 눈앞에 남루스가 나타났다.

이 소녀의 신출귀몰함에 익숙해진 그는 딱히 놀라지 않고 대답했다.

"그래, 맞아. 어젯밤에 이런저런 일이 있었거든."

『······그래. 역시 이렇게 되는 거네.』

"잘은 모르겠지만, 세리카는 너한테도 소중한 인간이지? 내가 없을 때 그 녀석들한테 세리카 이야기를 한 건······ 사실 이렇게 되는 걸 기대했던 거 아니야?"

『……』

"뭐, 안심해. 세리카는 내가 반드시 데려올 테니까 걱정하지 마."

『…………』

글렌은 밝게 말했지만 남루스는 어째선지 한층 더 표정이 어두워지고 슬프게 시선을 내리깔았다.

"……왜 그래?"

그 반응에서 기묘한 위화감을 느끼고 물었다.

『아무것도 아니야.』

하지만 남루스는 고개만 저을 뿐이었다.

"그래? 아무튼 다녀올게. 뭐, 너라면 몰래 따라올지도 모르지만…… 잘 있어."

글렌이 그 말을 끝으로 옆을 스쳐 지나가려 한 순간—

『지지 마. 힘내. ……나의 마스터.』

그녀가 불현듯 그런 말을 속삭인 기분이 들었다.

"……남루스?"

뒤를 돌아보았지만 그녀는 이미 사라진 후였다.

글렌은 페지테의 북문 근처에 있는 마차역 광장에 도착했다.

평상시에는 이른 아침부터 여행을 떠나는 이들로 북적거리는 곳이지만 지금은 상황이 이렇다 보니 한산했다.

그리고 그곳에는 말 두 마리가 끄는 군용 마차 한 대가 준비되어 있었고 객차에는 이미 유적 탐색에 필요한 식료품 등이 실려 있었다.

이브가 어젯밤에 수배해주었다. 항공 전력인 흐레스벨그는 아무래도 힘들다면서 사과했지만 페지테의 현 상황을 고려하면 충분하고도 넘치는 대우였다.

아무튼 이 마차의 속도라면 타움의 천문신전까지는 약 하루 정도가 걸릴 터.

'뭐, 거기부터가 또 문제겠지만. ……세리카 녀석, 진짜 잡히기만 해봐라.'

글렌은 속으로 투덜대며 마차로 다가갔다.

"응?"

하지만 곧 자신을 기다리는 사람들의 기척을 느끼고 걸음을 멈추었다.

"……왔나."

특무분실의 마도사 예복을 입은 알베르트, 이브, 리엘이었다.

"오, 알베르트. 홋, 아무래도 심령수술은 잘 성공했나 보네?"

"덕분에."

글렌은 알베르트를 쳐다보았다.

그는 수많은 룬 문자가 적힌 붕대로 오른쪽 눈을 가리고 있었다. 아무래도 주술적인 봉인술식인 듯했다.

"그래서? 다들 여긴 왜 온 거야? 설마 날 배웅하려고?"

혼자서 몰래 떠날 생각이었던 글렌은 의아한 눈으로 그들을 훑어보았다.

"흠, 용건이 많으니까 일단 순서대로 시작할게."

그러자 이브가 팔짱을 끼고 입을 열었다.

"글렌, 당신에게 전할 말이 있어. 실은……."

이어서 나온 이야기는 글렌을 경악케 했다.

"뭐?! 탐색 위험도가 올라?"

"그래, 맞아. 어젯밤 크리스토프에게 타움의 천문신전을 레이라인 회선을 통해서 조사해보라고 했었거든."

이브는 글렌에게 서류다발을 내밀었다.

"그걸 읽어보면 알겠지만…… 어째선지 전에 비해 주위의 레이라인이 크게 활성화됐어. 강력한 광령(狂靈)이 돌아다니고 지금까지 멈춰 있었던 함정이 작동했을 거야."

"예상 탐색 위험도 S급……? 세상에……."

"이 변화는…… 전에 당신이 했던 말대로라면 아마 아르포네아 여사가 유적 최심부인 대 플라네타리움실에 도착했을 때도 같은 현상이 일어났을 터. ……즉, 자세한 건 알 수 없지만 아르포네아 여사가 유적 최심부에서 **뭔가를 했을** 가능성이 커."

"……?!"

"조심해, 글렌. 아마 이건 단순히 아르포네아 여사를 데려오는 여행으로 끝나진 않을 거 같아."

이브의 경고에 글렌은 무심코 숨을 삼켰다.

탐색 위험도 S급.

다시 말해, S++급인 마술학원의 지하미궁 10~49층 『어리석은 자의 시련』에 버금가는 난이도라는 뜻이다. 자칫하면 세리카를 데려오기는커녕 살아서 돌아오지 못할 가능성이 컸다.

"괜찮아. 난 지지 않아. 반드시 돌아올게."

하지만 글렌은 힘차게 고개를 끄덕이고 결심을 다졌다.

"바보. 실패할 게 뻔하잖아."

그러나 이브는 어이없다는 듯 한숨을 내쉬며 핀잔을 주었다.

"야, 이 타이밍에선 『믿고 기다리겠다』고 말해줘야 하는 거 아냐?"

"후우~ 진짜. 기분 나쁜 농담하지 말아줄래?"

이브는 시선을 피하고 손을 휘휘 내저었다.

"현실을 봐. 당신은 마도사로서라면 몰라도 마술사로선 명백히 삼류야. 그런 당신이 탐색 난이도 S급의 미궁을 단독으로 돌파할 수 있을 거 같아?"

"그래도 도전해보는 수밖에 없잖아?! 너, 지금 나한테 시비 걸러 온 거냐?"

"……하아~ 진짜 둔감하긴."

이브는 게슴츠레한 눈으로 글렌을 흘겨보았다.

"……당신에겐 조력자가 필요하잖아?"

"엥?"

글렌이 얼빠진 소리를 낸 그때였다.

"선생님!"

"후훗, 안녕하세요."

마차 안에서 시스티나와 루미아가 얼굴을 불쑥 내밀고 인사했다.

"어?! 너희들까지? 거기다 그 복장은……."

글렌이 지적한 대로 시스티나와 루미아도 탐색용 방한 장비를 갖춰 입고 있었다.

"야, 이브…… 설마?"

"그 설마야. 쟤들을 데려가. 분명 당신에게 도움이 될 거야."

이브는 표정을 누그러트리며 말했다.

"걱정할 거 없어. 쟤들이 당신을 따라가는 건 당신 반 애들도 찬성했고, 특히 루미아의 경우는 폐하께서도 허락하신 일이니까."

"자, 잠깐만! 너희들! 내가 어딜 가는지 알기나 해?! 탐색 난이도 S급이라고? 그게 얼마나 위험한 곳인지……."

글렌이 황급히 반박했지만 시스티나와 루미아는 자신 있게 대답했다.

"그럼 더더욱 저희 힘이 필요하잖아요? 선생님은 혼자 내버려두면 무슨 무모할 짓을 하실지 모르니까요."

"걱정하지 마세요. 절대로 방해가 되진 않을 테니까요. 반드시 보탬이 되어드릴게요."

요즘 들어서 마술에 관한 재능을 급속히 개화하기 시작한 천재소녀 시스티나.

그리고 《아르스 마그나》, 《루미아의 열쇠》라는 강력한 이능력을 다루는 소녀 루미아.

확실히 이 둘이라면 그보다 더 믿음직한 조력자는 없으리라.

"후우~ 어차피 반대해도 억지로 따라오는 패턴이겠지?"

"예. 그래도 정 싫으시다면 저희를 두고 가셔도 상관없어요. 흐흥~ 루미아의 《아르스 마그나》로 강화된 제 《슈투름》에서 벗어나실 수 있다면 말이죠."

"그러고 보니 시스티. 사람 하나를 안고 《슈투름》을 쓸 수 있게 됐댔지?"

시스티나와 루미아가 서로를 마주보며 쿡쿡 웃자 글렌은 쓴웃음을 짓고 양손을 들었다.

"……항복. 도저히 벗어날 자신이 없어. 이거 원, 성장이 너무 빠른 것도 문제구만. ……그래, 잘 부탁하마. 너희 힘이 필요해."

글렌이 솔직하게 말하자 둘은 기쁜 얼굴로 웃었다.

"……글렌."

이번에는 리엘이 글렌의 옆구리를 찔렀다.

"왜?"

여전히 졸린 듯한 무표정인 그녀는 어쩐지 쓸쓸해 보였다.

"실은…… 나도 글렌을 따라가고 싶은데……."

리엘은 뭔가를 꾹 참는 것처럼 고개를 숙였다.

제국 궁정 마도사단 특무분실의 집행관 넘버 11《전차》인 그녀는 최종 방위전을 앞둔 현 시점에선 당연히 페지테를 비우고 떠날 수 없었다.

"난…… 모두를 지켜야…… 하니까."

슬픈 눈으로 고개를 드는 리엘을 본 글렌은 왠지 모를 감회에 젖었다.

'……그러고 보면 이 녀석도 많이 성장했어.'

처음에는 감정에 미동조차 없는 인형 같은 소녀였다. 소중히 여기는 게 아무것도 없이 누군가에게 의존만 할 뿐. 시키는 대로밖에 움직일 수 없고 스스로 아무것도 판단할 수 없이 충동적인 행동만 거듭했던 공허한 소녀였다.

하지만 지금은 어떠한가.

"리엘. 모두를 부탁할게."

글렌은 가슴속으로 퍼지는 따스한 감정이 시키는 대로 리엘의 머리에 손을 얹고 쓰다듬어주었다. 그러자 리엘은 기분 좋은지 눈을 감고 가만히 있었다.

"잠시 자리를 비우는 나 대신…… 아무쪼록 모두를…… 학생들을 지켜줘."

"응. 맡겨줘. ……반드시 지킬게. 모두, 내 소중한 사람들

인걸."

그렇게 한동안 머리를 쓰다듬다가 손을 떼자─.

"나도 너에게 할 말이 있다."

알베르트가 앞으로 나서며 품속에서 뭔가를 꺼냈다.

"뭐야 그건? 마정석?"

"『봉인지』에 이 제국이 건국됐을 당시부터 영토에서 일어난 모든 정보를 자동으로 기록하는 『연대석(年代石)』이라는 금단의 마도기록 매체가 있다는 소문은…… 너도 알고 있겠지?"

"으, 응……. 소문으로 들어본 적은 있지. 그런 게 정말로 존재한다면 그 혼돈의 마굴 어딘가에 있을 거라고……."

알자노 제국의 제도에는 『봉인지』라 불리는 장소가 존재한다.

그곳은 국가의 근간을 뒤흔들 정도의 극비 정보, 금기의 비술들을 기록한 마도서, 금단의 마도기뿐만 아니라 금주에 손을 댄 외도 마술사, 인간의 힘으로 감당할 수 없는 마수에 이르기까지 이 나라의 인간이 절대로 알아서는 안 되고 손대서도 안 되는 것들을 전부 봉인해서 관리하는 어둠과 혼돈의 쓰레기장이다.

어느 고대 유적을 재활용해서 만들어진 그 『봉인지』는 알자노 제국 최대의 마경이자 마굴인 셈이다.

"잠깐. 지금 그걸 언급한다는 건 너, 설마……?"

"그래. 나는 전에 그 봉인지의 정기 보수 관리 임무를 맡았을 때 우연히…… 아니, 어쩌면 누군가의 의도였을 수도 있겠지만, 그『연대석』앞에 도달한 적이 있었다. 이 마정석은 거기서 검색한 어떤 정보를 추출해서 기록한 거고."

"지, 진짜? 뭐 하러 그런 짓을……."

"……좀 신경 쓰이는 일이 있어서."

알베르트는 흔들림 없이 담담하게 말을 이었다.

"전에 난 저티스에게 질문한 적이 있었다. ……『널 그렇게까지 변하게 한 게 대체 무엇이냐』고."

"……?!"

"그랬더니 놈은 이렇게 대답하더군. ……『아카식 레코드』, 『이 나라의 진실』, 『왕실의 피에 숨겨진 진실』……."

"설마…… 그걸 조사한 거야? 『연대석』에서?"

글렌이 마른 침을 삼키자 알베르트는 고개를 끄덕였다.

"루미아 틴젤. 괴롭겠지만 너도 잘 들어두도록. 아마 이건 네 이능력과도 관계 있는 이야기일 테니까."

"예? 저…… 말인가요?"

갑자기 화제를 돌리자 루미아는 어안이 벙벙한 표정으로 눈을 깜빡였다.

그리고 알베르트는 마정석을 앞에 들고 주문을 영창했다.

그러자 마정석이 흐릿하게 빛나더니 허공에 선을 뻗고 얽히며 일행의 머리 위에 거대한 스크린을 투영했다.

"이건……?"

"왕실 가계도다. 제국의 건국 이후…… 즉, 제국 왕실의 시조인 초대국왕 타이터스부터 현재의 알리시아 7세까지 이어지는 왕실의 계보를 구현한 거지."

전체를 한눈에 파악하기 어려울 정도로 거대한 가계도였다.

맨 위에 있는 초대국왕 타이터스의 이름에서 선이 내려와 수많은 분기를 만들었고 거기서 혼인 관계나 친자 관계로 맺어진 자들의 이름이 쭉 기록되어 있었다.

중간쯤에는 알리시아 3세와 그녀의 남편이었던 루셔스, 그리고 둘 사이에서 태어난 마리아벨 2세의 이름도 있었고 마지막에는 알리시아 7세와 그녀의 딸들인 레닐리아와 엘미아나. 즉, 루미아의 이름도 있었다.

'……오?'

내용을 위아래로 대충 훑어본 글렌은 어떤 재미있는 사실을 발견했다.

계보 위쪽에 제국 왕실 출신이면서도 옆으로 크게 벗어나 분가의 계보를 형성한 자가 있었고, 그 밑에는 레자리아 국왕 로크스 엘 켈 레자리아 5세의 이름이 있었던 것이다.

'뭐야. 레자리아 왕국 왕실은 알자노 제국 왕실에서 파생된 방계였어? 이런데도 놈들은 지금까지 계속 그런 생트집을 잡아왔었던 거야?'

그밖에도 마음에 걸리는 점이 있었다.

'그건 그렇고 이렇게 보니 우리 왕실은 진짜 여자의 출산율이 높네. 이거 거의 백 퍼센트 아냐? 남자가 왕이었던 건

초대뿐…… 그 후는 전부 여자가 왕…… 여왕이네.'

뭐, 일단 그 점은 제쳐두고…….

"그래서? 이게 뭐가 어쨌다는 건데?"

글렌은 알베르트를 게슴츠레한 눈으로 노려보았다.

"설마 레자리아 왕국의 왕실이 실은 우리나라 왕실에서 파생된 방계였다는 걸 말하려는 건 아니겠지?"

"당연하지. 아무튼 이건 제국 내의 모든 정보를 자동으로 기록하는 『연대석』의 정보다. 즉, 여기 나오는 인물들의 『혼문(魂紋)』 패턴도 같이 기록되어 있다는 뜻이지."

"『혼문』? 그건 또 왜?"

"지금부터 이 가계도의 정보를 스캐닝해서 같은 『혼문』을 가진 인물들을 골라낼 거다."

그렇게 말한 알베르트가 마정석을 향해 주문을 영창하자, 표면에 수많은 룬 문자가 명멸하며 스캐닝을 시작했다.

"뭐? 같은 『혼문』? 말도 안 되는 소리. 너, 잊은 거냐? 『혼문』은 인간의 영혼이 지닌 고유한 파장 같은 거라 지문처럼 한 사람당 하나씩밖에 존재하지……."

그 순간—

"……어?"

글렌은 말문이 막혔다.

머리 위에 떠 있는 알자노 제국 왕실의 가계도.

그 정점에 있는 초대국왕 타이터스의 이름이 반짝이나 싶더니 그 밑에 있는 그의 친딸, 제2대 여왕 알리사 1세의 남편 라이노의 이름이 빛나는 게 아닌가.

그리고 바로 밑에 있는 제2대 여왕 알리사 1세의 친딸인 제3대 여왕 플로리아 1세의 남편 알토스의 이름도.

이어서 또 바로 밑에 있는 제3대 여왕 플로리아 1세의 친딸인 제4대 여왕 알리시아 1세의 남편 랜디의 이름도.

그런 식으로 왕실 직계의 역대 여왕과 혼인 관계를 맺고 후대를 만든 국서의 이름이 차례차례 빛나기 시작했다.

물론 전부 그런 건 아니고 몇 대쯤 공백도 있었다.

하지만 여왕과 결혼한 남자의 이름은 대부분 지독한 농담처럼 반짝였다.

초대국왕 타이터스부터 거의 일직선으로 선을 그리면서.

"잠깐…… 뭐, 뭐야. 이게……."

그야말로 모독과 부덕의 상징.

그 역겨운 빛의 선을 본 글렌은 메스꺼움과 오한을 느꼈다.

"……?!"

루미아도 새파랗게 질린 얼굴로 입을 가린 채 그것을 바라보았다.

이윽고 역겨운 빛의 선이 진행을 멈추자 알베르트가 담담히 입을 열었다.

"육체적으로는 별개의 인간이지만, 『혼문』은 타이터스와 동일. 즉, 이건 타이터스의 영혼이 모종의 수단으로 육체를 교환하면서 제국의 역사와 함께 살아왔다는 증거다. 이해했나? 제국의 왕실은…… 같은 사내. 초대국왕 타이터스와 결혼을 거듭하면서 자손을 만들어온 저주받은 혈통이었던 거다. 대체 어떤 방법으로 이런 짓이 가능했는지는 모르겠지만…… 이건 엄연한 사실이지."

"……?!"

그 순간, 글렌의 머릿속에서는 전에 알리시아 3세의 수기 속 세계에서 들은 그녀의 비통한 절규가 되살아났다.

『우리는 인큐베이터였어! 《천공의 타움》이라는 역겹고도 모독적인 괴물을 낳기 위한!』

『마왕은 그걸 위해 이 혈통에 여자만 태어나는 저주를 걸었던 거야!』

글렌은 알리시아 3세의 남편 루셔스의 이름이 빛나는 것을 확인했다.

그리고 알리시아 3세의 친딸…… 마리아벨 2세의 남편 이름이 빛나는 것도.

그나마 유일한 구원이라 할 수 있는 건 요절했다는 알리시아 7세의 남편. 즉, 루미아의 아버지는 이름이 빛나지 않는 극소수의 예외였다는 점이었다.

'잠깐만. 이건 설마……?'

글렌은 이 정보에서 한 가지 끔찍한 가능성을 도출해냈다.

그리고 알베르트는 마치 그 가능성을 증명하는 것처럼 말했다.

"여기서 난 한 가지 의문이 떠오르더군. 초대국왕 타이터스의 정체는 대체 무엇일까. 그래서 난 『연대석』을 구석구석까지 철저하게 검색했다. 그랬더니 마침 혼문이 일치하는 존재의 정보가 나오더군."

"……설마 고대 마법왕국에 군림했던 마왕…… 티투스 쿠 뭐였나?"

"그래. 역대 최고의 능력을 가진 여왕이자 희대의 마도 고고학자였던 알리시아 3세가 그 진실에 도달했더군. 그녀는 발굴한 도검에서 마왕의 『혼문』을 적출하는 데 성공했던 거다. 그리고 검사 결과 고대의 마왕과 제국의 초대국왕 타이터스의 『혼문』이 완전히 일치한다는 사실을 증명해냈지."

알베르트는 담담한 목소리로 말했다.

"즉, 이 제국은…… 혹은 제국 왕실에서 파생된 레자리아 왕국도…… 그 고대의 마왕이란 놈이 의도적으로 만든 나라였다는 거다. 뒤에서는 마왕의 지배를 받아온 나라였다는 뜻이지."

"세상에 그런…… 우리나라가…… 알자노 제국이……."

글렌은 아연실색하면서도 다시 역겨운 가계도를 노려보았다.

"그래. 부끄럽게도 난…… 이 사실을 알게 되었을 때 내가 진정으로 타도해야 하는 적은 여왕 폐하와 왕실…… 이 제국 자체라고 생각했던 적도 있었다.

"그리고 최근에 재미있는 사실이 판명됐어."

갑자기 이브가 대화에 끼어들었다.

"하늘의 지혜 연구회의 최고 지도자인 《대도사》. ……밀라노에서 저티스가 그자의 개인 정보를 폭로했었잖아? 물론 그자의 『혼문』도."

"『혼문』? 서, 설마……."

"맞아."

이브는 주먹을 강하게 쥐었다.

"짐작한 대로 대도사의 『혼문』은 초대국왕 타이터스, 더 나아가서는 마왕 티투스 쿠뤄와 완전히 일치했어. 참 우습게도 말이지!"

제국을 세우고 뒤에서 지배했던 존재.

그 제국과 적대하는 조직을 이끄는 존재.

사실 그들이 본질적으로 동일 인물이었다는 뜻은…….

"제국의 역사와 함께 계승되어 온 피로 물든 투쟁…… 하늘의 지혜 연구회와 제국 궁정 마도사단의 싸움은 전부 무대 위의 광대놀음이었던 거야! 우리가 흘려온 피는…… 싸움은…… 전부, 전부 그자가 꾸민 대본대로였다구!"

이브는 웬일로 감정을 날것 그대로 드러내면서 외쳤다.

"나, 난 그 사실이 분해서 견딜 수가 없어!"

"······!"

어째선지 이 순간 시스티나의 표정이 비통하게 일그러진 것을 글렌은 눈치채지 못했다.

"······야, 알베르트. 한 가지 납득이 안 가는 점이 있는데."

"뭐지?"

"난 말이다······. 솔직히 제국 왕실이 마왕의 혈통이라는 건 그대로 받아들일 수 있어. 아무튼 나도 이래저래 겪어온 일이 많다 보니 말야."

글렌은 품속에서 알리시아 3세의 수기를 꺼내보였다.

"하지만······ 넌 어떻게 그걸 믿은 거지? 확실히 같은 『혼문』을 지닌 국서가 이렇게 많은 건 이상하기 그지 없는 일이다만, 마왕은 동화 속에서나 나오는 존재잖아? 그런데 현실주의자인 네가 그런 결론을 내렸다는 게······ 난 도저히 납득이 가지 않아."

그리고 알베르트를 날카로운 눈으로 응시했다.

"또 뭐가 있는 거지? 네가 그런 결론을 내릴 수밖에 없었던 이유가."

"······흥. 예리하군."

그러자 알베르트는 순순히 대답했다.

"내가 이 제국과 왕실 혈통의 끔찍한 진실에 도달한 순간······ 내 앞에 한 사내가 나타나더군. 당신에는 누군지 몰랐다만 지금은 확실히 말할 수 있지. 내 앞에 나타난 그 사내야말로 하늘의 지혜 연구회의 《대도사》 펠로드 베리프였던 거다."

"뭐?!"

"놈은 내가 알게 된 정보가 전부 진실이라고 긍정했다. 그리고 마왕이 이 나라와 왕실의 혈통에 수작을 부린 끝에 얻게 될 것을 보여주고 싶다더군. ……놈은…… 왼손에 새겨진 어떤 **문장**을 내게 보여줬고…… 그래서…… 난…… 윽!"

알베르트는 표정을 고통스럽게 일그러트리며 머리를 감싸쥐었다.

"아, 알베르트?! 갑자기 왜 그래!"

"그때의 체험은…… 제길. 뭐라 말로 표현해야 좋을지 모르겠군. 그건…… 인간이 접촉해서는 안 되는 것……이었지만, 그래도……!"

어지간히 두통이 심한지 머리를 감싸 쥔 손에 힘줄이 돋았다. 이대로 내버려두면 그대로 두개골을 박살 낼 듯한 기세였다.

"야, 알베르트! 지, 진정해!"

"큭……! 그것이야말로 진리의 편린…… 그 너머에 있는 것이 바로 『아카식 레코드』라고…… 한다면…… 크으으으으윽!"

"알베르트!"

보다 못한 글렌은 알베르트의 멱살을 잡아들고 그의 눈을 노려보았다.

"야, 무리하지 마!"

"……!"

그러자 알베르트는 깊은 한숨을 내쉬면서 진정했다.

"나약하기 짝이 없군. ……폐를 끼쳐서 미안하다."

"아, 아니. 난 딱히 상관없는데…… 그 문제는 너무 깊이 생각하지 마."

"고맙다. 아무튼 그때 난 깨달은 거다. 모든 게 진실이라는 것을."

알베르트는 그렇게 말하고 호흡을 가다듬었다.

'그건 그렇고 강철 같은 정신력의 이 녀석이 이런 꼴이 될 정도라니…… 대체 『봉인지』에서 뭘 봤길래?'

하지만 글렌은 사실 짚이는 데가 있었다.

'저티스의 변심도 그게 원인이었던 거군. 그 녀석도 『봉인지』에서 뭔가를 보고…… 알아버린 거야. 뭐, 말이 변심이지 사실 그놈은 처음부터 제정신이 아니었지만.'

아무튼 이 모든 사실이 하나의 선과 이어져있다는 것을 글렌은 본능적으로 깨달았다.

"그런데…… 이해할 수가 없네요."

그때 안색이 창백한 루미아가 작은 목소리로 말했다.

"고대의 마왕은…… 《대도사》는…… 도대체 왜 이런 짓을 한 걸까요?"

"거기까진 알 수 없다. 하지만…… 루미아 틴젤. 네 이능력. 아마 이 모든 건 그것과 관계가 있겠지."

"그건 틀림없을 거야. 이 역겨운 근친상간…… 아니, 근혼
상간(近魂相姦)이 당신을 낳기 위한 과정이었다고 가정하면
어느 정도 납득은 가."

알베르트의 대답에 이브도 추측을 덧붙였다.

"이야기가 길어졌다만…… 아무튼 글렌, 조심해라. 네 제
자 루미아는…… 아마 이 제국과 고대문명, 그리고 『아카식
레코드』에 관한 수수께끼를 푸는 열쇠가 될 테니까."

"북쪽과 남쪽에서 밀려오는 적…… 피폐해진 군…… 현 상
황에서 우린 루미아를 지켜줄 여유가 없어. 그래서 글렌. 당
신 곁에 두는 게 가장 안전하다고 판단한 거야."

"……잘 지켜줘라. 알겠지?"

"그래, 나도 알아."

글렌은 알베르트와 이브를 향해 강하게 고개를 끄덕였다.

—이렇게 알베르트, 이브, 리엘과 헤어진 글렌, 시스티나,
루미아는 타움의 천문신전을 향해 여행을 떠났다.

한겨울의 쌀쌀한 날씨 속에서 세계의 이면에 숨겨진 끝없
는 악의의 기척을 느끼면서…….

————.

알자노 제국에서 남동쪽으로 아득히 멀리 떨어진 자유 도시 밀라노의 지하 유적『나이알의 제사장』.

"……후우. 일단 여기까지인가?"

돔 형태의 공간 안에 서 있는《대도사》펠로드 베리프는 숨을 한 번 내쉬었다.

저티스의 폭거로 인해《무구한 어둠의 무녀》마리아를 핵으로 발동해버린 사신 소환의 의식. 현재 이 제사장에서는 내벽에 새겨진 천체도를 따라 막대한 양의 마력이 흘러넘쳤고, 중앙의 사각추 형상을 한 제단에서는 역겨운 부정형 괴물인《뿌리》가 무한히 증식 중이었다. 그리고 증식한《뿌리》들은 사방에 존재하는 수많은 출입구를 통해 밖으로 흘러나갔다.

그런 모독적인 광경 앞에서 펠로드는 만족스럽게 말했다.

"참 나, 그 뒤틀린《정의》때문에 사신병의 역할을 대폭 변경해야 해서…… 조정하느라 고생했지 뭐야. 하지만 이걸로 각본 수정은 끝났어. 이로써《정의》의 행동은 전부 헛수고가 된 셈이지."

그리고 등을 돌렸다.

"……자, 그럼 페지테는 어떻게 됐으려나?"

펠로드는 주문을 영창하지도 않고 마술을 발동해서 레이라인에 개입했다.

그리고 레이라인 회선을 통해 페지테의 상황 정보를 고속으로 취득하자, 머릿속에 막대한 양의 정보가 홍수처럼 밀려들었다.

"……그렇군. 전부 내가 쓴 각본대로 움직이고 있어. 여왕도 제국군도 전부…… 전부 예정대로. 감동의 피날레를 앞에 두고 프로그램이 이토록 순조롭게 진행되는 걸 보니 왠지 좀 맥이 빠지네. 예정대로 움직이는 약속된 왕도 전개도 나쁘진 않지만 말야."

그런 의미에선 《정의》의 개입은 제법 자극적인 해프닝이었다고도 볼 수 있으리라. 펠로드는 솔직히 가슴이 살짝 뛰었음을 부정할 수 없었다.

아무튼 게임을 뒤에서 조종하는 정체 모를 운영진의 존재를 눈치채고 맞서 싸우는 이야기도 따지고 보면 왕도적인 전개 중 하나였기 때문이다.

그런 식으로 펠로드가 평범한 마술사였다면 바로 뇌가 익어버렸을 정도의 막대한 정보량을 태연한 얼굴로 처리하던 찰나—

"……어라?"

뇌의 연산 기능이 조금 신경 쓰이는 정보를 발견했다.

"이건…… 흐음? 『광대』, 『이타콰의 신관』, 『나의 사랑스러운 천사』가 움직인 건가. ……옳거니. 세리카를 데려가려고? 그리고 『황혼의 검사』는 페지테를 지키기 위해 남았군. 좋아, 좋아. 그렇게 나오셔야지."

하지만 펠로드는 이 전개도 예상했다는 것처럼 웃었다.

"응. 이게 역사의 필연이니까. 그들은 열심히 움직여줘야 해. 그래도 뭐, 이대로 가게 두는 건 좀 분하려나? 그리고 슬슬 『나의 사랑스러운 천사』를 직접 회수하는 것도 나쁘지 않을지도? 그런 고로 그들에겐 시련을 내려 볼까? 양보할 수 없는 목적 앞에서 큰 역경에 부딪히는 건 스토리의 정석이니 분명 분위기도 달아오를 테고."

펠로드가 혼잣말을 하며 손가락을 튕기자 바닥에 마력선이 벼락처럼 질주했고 단숨에 두 개의 마술법진을 그렸다.

"나와. 너희 차례야."

그리고 누군가를 부르자 마술법진에 막대한 마력이 주입되더니 그 위로 빛의 기둥이 천장을 향해 솟구쳤다.

이윽고 그 빛이 사라지자 두 법진 위에는 제각기 다른 남자가 서 있었다.

"뭐, 이런 식인가?"

소환 마술의 성과에 펠로드는 만족스럽게 고개를 끄덕였다.

"너희는 지금부터 나랑 같이 타움의 천문신전으로 갈 거야. 너희와 인연 있는 상대와 다시 한 번 싸우게 해줄게. 괜찮지?"

그러자 한쪽은 야비하게 웃었고 다른 한쪽은 말없이 고개를 끄덕였다.

제 5 장 최후의 해후

   글렌은 시스티나, 루미아와 함께 마차를 타고 페지테를 떠났다.

   페지테의 성벽 북문에서 제도 오를란도와 연결된 아르그 가도를 북상하자 전에는 웅대한 농지였지만 지금은 새하얗게 눈으로 덮인 풍경이 그들을 맞이했다. 차갑고 맑은 공기가 마치 그 결벽스러움으로 폐를 찌르는 듯했다.

   완만한 기복과 커브를 그리는 가도를 따라 북상하다가 동쪽의 울창한 숲을 향해 나아간다.

   그리고 어느 지점에서 가도를 벗어나 서쪽으로.

   전에 세리카와 함께 갔던 루트를 그대로 따라 이동했다.

   가도를 너무 멀리 벗어나면 마수와 마주칠 위험이 있지만, 지금은 북쪽에 하늘의 지혜 연구회가 이끄는 망자의 군단《울티무스 클라비스》가 집결해 있으니 만약을 대비해 최대한 거리를 벌리기 위해서였다.

   "그런데 뭐랄까…… 왠지 좀 그립네요."

   마부석에서 고삐를 쥔 글렌의 머리 위에서 목소리가 들렸다.

   차량 안에서 몸을 내민 시스티나였다.

"저희가 이렇게 타움의 천문신전으로 조사를 갔던 것도……
겨우 반년 전이었죠?"

"그러고 보면 그 정도쯤 됐겠네."

"예. 그때는…… 제 할아버님, 레돌프 피벨의 마술논문 때
문에 타움의 천문신전에 시공간 전이 기능이 존재하는지 다
시 조사하러 갔던 거였죠."

"그래. 그러고 보니 그랬었지."

그러자 차량 안에서 예의바르게 앉아 있던 루미아도 대화
에 끼어들었다.

"후훗, 왠지 신기한 기분이네요. 마치 바로 어제 일 같으면
서도 몇 년은 된 일 같기도 해요."

"뭐, 나로선 세리카가 들볶아서 어쩔 수 없이 마술학원에
부임한 후부터 지~인짜 농밀한 시간을 보냈으니 말이다."

글렌은 마차의 진동에 몸을 맡긴 채 멍하니 지금까지 있
었던 일을 떠올렸다.

정말 많은 일이 있었다.

글렌의 시간제 강사 부임과 교내 폭파 테러 사건.

마술경기제와 여왕 암살미수 사건.

사이넬리아 섬으로의 수학여행과 리엘의 『Project :
Revive Life』 사건.

시스티나의 결혼 소동과 저티스의 《엔젤 더스트》 사건.

타움의 천문신전 조사와 마인과의 전투.

사교무도회의 이면에서 벌어진 하늘의 지혜 연구회와의
싸움.

성 릴리 마술여학원 유학 소동.

『페지테 최악의 사흘간』과 《불꽃의 배》 사변.

이브의 좌천과 이면 학원 소동.

스노리아 근처 설산에서 있었던 백은룡과의 전투.

유적도시 마레스에서 있었던 알베르트와의 일대일 대결.

무한 루프의 마술제전 대표 선발전.

마술제전의 이면에서 벌어진 라스트 크루세이더스와의 격돌.

알리시아 3세의 수기 안에 갇혔던 일.

그리고 최근에는 이그나이트 경이 일으킨 쿠데타 『불꽃의
세 시간』.

"후우~ 싫다 진짜. 내 강사 인생은 대체 왜 이 모양이지?"

절로 한숨이 나올 수밖에 없었다.

이런 사건들을 겪으면서도 용케 살아남았구나 싶었다.

"하, 하긴 선생님 입장에서는 불행하다는 말로 그칠 수준
이 아니었죠."

시스티나도 쓴웃음이 나오는 걸 참지 못했다.

"역시…… 선생님은 마술학원의 강사가 된 걸 후회하세요?"

그러자 루미아가 왠지 불안한 목소리로 물었다.

"……아니. 후회는 안 해."

글렌은 잠시 입을 다물었지만 곧 솔직하게 대답했다.

"그야 처음엔 일하는 게 싫었고 두 번 다시 마술과 연관되기도 싫었거든. 돌이켜 보면 참 골치 아픈 일투성이였다만…… 그 이상으로 기쁘고 즐거운 일도 많았지. 지금이라면 가슴 펴고 강사가 되길 잘했다고 말할 수 있을 거 같아."

"선생님……."

그리고 글렌은 하늘을 올려다보았다.

무겁고 흐린 하늘과 당장에라도 눈을 뿌릴 것 같은 어두운 구름.

하지만 그 두터운 구름 틈 사이에선 햇살 한 줄기가 땅을 눈부시게 내리쬐며 주위를 밝히고 있었다.

"흠…… 지금 생각해보면 그날 세리카가 마술강사직을 권했던 게 모든 것의 발단이었지."

"……아르포네아 교수님……."

글렌의 혼잣말에 시스티나는 진지한 표정으로 입을 다물었다.

"그렇다면…… 역시 반드시 아르포네아 교수님을 구해드려야겠네요."

그리고 루미아는 밝게 미소 지었다.

"아르포네아 교수님은 지금의 선생님을 있게 한 은인…… 그럼 이번엔 선생님이 아르포네아 교수님을 구해서 은혜를 갚아야할 차례가 아닐까요?"

"걱정하지 마세요, 선생님! 저랑 루미아도 온 힘을 다해

도와드릴 테니까요!"

"예. 저희 힘으로 교수님을 구해드려요."

"그래, 알았다. ……너희만 믿으마."

글렌이 피식 웃었지만 그 웃음은 곧 지워졌다.

"……어? 왜 그러세요? 선생님."

"혹시…… 역시 저희가 미덥지 않으신 건가요?"

"아니, 그건 아니야. 그게 아니라……."

지금 이 순간, 글렌은 따로 신경 쓰이는 일이 있었다.

'……남루스…….'

예전에 남루스가 했던 말을 다시 한 번 떠올렸다.

―글렌……. 가까운 장래에…… 당신은 한 번 더 그 타움의 천문 신전을 세리카와 함께 찾아오게 될 거야…….

―그리고 그 후…… 당신은 커다란 선택을 강요받을 거야. 당신은, 당신에게 둘도 없는 존재들을 저울 위에 올려야만 해…….

'그건 대체 무슨 의미였지? **세리카와 함께**? ……상황이 미묘하게 다르지 않아?'

남루스의 예언은 뭔가가 두루뭉술했다.

만약 정말로 예언이었다면 왜 굳이 『함께』라는 표현을 쓴 것일까.

이 경우엔 『당신과 세리카는 신전을 찾게 될 거다』라고 표현하는 편이 옳지 않을까?

'그리고…… 신경 쓰이는 점은 그뿐만이 아니야.'

『그 후 당신은 커다란 선택을 강요받게 될 것이다.』

'확실히 난 여기 오기 전에 세리카를 구할지, 아니면 페지테에 남을지로 선택을 강요받았어. 하지만 예언에서 언급된 선택이 정말 이걸까? 그 후라는 건 또 뭐지? 이것도 첫 번째 예언처럼 사소한 표현 차이일까?'

아마 남루스에게 직접 물어봐도 대답해주진 않으리라.

어쩌면 그리 중요한 문제는 아닐지도 몰랐다.

'젠장…… 그래도 왠지 불길해. 세리카…….'

글렌은 고삐를 강하게 쥔 채 가슴 속에서 치밀어 오르는 기묘한 예감을 필사적으로 억누를 수밖에 없었다.

————.

이렇듯 글렌 일행은 순조롭게 타움의 천문신전으로 나아갔다.

도중에 시스티나와 루미아를 잠깐 재우면서 저녁쯤에 목적지에 도착했다.

우뚝 솟은 절벽 위에 자리 잡은 거대한 반구형 석조 신전.

눈으로 덮여 있긴 해도 그 모습은 반년 전에 본 것과 변함

없이 똑같았다.

"타움의 천문신전…… 정말로 아르포네아 교수님이 여기에?"

시스티나가 중얼거리는 사이에 글렌은 돌기둥이 늘어선 입구 근처로 다가갔다.

그리고 입구 앞에 쪼그려 앉아 손으로 눈을 가볍게 쓸어내고 품속에서 작은 주머니를 꺼내 안에 든 분말을 뿌렸다. 마력의 잔재에 반응해서 마력파장에 따라 다른 색으로 빛나는 특수한 마술시약이었다.

"……찾았다. 이 보라색 빛은 세리카의 마력이 남긴 흔적이야."

"그럼 역시 교수님은 이 신전 안에 계신 건가요?"

"그래, 틀림없어."

글렌은 일어서서 시스티나와 루미아를 돌아보았다.

"미안, 시간이 없어. 강행군이 되겠지만 이대로 유적 탐색을 시작할까 하는데…… 너희는 괜찮겠냐?"

"예. 여기 오는 사이에 잠깐 잤으니까요."

"준비는 완벽해요! 가죠, 선생님!"

루미아와 시스티나는 기운 넘치는 목소리로 대답했다.

이렇게 글렌 일행은 며칠 분량의 물과 식량과 각종 탐색장비를 담은 배낭을 메고 타움의 천문신전 안으로 진입했다.

————.

타움의 천문신전은 하나의 거대한 바위를 안쪽에서 깎는 건축방식으로 만들어진 구조물로, 당연히 통로와 벽과 천장을 비롯한 모든 것이 돌로 이루어져 있었다.

내부 벽면의 천체도를 연상케 하는 기하학적 무늬가 반년 전에 방문했을 때와 같은 모습으로 글렌 일행을 맞이했다.

하지만 반년 전과는 달리 벽면의 무늬를 따라 흐르는 불길한 적청색 마력이 중저음을 울리며 유적 전체를 작게 흔들었고⋯⋯.

—샤아아아아아아아아앗!

광령들은 더 강대하고 흉악해져 있었다.

정령이 되다만 존재인 이들은 실체화한 그림자, 날개 달린 요정, 여우불 같은 다양한 모습으로 무리를 지은 채 글렌 일행을 향해 덤벼들었다.

"《마탄》⋯⋯《일제발사》!"

하지만 시스티나는 한 걸음 나서며 한 소절과 추가 소절로 주문을 완성했다.

그러자 왼손의 다섯 손가락에서 다섯 발의 집속 마력 광탄이 방출되었다.

흑마 【매직 불릿】의 5연사 발동.

반년 전과 비교하면 위력과 기량이 어마어마하게 향상된 그녀의 주문에 맞은 광령들은 속수무책으로 찢겨서 흩어졌다.

"……흡!"

글렌 또한 퍼커션식 리볼버를 허리춤에 붙인 채 왼손으로 격철을 패닝(Fanning).

달인의 기술로 발사된, 마력을 부여한[인챈트] 여섯 발의 탄환이 광령들을 갈기갈기 찢어버렸다.

"해냈어요!"

"그래!"

광령들을 쓸어버린 둘은 머리 위로 하이파이브를 했다.

"둘 다 수고하셨어요."

후방에서 지원하려고 《루미아의 열쇠》를 들고 있던 루미아도 그제야 다가왔다.

"탐색 위험도 S급이라도 들었는데, 의외로 어떻게든 되네요?"

"너희 둘 덕분이지. 나 혼자였다면 도중에 막혔을걸?"

글렌은 여러모로 믿음직한 제자들을 흘겨보면서 쓴웃음을 지었다.

"하지만…… 그걸 감안해도 역시 좀 이상하군."

"이상하다니…… 뭐가요?"

글렌의 의문에 루미아가 고개를 살짝 갸웃거렸다.

"광령들이 너무 얌전해."

"……!"

"이브 녀석이 말한 대로 지금 이 유적의 탐색 위험도는 S급. 원래 S급에서 출현하는 광령은 이 정도 수준이 아니야.

훨씬 더 적극적으로 흉포하게 덤벼들지. 하지만 방금 그 녀석들은 영역을 침범 당해서 마지못해 공격하는 느낌이었어."

"그, 그러고 보니……."

"내 눈엔 이 유적 안의 광령들이 아무래도 뭔가를 두려워해서 숨은 것처럼 보여. 뭐, 우리 입장에선 잘된 일이긴 하다만……."

"방심은 금물이라는 거군요?"

루미아의 결론에 글렌은 고개를 끄덕였다.

그러자 시스티나도 의문을 입에 담았다.

"그건 그렇고…… 결국 아르포네아 교수님은 대체 뭐 하러 이 유적에 오신 걸까요? 애초에 두 번 다시 돌아오지 않겠다는 것도 무슨 뜻인지……."

그건 글렌도 품고 있는 근본적인 의문이었다.

"나도 몰라. 남루스는 아무것도 안 가르쳐주더라고. 다만, 이 유적 최심부에는 《별의 회랑》이 있잖아? 난 그것과 뭔가 관계가 있는 게 아닐까 싶다만……."

"《별의 회랑》이라면…… 마술학원의 지하미궁 《비탄의 탑》 심층 영역과 이어진 길을 말씀하시는 거죠?"

"그렇다면…… 저희의 이번 탐색은 거기까지라고 생각하는 편이 좋겠네요."

"그래, 그렇겠지."

아직 세리카의 목적은 알 수 없었다. 아는 건 그녀가 진심으로 두 번 다시 페지테로 돌아올 생각이 없다는 것뿐.

'세리카······.'

글렌은 품속에서 적마정석 펜던트를 꺼내들었다.

이것을 세리카의 콧잔등을 향해 집어던질 때까지 자신은 걸음을 멈출 수 없었다.

'기다려, 세리카. 반드시 널 데리고 갈 테니까······!'

새로이 각오를 다진 글렌은 다시 유적 안쪽을 향해 이동했다.

————.

그리고 사흘이 지났지만 유적 탐색 작업은 맥빠질 정도로 순조로웠다.

일행의 앞길을 수많은 광령과 함정들이 막아섰으나, 글렌의 경험과 시스티나의 마술과 루미아의 이능력 앞에선 전혀 문제가 되지 않았다.

지난 탐색에서 완벽한 내부 지도를 만들어둔 것도 도움이 됐다.

이게 정말 S급이 맞나 싶을 정도로 탐색 작업은 순조롭기 그지 없었다.

글렌 일행은 계속해서 유적 내부를 돌파해 나갔다.

제1의식장, 제2의식장, 예배당, 제3의식장, 천문대, 영묘,

대회랑, 별의 방.

유적 안의 수많은 시설들을 끊임없이 돌파했지만 예상대로 세리카의 모습은 어디에도 없었다. 하지만 전부 상정했던 범주였다.

그리고 앞으로 하루만 더 이동하면 천문신전의 최심부, 목적지인 대 플라네타리움실에 도달할 수 있는 위치에서…….

사건은 일어났다.

―――――.

글렌 일행이 통로 한가운데에서 휴식을 취하는 중이었다.

주변 구역의 광령을 모조리 쓸어버리고 함정도 끈질기게 조사해서 확보한 안전지대의 바닥에 모포를 깔고 앉아, 휴대형 소형 오일스토브에 불을 붙인 뒤 냄비로 물을 끓였다. 그리고 거기에 고형 수프를 녹여서 따뜻한 수프를 만들었다.

"드세요, 선생님."

루미아는 글렌에게 수프를 담은 컵을 내밀었다.

"오, 고맙다."

그걸 받아든 글렌은 수증기가 피어오르는 컵에 입을 가져다댔다.

지치고 체온이 떨어진 몸에 뜨거운 수프가 서서히 스며드는 쾌감.

"~~♪"

한편, 시스티나는 조금 떨어진 곳에서 벽의 무늬를 조사 중이었다.

아무래도 탐험에 익숙해져서 여유가 생긴 덕분에 마도 고고학혼(魂)에 불이 붙은 모양이었다.

"야, 하얀 고양이. 너무 멀리 가진 마라."

"아, 알고 있다구요!"

글렌이 주의를 주자 시스티나는 불만스럽게 입술을 삐죽 내밀었다.

그렇게 수프를 마시면서 느긋한 시간을 보내는데 루미아가 갑자기 입을 열었다.

"……페지테는 지금쯤 어떻게 됐을까요?"

아무튼 이 유적 안에서는 바깥 상황을 전혀 알 수 없었다. 마술적인 통신 수단과 레이라인 회선이 완전히 막힌 상태이다 보니 궁금증이 드는 건 어쩔 수 없으리라.

"계산대로라면 슬슬 《울티무스 클라비스》 놈들이 페지테에 도달하지 않았을까?"

"……."

루미아의 표정이 흐려지자 글렌은 안심시키듯 머리를 쓰다듬어 주었다.

"걱정하지 마. 그 녀석들을 믿어. 나도 믿고 있으니까."

"……그러게요. 저희가 여기서 고민해봤자 어쩔 수 없겠죠."

"그래. 그리고 세리카를 데려가면 전력이 대폭 상승해서 페지테를 구하는 것도 식은 죽 먹기나 다름없을걸?"

글렌은 씨익 웃고는 남은 수프를 단숨에 들이켰다.

"자, 휴식은 여기까지만 하자. 대 플라네타리움실까진 조금만 더 가면……."

그렇게 말하고 일어서려 했으나—.

부웅…….

갑자기 유적 내부의 마력이 움직임을 바꾸며 불온한 소리를 내기 시작했다.

"뭐, 뭐지?"!

글렌은 반사적으로 루미아를 감싸고 주위를 경계했다.

지금까지 붉은색과 푸른색으로 흐릿하게 빛나던 벽의 무늬들이 갑자기 깜빡이더니 보라색으로 변하며 형태를 바꾸고 있었다. 그리고 중저음을 울리면서 유적 내부가 가늘게 떨리기 시작했다.

"뭐, 뭐, 뭐죠? 이건?"

그러자 일행과 약간 떨어져 있던 시스티나가 황급히 벽에서 물러났다.

"모르겠어! 하지만 뭔가 위험해! 하얀 고양이, 너도 이쪽으로……!"

글렌이 주위를 경계하며 그렇게 말했을 때—.

"서, 선생님! 루미아! 발밑!"

시스티나가 경고했다.

"뭐?!"

반사적으로 밑을 내려다보자 두 사람의 발밑에는 방금 전까지만 해도 없었던 마술법진이 그려져 있었다.

"아, 아차……."

그리고 다음 순간—.

슈웅!

글렌과 루미아의 시야에서 갑자기 시스티나가 사라졌다.

아니, 두 사람의 위치가 어딘가로 바뀐 것이다.

지금 둘이 있는 곳은 조금 전까지 휴식을 취하던 통로가 아니었다.

완전히 다른 장소. 유적 어딘가에 있는 방 안이었다.

발밑의 법진만 그대로 남긴 채 글렌과 루미아는 시스티나와 완전히 떨어지고 만 것이었다.

"어?! 말도 안 돼! 전이 함정이라고?!"

"시스티?!"

글렌과 루미아는 경악했다.

분명 자신들은 안전 확보를 위해 함정 여부를 끈질기게 조사했을 터.

그런데도 난데없이 함정이 발동한 건 아무리 생각해도 이상했다.

그리고 어느새 유적 내부는 방금 전처럼 벽의 무늬가 붉은색과 푸른색으로 빛나는 상태로 돌아와 있었다.

"젠장!"

글렌은 주머니에서 보석형 통신 마도기를 꺼내 시스티나에게 연락했다.

『서, 선생님!』

그러자 곧 그녀의 당황한 목소리가 들렸다.

"하얀 고양이, 무사하냐?!"

『아, 예…… 저, 전 아무렇지도…… 선생님 쪽은요?』

"아, 나랑 루미아도 무사해."

『전이 함정…… 하, 하지만 왜 갑자기? 저희는 분명 주위를 완벽하게 조사했잖아요?! 아무리 생각해도 이건…….』

"……."

글렌은 불안해하는 시스티나의 목소리를 들으면서 생각에 잠겼다.

방금 전 유적 내부 일어난 기묘한 변화. 그것으로 인해 함정의 배치가 바뀐 것이라면 대충 아귀가 맞았다.

'문제는 왜 하필 이 타이밍에 배치가 바뀌었냐는 건데…….'

유적에 따라선 함정의 위치나 종류가 자동으로 바뀔 때도 있었다.

하지만 이 타움의 천문신전에 그런 기믹은 없었다. 있었다면 지금처럼 바뀌기 전에 F급 판정을 받을 리도 없었으리라.

'그나마 고려할 수 있는 건 인위적인 개입…… 누군가가 유적의 중추를 장악해서 수동으로 함정의 위치를 강제로 변경했다?'

글렌은 발밑의 법진에 손을 대고 해석 주문을 발동했다.

'……역시. 누군가가 강제로 개입한 흔적이 있군.'

그럼 그자의 정체는 대체 누구일까.

세리카일 리는 없었다. 그녀였다면 이 타이밍에 일행을 분산시키는 악의로 점철된 장난을 칠 리 없으니까.

……그렇다는 건 역시.

"……조심해라, 하얀 고양이. 아무래도 이 유적 안에 우리 말고 누가 있나 봐."

『……예?!』

목소리를 통해서 그녀가 긴장한 것이 느껴졌다.

"이건 우리에게 악의를 가진 누군가가 저지른 짓이야. 그러니 이걸로 끝일 리 없어. 아마 그 누군가는 반드시 우리에게 뭔가 해를 끼치려 하겠지."

"그, 그럴 수가. 선생님……."

『어, 어쩌면, 좋죠?』

글렌은 루미아와 시스티나를 진정시키기 위해 일부러 냉정한 목소리로 말했다.

"우선 진정해. 일단 합류를 최우선 목표로 삼자."

글렌은 주위의 풍경을 확인하고 마술로 좌표를 측정해서 자신들이 지금 지도상에서 어디쯤 있는지 찾았다.

"칫, 꽤 멀구만. 하얀 고양이랑 합류하려면 반나절은 걸리겠어. ……그래도 어쩔 수 없지."

글렌이 씁쓸한 목소리로 중얼거린 그때—.

『그건 안 돼요!』

통신 마도기 너머의 시스티나가 합류를 거부했다.

『선생님은 한시라도 빨리 교수님과 만나야 하잖아요?! 느긋하게 합류하고 있을 여유는 없다구요! 그렇지 않아도 시간이 아슬아슬한데…….』

"너, 너 인마…… 그래도 이건……."

글렌이 판단을 망설인 순간—.

"먼저 가 있죠. 선생님."

루미아가 똑부러진 목소리로 말했다.

"뭐?! 루미아, 너까지……."

"방금 지도에서 확인해봤는데 저희랑 시스티가 있는 위치에서 대 플라네타리움실까지의 거리는 거의 비슷해요. 이대로 동시에 이동하면 분명 거기서 합류할 수 있겠죠."

"하, 하지만……."

『선생님, 그 생각엔 저도 찬성이에요.』

그러자 루미아의 목소리가 들렸는지 시스티나도 동의했다.

『목숨이 위험한 함정이 아니라 굳이 이런 전이 함정을 쓴

걸 봐선 상대의 의도는 아마 저희를 분단시키는 것에 있을 거예요. 그러니 저희가 합류하려고 하면 방해할 가능성이 크겠죠.』

"그래도……."

그럼에도 글렌은 판단을 망설였다.

『선생님, 저를…… 저희를 믿어주세요!』

그러자 시스티나의 강한 각오가 담긴 목소리가 고막을 두드렸다.

『저희는 선생님과 아르포네아 교수님을 다시 만나게 해드리고 싶어서…… 그걸 도와드리려고 동행한 거라구요! 절대로 선생님의 발목을 잡기 위해서가 아니라요!』

"……?!"

"……."

시선을 돌리자 어느새 루미아도 강한 의지가 깃든 눈으로 자신을 바라보고 있었다. 아마 자신의 말로는 이제 그녀들의 마음을 꺾을 수 없으리라.

"……알았다. 너희의 판단을 믿어보마. 그럼 대 플라네타리움실에서 만나자."

『예!』

"조심해, 시스티. 그리고 선생님은 나한테 맡겨."

거리는 떨어져 있어도 마음은 하나.

고개를 동시에 끄덕인 글렌과 루미아, 그리고 시스티나는 각자 행동을 개시했다.

————.

뚜벅, 뚜벅, 뚜벅…….

시스티나는 유적의 통로를 혼자서 신중하게 걷고 있었다.

전에도 이런 적이 있었다. 마술학원의 지하미궁을 탐색할 때 함정에 걸려서 글렌과 떨어졌던 일이.

그때는 볼썽사납게 평정을 잃고 상황 분석도 하지 못한 채 그저 살고 싶어서 마구잡이로 돌아다녔을 뿐이지만, 지금은 아니었다.

'냉정하게 내가 가진 패와 마력, 그리고 주변 상황을 분석하는 거야. 평정심을 유지한 채 늘 최선의 수를 모색하면서 실행에 옮기는 거지. ……이런 궁지야말로 마술사의 존재방식을 증명할 곳이야. 그래, 난 선생님의 발목을 잡으려고 따라온 게 아니니까.'

불안함이 느껴지지 않는 건 아니었으나 지금의 시스티나는 예전의 그녀가 아니었다.

애당초 전에 겪었던 제로마나 지대에 비하면 이런 상황쯤은 위기 축에 속하지도 않았다.

글렌, 루미아와 헤어진 지 반나절. 여기 올 때까지 많은 광령과 함정의 방해가 있었지만 큰 문제없이 물리쳤다. 지금의 그녀는 이미 어엿한 한 사람의 마술사였다.

'지도 표시대로라면 다음은 대 성견실…… 여길 넘으면 대 플라네타리움실…….'

예상대로 앞쪽에서 통로의 끝이 보였다. 다음 방으로 이어지는 아치형 출입구였다.

시스티나는 그 안으로 진입했다.

"……?!"

안쪽은 등 뒤의 벽을 제외하면 왼쪽, 오른쪽, 전방뿐만 아니라 천장까지 어둠으로 뒤덮인 널따란 공간이었다. 물론 무한히 넓은 건 아니었다. 벽을 따라 이동하면 다른 방으로 갈 수 있는 출입구에 도달할 수 있으리라. 공간이 너무나도 넓어서 지금은 보이지 않는 것뿐.

그런 공간 안에는 표면에 정체를 알 수 없는 문양이 새겨진 원형 돌기둥이 수없이 많이, 무질서하게 서 있었다.

지름은 1미트라에 10미트라까지, 높이는 자신이 선 위치에서 끝이 보이는 것이나 천장의 어둠 너머로 이어진 것까지 다양했다.

"……여전히 영문을 알 수 없는 공간이네. 대체 무슨 의미가 있는 걸까?"

보는 이를 압도하는 신비하고 불가사의한 광경에 시스티나는 탄식을 흘렸다.

평소였다면 시간 가는 줄도 모르고 마도 고고학적인 고찰에 빠졌겠지만 지금은 1분 1초가 아까웠다.

"루트는 분명…… 여기서 북북동 방향일 터."

시스티나는 머릿속에 기억해둔 지도와 대조해가며 바로 움직였다.

하지만 갑자기 심장이 크게 뛰었다.

피부로 느껴지는 희미한 마력의 움직임. 누군가가 주문을 영창할 때 특유의 공기.

그녀의 생존본능이 전력으로 경종을 울렸다.

"……읏?!"

시스티나는 반사적으로 옆으로 몸을 날렸다.

그러자 눈앞에 솟은 돌기둥 중 하나의 위가 번쩍이더니 무시무시한 속도로 날아든 전격이 조금 전까지 그녀가 서 있던 위치에 꽂혔다.

이 주문은—.

"【라이트닝 피어스】?!"

바닥을 구르던 시스티나는 재빨리 일어났다.

"누가 있어?!"

그리고 등에 멘 배낭을 던져버리고 공격이 날아온 방향을 향해 외쳤다.

"햐하하하하하하하하하하하하하하하하하!"

그러자 귀에 거슬리는 웃음소리와 함께 세찬 바람을 두른 누군가가 주위의 돌기둥을 박차며 빠르게 다가왔다.

이윽고 그 자가 시스티나와 10미트라쯤 떨어진 곳에 착지하자 세찬 바람이 주위에 휘몰아쳤다.

길거리에서 흔히 볼 수 있는 양아치 같은 인상의 남자였다.

하지만 몸에 두른 마력과 천박한 살기는 그가 결코 일반인이 아님을 맹렬히 주장했다.

"용케 피했네? 솔직히 칭찬해주지! 꺄하하하하하하!"

"아, 아아…… 당신은?!"

그 남자를 본 시스티나는 눈을 크게 부릅떴다. 온 몸에 오한이 들고 심장이 걸레처럼 쥐어 짜이는 듯한 감각.

그래, 도저히 잊으려야 잊을 수가 없었다.

과거에 두 번이나 그녀의 몸을 더럽히고 죽이려 했던 저천박하고 악랄하기 짝이 없는 남자의 이름은 진 가니스.

"다, 당신이 어떻게 여길……?!"

넋을 잃은 시스티나 앞에서 진은 비웃음을 흘렸다.

"햐하하하하하하하하하하! 오랜만이다, 하얀 고양이! 또 되살아났다고? 역시 난 너만은 무슨 일이 있어도 꼭 맛있게 먹어치우고 싶었거든! 자, 지난 번 일로 울분도 잔뜩 쌓였으니 이번에야말로 살이 잘 오른 고양이 풀코스를 즐겨보실까! 햐하하하하하하하하하하!"

광기에 물든 웃음소리가 넓은 반구형 공간에 포성처럼 메아리쳤다.

"~~?!"

그야말로 최악의 악몽이 다시 눈앞에 나타나자 시스티나는…….

한편, 같은 시각.

"칫, 그렇게 된 거군."

시스티나가 있는 곳과 동일한 구조의 방 안에서 글렌은 루미아를 감싸며 눈앞에 있는 남자를 향해 한 걸음 나섰다.

"……오랜만이다, 글렌 레이더스."

가만히 서 있는데 이쪽 몸이 짓눌릴 것 같은 존재감을 온몸으로 발산하는 남자였다.

글렌은 저 검정 코트를 걸친 남자와 총 두 차례 싸운 적이 있었다.

첫 번째는 시간제 강사였던 시절 교내 폭파 테러 사건 때.

두 번째는 『페지테 최악의 사흘간』.

저 남자의 이름은…….

"레이크 포엔하임. ……또 되살아난 거냐. 거 진짜 끈질긴 녀석일세."

그러자 레이크는 빈틈없이 전투태세를 취한 글렌을 향해 입을 열었다.

"줄곧 너와 다시 싸울 날…… 이 날만을 기다려왔다."

"난 전혀 아닌데 말이지!"

콰득!

글렌이 외치자 레이크의 몸에서 쇠사슬이 끊어진 것 같은 소리가 들렸다.

다음 순간, 레이크의 마력과 존재감이 팽창하더니 몸이 변형되기 시작했다. 체격이 한층 더 커지고 머리에 뿔, 등에 피막이 달린 날개, 피부 곳곳이 비늘로 덮이고 인외의 존재로 승화하고 있었다.

"이번에는 《용쇄봉인식(龍鎖封人式)》1호, 2호, 3호를 전부 해방했다. ……자, 글렌 레이더스. 계속되는 싸움 끝에 존재하는 세계를…… 우리 일족이 저지른 저주받은 행위의 의미를, 나에게 보여다오!"

그리고 완전히 변신을 마치자 폭력적인 마력이 폭풍처럼 공간을 휩쓸었다.

자연계의 정점에 군림하는 용과 같은 강대한 존재감을 발산하고 인간을 초월하는 존재가 된 그 앞에서, 평범한 인간이었다면 무릎을 꿇고 넋을 놓았으리라.

"바보구나, 너. 진짜 바보였어."

하지만 글렌은 오히려 그런 레이크를 연민했다.

"모처럼 되살아났으면 다른 즐거운 일을 찾아서 즐겁게 살면 되잖아. 그런데도 최초의 사명 따위에 얽매이다니…… 멍청한 자식."

물론 친하지도 않고 대화를 오래 나눠본 상대도 아니었다.

글렌이 레이크에 대해 알고 있는 것은 전에 두 번이나 사투를 벌인 상대라는 것과, 그가 용의 힘에 홀린 포엔하임가의 저주받은 사명에 사로잡혀 있다는 서류상의 정보 뿐.

애당초 적인 이상 서로를 이해할 수 있을 리 없었다.

하지만 글렌은 완전히 괴물이 되어버린 레이크의 모습에서 왠지 모를 공감과 연민을 느낄 수밖에 없었다.

"루미아, 가자. 네 힘을 빌려줘."

"……예."

루미아가 고개를 강하게 끄덕이며 《아르스 마그나》를 해방했고 글렌은 레이크를 향해 권총을 겨누었다.

―――――.

"『Preject Revive Life』에 의한 죽은 자의 부활. ……아마 저 둘에게는 이번이 마지막 부활이 되겠지."

어딘가에서 마술로 그들을 지켜보는 펠로드가 입을 열었다.

"아무튼 그 저티스 로우판이 어느 틈에 조직의 비밀 연구소를 습격해서 백업용 데이터와 의식장과 술식을 전부 파괴해버린 모양이니까."

중요한 순간마다 자신들을 방해한, 목에 걸린 잔가시 같은 존재였던 『정의』를 떠올리며 쓴웃음을 지었다.

"하지만 이렇게 그를(진) 시스티나에게 보낼 수 있었던 건 그나마 다행일까. 후후, 나쁘게 생각하지 마렴. ……이건 너에게 내린 시련이니까."

펠로드는 어둠 속에서 웃었다.

"시스티나…… 너라면 분명 이 정도쯤은 가볍게 극복할 터. 이 정도 위기도 처리하지 못한다면 그때는 내 알 바 아니지. 하지만 극복한다면……."

품속에서 녹색 열쇠를 꺼냈다.

"이 마지막 열쇠…… 《풍황취장(風皇翠將)》 실 비사를 너에게 증정할게. 그때 넌 나와 함께 진리에 도달할 자격을 얻는 거야. ……아아, 기뻐. 귀여운 너와 다시 같은 길을 걸을 수 있다니……."

그리고 이번에는 글렌 쪽으로 시선을 돌렸다.

"그건 그렇고 『광대』…… 그는 어떨까? 나도 솔직히 그에 대해선 잘 모르겠어."

신기한 것을 보는 눈으로 그를 응시했다.

"그는 어딜 어떻게 봐도 『정의』나 『별』, 『마술사』처럼 대세에 큰 영향을 주는 힘을 가진 배역은 아니야. 하지만 이상하게도 늘 사건의 중심과 엮이는 배역…… 즉, 이레귤러."

펠로드는 유쾌하게 입가를 일그러뜨렸다.

"뭐, 다소 예상을 벗어나긴 해도 지금은 그저 그뿐인 존재인 것도 사실. ……일단 내 사랑스러운 천사의 완성도를 다시 측정하기 위한 미끼로 이용해볼까."

그렇게 중얼거린 펠로드는 어둠 속에서 홀로 유현(幽玄)하게 미소지었다.

제6장 하나의 종착점

그 남자를 본 순간, 시스티나는 머릿속이 새하얘졌다.

심장이 터질 것처럼 두방망이질치고 심한 오한과 부유감이 전신을 지배했다.

―아마 비명을 지르리라.

―꼴사납게 울부짖으며 이성을 잃으리라.

진 가니스.

시스티나에게 그는 마술의 어두운 면을 상징하는 존재이자 공포의 대상이었다.

자신처럼 미숙하고 나약한 존재는 저 남자가 내뿜는 악의와 살의에 눈 깜짝할 사이에 집어 삼켜져서 꼴사납게 떨기만 하리라.

"……?"

하지만 곧 어떤 사실을 깨달았다.

어째선지 자신은 비명을 지르지도 않았고 울부짖지도 않았다.

마음도 차분했다.

저 남자와 마주친 충격과 공포에 사로잡혀서 이성을 잃지

제6장 하나의 종착점 201

도 않았다.

오히려 어느새 이런 생각을 하고 있었다.

—아마 주문 발동 속도로는 아직 저 남자에게 못 미쳐.

—정면에서 싸우는 건 압도적으로 불리.

—주위에 솟은 돌기둥들…… 저걸 이용할 수는 없을까?

—내가 가진 패는? 적이 가진 패는? 언제 쓰고 어떻게 막지?

—먼저 내가 둬야 할 수는…….

본인도 놀랄 정도로 냉정했다.

확실히 두려움은 있었다. 방심하면 금세 몸이 위축되고 숨도 가빠지기 시작하리라.

하지만 그런 공포를 어딘가에 치워버리고 냉정하게 상황을 판단하는 자신 또한 분명히 존재했다.

'……내가 왜 이러지? 저런 강적이 바로 눈앞에 있는데…… 혹시 공포로 머리가 이상해진 걸까?'

머릿속 한켠에서 그런 쓸데없는 생각까지 하는데도 시스티나의 전투연산회로는 멈추지 않았다.

그런 시스티나의 차분한 반응이 의외였는지—

"호오? 뭐야~ 생각보다 냉정하잖아? 뜻밖인걸~?"

진이 실실 웃으며 말했다.

"아, 혹시 벌써 포기한 거야? 나한테 맛있게 먹힐 각오가 된 거? 야야, 김새니까 그러지 마. 더 필사적으로 울부짖으면서 저항해보라고. 그래야 능욕하는 보람이……."

"《뇌제의 섬창이여》."

그 순간, 시스티나의 왼손 검지에서 흑마 【라이트닝 피어스】가 불을 뿜었다.

"오?"

진이 반사적으로 그것을 오른손으로 쳐냈다.

하지만 시스티나는 한없이 냉정한 눈으로 그런 그의 모습을 응시했다.

잠시 멍한 표정으로 시스티나를 바라보던 진은 이윽고 입가를 천박하게 끌어올렸다.

"흐응~? 뭐야. 역시 포기하지 않았잖아. 좋아. 오히려 그 정도 건방진 편이 좋은 자극제가 돼서 맛을 한층 더 숙성시켜주겠지?"

그러자 진의 분위기가 바뀌었다.

경박함은 여전했지만 인간의 존엄성을 짓밟고 파괴하는 행위에 극도의 쾌감을 느끼는 외도 마술사의 그것으로 변모했다.

"《타다다다당》!"

진은 가차 없이 주문을 영창했다.

흑마 【라이트닝 피어스】의 초고속 5연사.

그 한 발 한 발의 속도는 압도적으로 빨랐다. 평범한 마술사였다면 눈으로 보기는커녕 반응조차 할 수 없으리라.

그런 다섯 줄기의 전격이 시스티나를 노리고 날아들었으

나—.

"《질》!"

시스티나는 흑마 【래피드 스트림】의 연속 발동기, 《슈투름》을 쓰며 몸을 자연스럽게 오른쪽으로 날렸다. 그리고 전격들이 잔상을 꿰뚫는 사이에 그대로 등을 돌려서 돌기둥 사이의 어둠으로 모습을 감추었다.

"호오? 술래잡기부터 하자고? 좋아."

진도 천박하게 웃고 《슈투름》을 발동. 그대로 시스티나의 뒤를 쫓아 일직선으로 질주했다.

"술래야 나 잡아봐라~!"

하지만 갑자기 등골이 싸늘해지며 죽음을 예감했다.

"어어?!"

진은 그 예감을 믿고 몸을 옆으로 날렸다.

그러자 사각에서 방금 전까지 자신이 있던 곳을 향해 세 줄기 벼락이 꽂혔다.

"이게, 무슨……!"

고개를 들자 근처에 있던 돌기둥 위에서 은발이 잠깐 눈에 들어왔다.

"……"

시스티나였다. 거대한 돌기둥 위에 서서 자신을 겨냥한 채 날카로운 눈으로 내려다보고 있었다.

"……어느 틈에?! 설마 쫄아서 도망치는 척 하면서 《슈투름》으로 기둥 위에 올라간 건가? 내 사각이 되는 위치로?"

전혀 예상치 못한 반격에 진이 경악했고—.

"……."

시스티나는 입가를 살짝 끌어올리며 웃었다.

그리고 검지를 위로 까닥거렸다.

알기 쉬운 제스쳐였다. 어디 덤벼보라는 뜻이다.

"……저 망할 고양이년이!"

분기탱천한 진은 다시 《슈투름》을 발동했다.

"가만 안 둬어어어어어어어어어어어어어어!"

그리고 시스티나가 서 있는 기둥 위를 향해 높이 도약했다.

돌기둥을 계속 박차며 맹렬한 속도로 올라갔다.

그러자 시스티나도 당연히 전격을 날려서 대응했다.

"하! 탄속이 느려! 고작 그 정도로……!"

진은 기둥을 박차는 궤도를 바꿔서 피했지만 쿵 하고 묵
직한 소리가 골을 울리고 시야에 불꽃이 튀었다.

"커억?!"

공중에 설치된 『보이지 않는 무언가』에 충돌한 진은 그대
로 추락했다.

"이, 이게 뭐야! 서, 설마……?"

진은 방금 자신이 겪은 현상의 정체를 파악했다.

흑마 【에어 블록】. 공기를 압축해서 투명한 블록을 만드는
바람계통 주문.

아마 거기에 머리를 부딪친 것이다.

"저, 저 자식, 설마 이걸 노리고……?"

진은 추락하면서 시스티나를 올려다보았다.

하지만 그녀는 만족스러운 미소를 짓더니 다시 등을 돌리고 《슈투름》을 써서 어둠 속에 모습을 감추었다.

"저, 저 망할 년이……!"

일류 마술사로서의 긍지는커녕 그저 타고 난 능력으로 남을 짓밟는 것에만 즐거움을 느끼며 살아온 그는, 사냥감이라 생각했던 상대에게 오히려 얕보였다는 것을 깨달은 순간, 꼭지가 돌 정도로 분노했다.

"……넌 절대로 평범하게는 안 죽인다. 여자로 태어난 걸 후회할 정도의 지옥을 보여주마!"

잔혹한 결심을 한 진은 다시 【슈투름】을 발동해서 초고속으로 시스티나를 추격했다.

"《뇌제의 섬창이여》!"

그러자 앞서가던 시스티나는 뒤를 돌아보지도 않은 채 양손 검지로 각각 【라이트닝 피어스】를 동시에 날렸다.

"으억?!"

기묘할 정도로 정확히 날아오는 공격에 급히 몸을 옆으로 날려서 피한 진은 이어서 마구잡이로 전격을 난사했다.

"이…… 《타다다다다다다다다다당》!"

시스티나와 진의 치열한 《슈투름》 도그파이트 공중전이 막을 올린 순간이었다.

————.

"우오오오오오오오오오오오!"

『크아아아아아아아아아아아아아!』

글렌과 레이크는 근접거리에서 정면으로 싸우고 있었다.

글렌이 날리는 연타 펀치를 레이크가 막고, 레이크가 휘두르는 발톱을 글렌이 피하고 흘려넘겼다.

하지만 용인이 된 레이크와의 근접전은 정타를 허용하지 않더라도 여파만으로 글렌의 몸에 열상과 타박상을 새기고 있었다.

"크, 흑?!"

하지만 글렌은 개의치 않고 계속 앞으로 나아갔다.

『크아아아아아아아아아!』

그 기세에 압도된 듯한 레이크가 그대로 몸통을 찢어버릴 정도로 강렬한 킥을 날렸지만, 글렌은 즉시 뒤로 도약해서 피하더니 공중에서 몸을 비틀어 적의 정수리에 발뒤꿈치를 내려찍었다.

"이걸로 1분! 우오오오오오오오오오오!"

레이크도 뒤로 몸을 날려서 피하려 하자 글렌은 전광석화의 속도로 권총을 뽑았다.

평소에 쓰던 마총 《페네트레이터》가 아니다.

알리시아 3세로부터 받은 새로운 마총 《퀸 킬러》였다.

《퀸 킬러》를 겨누고 방아쇠를 당기자, 화약이 격발한 단발식 플린트락 피스톨의 총구가 포효하는 동시에 구형 탄두를 배출했다.

《페네트레이터》보다 대구경이라 반동도 커서 총을 쏜 글렌의 몸이 가볍게 뒤로 넘어갈 정도였다.

그리고 《페네트레이터》는 비교조차 할 수 없는 위력의 대형 탄두가 일직선으로 날아가 레이크의 이마에 명중했다.

평범한 인간이라면 머리가 그대로 통째로 날아갔겠지만—.

캉!

탄환은 성대한 소리를 내며 튕겨나갔다.

레이크는 그저 총에 맞은 충격으로 인해 몸이 크게 뒤로 젖혀졌을 뿐이었다.

"가라!"

하지만 글렌은 마치 지휘봉처럼 《퀸 킬러》를 휘둘렀고 튕겨나간 탄환이 방향을 바꾸더니 다시 레이크를 향해 날아들었다.

캉! 캉! 캉! 카가가강!

《퀸 킬러》에서 발사된 탄환은 레이크의 몸에 맞고 튕겨나갈 때마다 부자연스럽게 궤도를 돌려서 다시 그를 공격했다.

머리, 어깨, 몸, 다리, 팔에 탄환이 명중할 때마다 몸이 공중에서 이리저리 날아다녔다.

이건 레이크의 압도적인 방어력만으로 해결될 수 있는 문제가 아니었다. 단순히 그의 체중과 탄환이 가진 강력한 물리 에너지가 이루어낸 반작용의 문제였다.

그런 까닭에 지금도 대미지는 전혀 들어오지 않지만 공중에서는 단 한 발짝도 내려올 수 없었다.

『우오오오오오오오오오오오오오오오!』

쳐내려고 발톱을 휘둘렀으나 탄환은 닿기 직전에 크게 커브를 그리며 피했다.

"헉……! 헉……! 재장전시간 1분…… 루미아!"

"아, 예! 《자비의 천사여·먼 그 땅에·그대의 위광을》!"

멀리 떨어진 곳에서 글렌의 요청을 들은 루미아가 바로 백마 【라이프 웨이브】를 영창했다.

그러자 레이크와의 정면 대결로 넝마가 된 글렌의 몸에 부드럽고 따스한 빛이 내리쬐더니 상처가 치유되기 시작했다.

"헉……! 헉……! 칫, 방금 그건 위험했군."

변환자재로 고속 기동하는 탄환이 레이크의 움직임을 봉쇄한 틈에 글렌은 《퀸 킬러》를 겨누고 몸이 회복되는 것을 기다렸다.

"그건 그렇고…… 진짜 대단한 물건이네."

글렌은 손에 든 플린트락 피스톨을 힐끔 내려다보았다.

마총 《퀸 킬러》. 그야말로 소형 대포나 다름없는 무시무시한 위력의 탄환을 쏠 수 있는 권총인데, 이 총의 진가는 그 게 아니었다.

사실 이 총의 진정한 가치는 발사한 탄환의 궤도를 사수 의 이미지대로 조작할 수 있는 점과 발사 후에 사수의 마력 을 흡수해 1분 이내에 탄환과 화약을 연성해서 자동으로 재 장전하는 점에 있었다.

재장전시의 마력 소비량이 다소 부담스럽지만 마력을 증 폭하는 루미아의 《아르스 마그나》가 있다면 그 단점도 완전 히 상쇄할 수 있다. 마력으로 만든 탄환이라 평범한 카운터 스킬과 마력장벽으로는 막아낼 수조차 없다.

사용법은 간신히 해석에 성공했어도 이 총에 걸린 마술의 구조는 전혀 파악하지 못한 상태다. 하지만 어째선지 글렌 의 마력파장에만 반응하는 까닭에 그밖에 쓸 수 없는, 사실 상 글렌의 전용 무기.

그래서인지 손잡이에 새겨진 『그대, 정위치의 광대가 되기 를』이라는 글귀에서도 이 총을 글렌에게 남긴 알리시아 3세 의 의도가 여실히 느껴졌다.

아마 이것은 『마법유산』. 글렌에게는 과분한 물건이다.

하지만 그럼에도 늘 화력 부족에 시달렸던 글렌에게는 무 슨 수를 써서라도 손에 넣고 싶었던 능력의 무장이었다.

"그건 그렇고 난 여전히 주위의 도움이 없으면 제대로 싸 우지도 못하는 건가……."

글렌은 무심코 자조하듯 중얼거렸다.

그렇다. 적은 그 《용제》 레이크 포엔하임.

《퀸 킬러》가 아무리 강력한 무장이라지만 사실 그것만으로는 한계가 있었다.

루미아의 《아르스 마그나》로 강화한 【피지컬 부스트】나 【웨폰 인챈트】 등의 버프를 단단히 두르고, 레이크의 원거리 공격인 용언어 마법을 《루미아의 열쇠》의 공간 조작 능력으로 봉쇄하고, 근거리에서 싸우다 한계가 왔을 때는 《퀸 킬러》로 시간을 벌면서 루미아의 힐러 스펠로 치료를 받아야 비로소 지금처럼 대등한 전투가 성립될 수 있었다.

"흥! 이제 와서 폼 잡아봤자 뭐 어쩌겠어! 내 전투 스타일은 옛날부터 이런 식이었는걸!"

글렌은 서서히 감각이 돌아오는 몸 상태를 체크하면서 마음을 다잡았다.

슬슬 《퀸 킬러》로 발사한 탄환의 유지시간이 떨어질 때다.

그럼 이제 다시 그 처절했던 근접 전투 공간에 몸을 던져야 할 터.

"어차피 난 별 볼일 없는 삼류 마술사야! 그럼 삼류답게 꼴사납게 발버둥쳐주마!"

'……그렇지 않아요. 선생님.'

하지만 루미아는 속으로 부정했다.

'선생님…… 당신은 정말로 강해지셨다구요'

늘 가까운 곳에서 그가 싸우는 모습을 지켜본 자신이기에 알 수 있었다.

글렌은 강해졌다.

그의 기본 역량은 지금까지 수많은 강적과 싸우고 역경을 뛰어넘으면서 확실히 향상되었다.

비록 마력은 제자리걸음이지만 체술과 전투 감각은 극한까지 갈고 닦여진 상태다.

생사의 수라장이라는 불꽃이 글렌이라는 강철을 지금의 형태로 연마해낸 것이다.

그렇지 않았다면 오늘날까지 살아남을 수 없었을 터.

지금 이렇게 진정한 힘을 해방한 레이크와 호각으로 싸울 수 있는 것도 글렌 본인의 힘이 그만큼 강해진 덕분이었다.

하지만 그 사실을 지적한다면 본인은 『군에 있었던 시절의 감이 돌아왔을 뿐』이라고 부정할 것이다. 그러나 3년 전 외도 마술사에게 유괴당할 뻔 했을 때 그가 싸우는 모습을 본 적 있는 루미아는 분명하게 말할 수 있었다.

'지금의 선생님은…… 군에 계셨을 때보다 강해지셨어요! 몸도 마음도! 예, 선생님은 이제 가슴 펴고 당당해지셔도 된다구요!'

루미아는 마음속으로 외쳤다.

'그래도 부족한 부분은 제가…… 저희가 채워드릴게요! 그러니……!'

그 순간―.

『크아아아아아아아아아아아아아아아아!』

탄환의 지속시간이 끝나고 레이크의 몸이 지면으로 떨어졌다.

그리고 그대로 포효하며 드래기시를 발동했다.

"헉?! 갑자기 그렇게 나오기야?! 이런⋯⋯!"

드래기시가 만들어낸 자연계의 맹위. 뇌우를 동반한 공간이 비틀어질 정도의 폭풍이 글렌을 휩쓸려 했다.

"괜찮아요, 선생님! 부탁할게, 《나의 열쇠》!"

하지만 루미아가 손바닥 위에 은색으로 빛나는 작은 열쇠를 소환해서 그대로 돌리자, 글렌과 레이크 사이의 공간에 거대한 균열이 일어나더니 그 폭풍을 모조리 빨아들였다.

"선생님!"

"오, 땡큐다! 루미아! 하아아아아아아아앗!"

글렌은 그대로 질주했다.

주먹을 쥔 채 그림자처럼 빠른 속도로 레이크를 향해 육박했다.

거리를 벌리면 무시무시한 위력의 드래기시가 날아온다.

제아무리 루미아라도 매번 막아낼 수는 없을 터.

그리고 글렌의 어설트 스펠은 레이크에게 전혀 통하지 않는다.

즉, 그렇다면 활로는 정면에서 맞붙어 싸우면서 찾아야

할 터.

"레이크으으으으으으으으으으으!"

『글렌…… 레이더스으으으으으으으으으으으으!』

글렌이 맹렬하게 휘두른 오른팔과 레이크가 거칠게 차올린 오른다리가 머리 위에서 격돌했고, 갈 곳을 잃은 충격파가 주위로 퍼져 나갔다.

그렇게 둘은 다시 목숨을 건 사투에 돌입했다.

————.

글렌 & 루미아 vs 레이크.

시스티나 vs 진.

그들의 숙명적인 싸움은 제각기 다른 장소에서 뜨겁게 달아올랐다.

글렌도, 루미아도, 시스티나도.

강대한 적 앞에서 한 걸음도 물러서지 않은 채 수단과 방법을 가리지 않고 싸웠다.

하지만 글렌 일행에게선 비장감이나 위기감이 전혀 느껴지지 않았다.

저들은 어차피 넘어야 할 장애물. 단순한 통과점에 불과했기 때문이다.

그에 반해 적의 목적은 저열한 욕망과 단순한 집착.

글렌 일행과는 보고 있는 것 자체가 달랐다. 싸우는 이유 자체가 달랐다.

이런 곳에서 시간 낭비할 수 없다는 각오로 싸우는 그들의 움직임은 당연히 평소보다 훨씬 날카로울 수밖에 없었다.

그렇게 한 걸음도 물러서지 않은 채 싸우고, 또 싸우고, 그리고······.

————.

처음에는 그저 자신이 상대를 얕본 거라고 생각했다.

다음에는 그저 우연일 뿐이라고, 요행이라고 생각했다.

하지만 전투가 길어짐에 따라 진은 서서히 『어떤 사실』을 어렴풋이 체감하기 시작했다.

"이, 이, 빌어먹을 고양이가······!"

공간을 가로지르며 울려 퍼지는 바람의 굉음.

시스티나와 진은 《슈투름》으로 공중을 날아다니고 있었다.

시스티나는 무작위로 배치된 돌기둥을 발판 삼아 계속 앞으로 나아갔고, 진도 그런 그녀의 뒤를 계속 추격했다.

주위의 돌기둥들이 마치 세찬 물결처럼 뒤로 흐르는 풍경 속에서 진은 그저 아연실색할 수밖에 없었다.

'말도 안 돼! 따라잡을 수가 없어? 오히려 거리가 벌어지고 있다니······ 내 《슈투름》이 저런 애송이보다 느리다고?'

아니다. 절대로 그럴 리 없다. 자신의 《슈투름》을 다루는 솜씨는 조직 내에서도 톱클래스였을 터.

'제기랄! 틀림없이 최고속도는 내 《슈투름》이 더 빨라! 그런데…… 왜 이렇게……!'

시스티나는 눈앞에서 돌기둥과 돌기둥 사이를 능숙하게 통과하고 있었다.

원래 《슈투름》의 기동 궤도는 벡터가 다른 직선을 연결하는 방식이지만 시스티나의 《슈투름》은 마치 곡선처럼 매끄러웠다.

즉, 방향을 전환할 때 감속을 거의 하지 않는다는 뜻이다.

한편, 시스티나는 냉정하게 상황을 파악했다.

'……최고속도가 높다고 해서 꼭 더 빠른 건 아니야. 빠름에는 『준민함』이라는 요소도 중요해.'

지금 이 순간 그녀의 머릿속에 떠오른 것은 마술제전에서 싸웠던 사막의 나라 하라사의 대표 선수 아디르 알하자드의 모습이었다.

그는 화려하고 낭비가 없는 체술로 최고속도가 더 빠른 자신을 농락했었다.

시스티나는 그때 본 아디르의 움직임에 관한 이미지를 나름대로 해석해서 자신의 《슈투름》에 적용했던 것이다.

'고마워, 아디르. 난 당신 덕분에 이렇게 싸울 수 있는 거야.'

머릿속 한켠으로 호적수에게 감사를 표한 시스티나는 《슈투름》의 기어를 한층 더 올렸다.

한편—.

'……웃기지 마! 대체 뭐냐고! 저 움직임은……!'

진은 내심 분개하며 속으로 욕설을 퍼부었다.

'저런 정신 나간 삼차원 기동이 가능한 인간은 세라 실바스밖에 본 적 없다고! 그런데 저런 애송이가 어떻게 그걸……!'

이 순간 진의 머릿속에는 조직의 임무 중에 그를 가볍게 압도했었던 한 여자의 모습이, 그때의 굴욕적인 기억이 되살아났다.

그러고 보면 사실 진이 시스티나에게 집착하는 건 당시에 그가 속수무책으로 당했던 증오스러운 적과 그녀가 어딘가 닮았기 때문일지도 몰랐다.

"웃기지 말라고!"

진은 앞에서 날아가는 시스티나를 향해 【라이트닝 피어스】를 마구 퍼부었다.

마침 비행 방향이 일직선으로 겹친 데다 차폐물도 없는 절호의 기회를 노린 것이다.

명중을 확신한 전격들이 시스티나를 노리고 날아갔지만 다음 순간, 그녀는 이럴 줄 알았다는 듯 몸을 오른쪽으로 기울이더니 마치 요술처럼 진의 시야에서 사라졌다.

"사, 사라졌······?!"

진이 눈을 부릅뜨고 경악한 그때—.

터엉!

압축된 공기의 파성추, 흑마【블래스트 블로】가 밑에서부터 그의 몸을 쳐올렸다.

"우어어어어어어어어어어어어억?!"

주문에 밀려서 천장으로 날아가자 바닥이 눈 깜짝할 사이에 멀어졌다.

그런 진의 시야 한켠에서는 방금 전까지만 해도 앞에 있던 시스티나가 배면 비행으로 날아가는 모습이 보였다.

'다, 당했어······!'

아마 그녀는 오른쪽으로 한 번 페이크를 넣어서 진이 그쪽을 바라보게 만든 후, 몸을 비트는 동시에 급감속해 고도를 낮춘 것이리라. 그래서 동일한 속도를 유지했던 진은 시스티나를 보지 못한 채 위로 스쳐 지나갔던 것이다. 고속 비행 중에 그런 곡예를 펼쳤으니 진의 눈에는 그녀가 갑자기 사라진 것처럼 보일 수밖에 없었다.

그리고 시스티나는 즉시 《슈투름》을 재점화해서 진의 바로 밑에 도달한 뒤 흑마【블래스트 블로】를 날린 것이다.

그야말로 압도적인 수준의 삼차원 기동과 공중전 센스.

"쿨럭! 저, 저 자식이이이이이이이이이이이이!"

인정하고 싶지 않았다. 하지만 인정할 수밖에 없었다.

아마 지금의 시스티나는 자신보다 훨씬…….

"웃기지 마! 어디서 사냥감 주제에 감히이이이이이이이!"

하지만 마지막 남은 자존심이 그것을 허락하지 않았다.

《슈투름》을 다시 발동한 진은 천장에 충돌하기 직전에 간신히 【블래스트 블로】의 영향권을 벗어났다.

그리고 시스티나를 찾기 위해 아래를 내려다보자—.

사납게 휘몰아치는 칼날 폭풍, 흑마 【슈레드 템페스트】가 날아드는 광경이 눈에 들어왔다.

그 안에 들어온 것을 모조리 분쇄하고 절단해버리는 광역 제압 공격이기에 옆으로는 피할 수 없었다.

유일한 퇴로는 위로 올라가서 주문의 영향권을 벗어나는 것이지만 이미 천장 가까이 도달한 진에게는 그조차 불가능했다.

"……빌어먹을!"

유일한 저항 수단은 전력으로 방어 마술을 전개하는 것인데 그것도 이 순간에 펼치기에는 시간이 너무 부족했고…….

"으아아아아아아아아아아악!"

진은 거칠게 날뛰는 바람의 칼날에 몸을 난도질당할 수밖에 없었다.

———.

"하아아아아아아아아아아아아앗!"

위에서 짓쳐드는 글렌의 라이트 카운터.

왼팔로 날린 공격이 완전히 빗나간 레이크는 그대로 얼굴에 펀치를 허용했고, 글렌의 팔이 끝까지 뻗는 동시에 뒤로 날아갔다.

『크아아아아아아!』

하지만 날아가면서도 다시 드래기시로 천재지변을 일으켰다.

"《나의 열쇠여》!"

절대영도의 눈보라가 글렌을 노렸지만 루미아의 손바닥 위에 떠 있는 은색 열쇠가 회전했고 눈보라가 전개된 공간이 점으로 압축되며 그대로 소멸했다.

"쓰읍!"

글렌은 즉시 재장전이 끝난 《퀸 킬러》를 뽑아서 방아쇠를 당겼다.

발사의 충격으로 뒤로 젖혀지는 몸. 포효하는 총구.

무지막지한 위력의 탄환이 다시 공간을 자유롭게 활강하며 레이크의 움직임을 봉쇄했다.

"레이크, 들려? 이제 그만하자!"

그런 그에게 글렌은 경고했다.

"이미 결판이 났어! 네가 진 거라고!"

그 말대로였다.

자세히 보면 레이크의 몸은 서서히 금이 가며 붕괴하는

중이었다.

글렌의 공격이 통해서가 아니다.

아마 저것이야말로 완전 해방한 【용쇄봉인식】의 약점.

인간을 초월한 힘을 얻는 대신 빙의체가 점점 붕괴해가는 것이리라.

용화의 저주.
_{드래고나이즈드}

위대한 용의 힘을 인간의 몸에 부여하는 것은 원래 금기를 뛰어넘는 자살행위나 다름없는 발상의 술식이다. 이 정도의 리스크는 있는 게 당연했다.

그래서 레이크는 어지간해선 【용쇄봉인식】을 쓰려고 하지 않았던 것이다.

즉, 그의 승리공식은 【용쇄봉인식】을 완전 해방해서 얻은 힘으로 최대한 빨리 싸움을 끝내는 것이었다.

하지만 이 싸움은 그의 계획대로 되지 않았다.

온갖 수라장을 거치며 단련된 글렌의 체술과 새로운 총.

루미아의 《아르스 마그나》와 《루미아의 열쇠》.

이런 다양한 요인이 겹치는 바람에 인간에 불과한 글렌이 인간을 초월한 레이크와 대등하게 싸울 수 있었다. 아니, 오히려 이토록 강해진 그들을 상대로 잘 싸웠다고 칭찬해도 모자람이 없으리라.

하지만 우세를 점하지 못하고 대등하게 싸운 시점에서 레이크의 운명은 정해졌다.

이제 남은 건 서서히 무너져가는 것뿐. 서서히 죽어가는 것뿐.

글렌의 말마따나 이미 결판은 난 것이었다.

『더…… 더 보여다오. 이 너머의 세계를…… 글렌…… 레이더스으으으으으으!』

하지만 레이크는 멈추지 않았다. 멈추려 하지 않았다.

이 싸움에서 자신의 모든 것을 불사르려는 각오를 드러냈다.

"……바보 같은 자식."

그것을 본 글렌은 혀를 차며 《퀸 킬러》를 허리 뒤춤에 있는 홀스터에 꽂았다.

그리고 다른 총을 꺼냈다.

그의 애총 《페네트레이터》를…….

이 마총에는 이미 어떤 특수한 탄약과 탄환이 장전되어 있었다.

"……0의 전심."

글렌의 영창과 동시에 불길한 마력이 총을 휘감았다.

육체의 붕괴로 인해 처음보다 움직임이 많이 둔해진 지금의 레이크라면 제로거리까지 충분히 접근할 수 있을 터.

"……선생님."

루미아가 멀리서 불안한 표정을 지었다.

"걱정하지 마."

글렌이 슬쩍 웃어준 그때—

『그으으으을레에에에에에에에에에에에에엔!』

위력이 약해진 《퀸 킬러》의 탄환을 간신히 쳐낸 레이크가 그를 향해 맹렬한 속도로 돌진했다.

"끝내자."

글렌은 인지를 초월한 속도로 달려오는 레이크를 날카로운 눈으로 응시하며 총을 겨누었다. 그리고…….

─────.

이럴 리가 없었다.

이런 꼴을 당하려고 되살아난 게 아니었다.

원래대로라면 저 시건방진 애송이에게 온갖 고통을 줘서 마음을 꺾고, 꼴사납게 바닥을 기면서 울부짖게 한 후 용서를 빌게 할 생각이었다.

그런 그녀를 자빠트리고 저 아름다운 육체를 철저하게 능욕해서 여자로서의 존엄성을 빼앗을 생각이었다. 정신이 무너질 때까지 유린한 끝에 무참히 죽여 버릴 생각이었다.

"쿨럭! 쿨럭! 커헉……!"

"후우……후우……!"

하지만 현실의 자신은 넝마가 된 몸으로 바닥을 기고 있었고, 빈틈없이 왼손을 겨누는 시스티나는 상처 하나 없이 멀쩡했다.

이미 승패는 결정적이었다.

'말도 안 돼……. 어째서, 어째서 이런 일이……! 저 애송이가 설마 이렇게까지 강해지다니…… 내가 죽어 있는 동안 대체 무슨 일이 있었던 거지?!'

진이 그렇게 한탄한 순간—.

"……당신. 대체 무슨 속셈이지?"

시스티나가 작은 목소리로 말했다.

"왜 아직도 진심으로 싸우지 않는 건데? 그렇게 엉망이 되면서까지…… 대체 뭘 꾸미는 거지? 대체 무슨 함정을 깔아둔 거야?"

"……뭐?"

진은 한 순간 정신이 멍해졌지만 곧 천천히 그 말의 뜻을 곱씹었다.

……요컨대 저 녀석은 아직도 **깨닫지 못한 거다.** 눈앞의 저 시건방진 소녀는 지금 자신이 엄청난 괴물이 됐다는 걸 인지하지 못한 것이다.

그리고 아직도 이쪽이 뭔가를 숨기고 있는지 경계한다는 건 그만큼 싸울 여력이 남았다는 뜻이다.

진은 자신과 시스티나 사이의 절망적인 격차를 깨달았다.

하물며 자신은 지금 손가락 하나 까딱하지 못할 정도로 심하게 다친 상태였다.

'이, 이런 젠장! 빌어먹을!'

하지만 그는 악랄함에 있어선 초일류 수준의 외도 마술사.

필사적으로 머리를 굴려 이 절체절명의 상황을 뒤집을 계획을 수립했다.

"히……히이이이이이이익?!"

진은 별안간 한심한 비명을 질렀다.

"꾸, 꾸미는 건 아무것도 없어! 함정 따윈 없다고! 네, 네가 너무 강해진 것뿐이야! 제발 용서해주십쇼!"

"……!"

그 말이 놀라웠는지 시스티나는 한순간 눈가를 꿈틀거렸지만 곧 빈틈없이 주위를 경계하며 진을 응시했다.

"그래? 그럼……."

시스티나는 손끝에 마력을 모으기 시작했고—.

"자, 잠깐! **사, 살려줘!**"

진이 비참하게 애원했다.

"……!"

그러자 시스티나의 몸이 덜컥 멈추었다.

"이, 이제 반성했어! 이제 두 번 다시 나쁜 짓 안 할게! 조직에서도 완전히 손을 털 테니까! 그, 그러니 죽이지 말아줘! **죽이는 것**만큼은 제발! **목숨만은** 제바알……!"

"……."

"나, 난 이번이 마지막 부활이라고! 즉, 네가 날 죽이면 난 진짜로 죽어! 그, 그러니 제발 죽이지는 말아달라고!"

"······."

"사, 사실 너도 아무리 나 같은 놈이 상대라도 죽이기는 싫지? 사람을 죽인다는 건 그만큼 보통 일이 아니잖아? 나 같은 쓰레기 때문에 미래가 창창한 네 인생에 오점을 남기는 건 싫지? 응? 그러니······."

"······."

시스티나는 완전히 입을 다물고 손가락으로 진을 겨눈 채 미동조차 하지 않았다.

하지만 그 반응을 본 진은 속으로 비웃었다.

'헤, 헤헤헤······ 하긴 그렇지? 고민되지? 망설여지지? 그래봤자 넌 애송이······ 좀 강해졌다고 우쭐해진 풋내기에 불과하니까 말야. 막상 사람을 죽여야 할 때는 망설이는 게 당연해!'

이것이 바로 진의 노림수였다.

그래서 연기로 목숨을 구걸하면서도 빈번히 『죽인다』는 말을 언급해서 시스티나에게 『살인』을 의식하게 만든 것이다.

'히히히! 고민해라! 고민해! ······네가 그러는 사이에도 내 몸은 서서히 낫고 있다고? 힘이 돌아오고 있어. 아무튼 난 평범한 인간이 아니니 말야!'

그렇다. 사실 진은 『Project : Revive Life』로 부활한 존재라 강력한 자기치유능력을 가졌다. 그래서 아무리 크게 다쳐도 죽지만 않는다면 문제 될 건 없었다.

이 순간, 진은 확신했다.

『시스티나는 날 죽이지 않는다.』

아니—『죽일 수 없다』.

기껏해야 이 자리에서 구속하거나 의식을 날려서 무력화
시키는 수준이리라.

하지만 살아만 있다면 이 시건방진 애송이를 능욕할 기회
는 나중에 얼마든지 있을 터.

시스티나가 자신이 감당할 수 없을 정도로 강해졌다면 정
면에서 싸우지 않으면 될 뿐이다. 암습, 기습, 인질 등 그녀
를 제압할 방법은 얼마든지 있었다.

'네 소중한 친구나 가족을 인질로 잡고 본보기로 한 마리
씩 목 졸라 죽일 때마다 네가 과연 어떤 얼굴을 할지 똑똑
히 봐주지!'

진은 승리를 확신했다.

'흥…… 어차피 이제 조금만 더 있으면 움직일 수 있거든?
어디 두고 보자고, 이 망할 애송이. 그 거만한 콧대를 콱 꺾
어주지. 후회하게 해주마! 반드시 후회하게 해주겠어!'

하지만—.

"미안. 난 당신만큼은 살려둘 수 없어."

돌아온 건 예상치 못한 대답이었다.

"……어?"

진은 넋을 잃고 시스티나를 올려다보았다.

당당하게 이쪽을 내려다보는 그녀의 눈에 망설임은 없었다.

물론 살인이 『옳다』고 긍정하는 눈도 아니었다.

그저 지켜야 하는 이들을 위해 각오를 다진 자의 눈이었다.

"……어? 자, 자, 잠깐만. 방금 들었지? 난 이게 마지막 부활이라고……."

"그건 사실인가 보네. ……그래서 솔직히 안심했어."

"뭐?"

"당신은 쓰레기야. 진심으로 구제할 도리가 없는 진짜 악당. 지금 여기서 내가 괜한 윤리관이나 도덕심에 얽매여서 당신을 놔준다면…… 나뿐만이 아니야. 언젠가 내 친구들이나 부모님…… 내 주변 사람들이 불행해지겠지. ……그것만은 절대로 용납할 수 없어."

"……너……너어?"

"확실히 말할게. 『당신을 죽이겠어』. ……원망하고 싶으면 얼마든지 해."

진은 깨달았다.

이건 허세나 농담이 아니었다. 시스티나는 진심이었다.

"자, 잠깐만! 기다려봐! 진심이야? 진심으로 날 죽이겠다고?!"

진은 참을 수 없는 오한을 느끼며 허둥지둥 외쳤다.

"지, 진정해! 지금 네가 하려는 건 살인이거든?! 너처럼 전도유망한 애송이가 진심으로 사람을 죽이겠다고? 제정신이야?! 틀림없이 가치관이 뒤바뀌어 버릴걸? 너 같은 어중간한 애송이가 섣불리 사람을 죽였다간 반드시 후회할 거라고! 이제 두 번 다시 예전처럼 살아갈 수 없게 되도 괜찮겠어?!"

"……그럴지도 모르지."

하지만 시스티나는 망설이지 않고 말했다.

"하지만 그런 게 『마술사』인걸."

"……?!"

숨을 삼키는 진 앞에서 시스티나는 손끝에 마력을 모았다.

그리고 그 마력은 파직거리는 소리를 내며 전격으로 변하기 시작했다.

"『그대 바라는 것이 있다면 타인의 소망을 화로에 지펴라』……절대로 양보할 수 없는 것을 얻기 위해, 설령 그게 타인을 밀어내는 결과가 되더라도 자신의 뜻을 관철하는 것. 그것이야말로 우리들 마술사가 결코 눈을 돌려서는 안 될 어둠이자 본질."

"아……?!"

"난 이미 그렇게 한 사람을 밀어냈어. 여기서 타협하는 건 그 사람에 대한 배신이 되겠지. ……그러니 각오했어. 난 모두를 지킬 거야! 당신 같은 최악의 인간이 내 소중한 사람들에게 손가락 하나 댈 수 없도록 여기서 모든 걸 끝내겠어!"

그 순간, 진은 시스티나의 왼쪽 눈에 작은 마술법진이 그려져 있는 것을 눈치챘다.

"너, 너어…… 그건 독심 마술…… 【마인드 리딩】?! 어, 어느 틈에……!"

그리고 동시에 자신의 명운이 완전히 끝났음을 깨달았다.

완벽한 오산이었다. 눈앞의 소녀는 더 이상 세상물정 모르는 어린애가 아니었다.

어중간해? 천만에.

그녀는 이미 진정한 의미에서의 마술사였던 것이다.

"자, 잠깐만! 제, 제발 멈춰어어어어어어어어어어어!"

진은 절규했다. 팔다리를 버둥대며 도망치려 했지만 부상이 심한 탓에 벌레처럼 꿈틀거리는 것에 그쳤다.

"마, 말도 안 돼! 이, 이럴 리는! 내가…… 거짓말이지?! 으아아아아아아아아아아아아아아아아악!"

"미안. ……그리고 잘 가."

시스티나의 손가락에서 한 줄기 전격이 시간차를 두고 발동했다.

그것은 진의 심장을 무시무시할 정도로 정확하게 꿰뚫었고 그의 몸이 크게 움찔거렸다.

이번에야말로 진 가니스라는 외도 마술사는 그대로 완벽하게 지옥에 떨어졌다.

————.

같은 시각.

한 발의 총성이 주위로 울려 퍼졌다.

"……."

『…….』

글렌과 레이크는 가까운 거리에서 맞붙어 있었다.

마지막 순간, 레이크가 휘두른 손톱이 왼쪽 어깨를 스친 탓에 피가 성대하게 튀었다.

하지만 글렌이 크게 몸을 벌리고 들이민 총구도 레이크의 왼쪽 가슴에 닿아있었다.

오리지널 【페네트레이터】.

모든 물리적, 마술적 방어를 돌파할 뿐만 아니라 그 존재의 본질 자체를 소멸시키는 필멸의 마탄.

포효성과 동시에 작렬한 그것은 레이크의 심장, 영혼을 꿰뚫고 완전히 갈기갈기 찢어놓았다.

이미 완전히 결판이 난 것이다.

"……이걸로 만족했냐?"

글렌은 총을 겨눈 채 조용히 물었다.

『크, 아아아……아아아아아…….』

레이크는 비틀거리며 한 걸음씩 물러났다.

온 몸이 깨진 도자기처럼 무너져 내렸고 떨어진 손이 바닥에 부딪쳐 산산이 흩어졌다

"뭔가 보였어? 한 가지 목표에 집착한 끝에 인간의 분수에 맞지 않는 힘을 얻고…… 마지막까지 그 길을 나아간 결

과…… 뭐가 있었지?"

『크, 아, 아아아아…….』

"없어. 그 너머엔 아무것도 없다고. 너도 처음부터 알고 있었으면서……."

레이크는 대답하지 않았다.

더는 대답할 이성도 남지 않은 것이리라. 힘없이 무릎을 꿇고 붕괴하면서 짐승 같은 신음을 흘릴 뿐이었다.

"……."

글렌은 그렇게 죽어가는 레이크를 바라보았다.

딱히 동정해야 할 상대는 아니었다. 그저 쓰러트려야 할 적이었을 뿐.

평소처럼 앞길을 가로막는 적을 이번에도 쓰러트렸을 뿐.

하지만 지금 이 순간 어째선지 글렌은 레이크와 기묘한 공감대가 형성되는 것을 느꼈다.

"……가엾은 녀석. 그만 쉬어."

그리고 그리 말한 순간 붕괴가 단숨에 가속되었고, 레이크였던 존재는 빛의 입자로 분해돼서 흔적도 없이 소멸했다.

"……."

글렌은 허공으로 흩어지는 빛의 입자를 가만히 쳐다보았다.

"선생님……!"

그러자 루미아가 달려와 힐러 스펠로 상처를 치료하기 시작했다.

하지만 글렌은 넋을 놓은 것처럼 레이크가 사라진 허공에서 시선을 떼지 못했다.

루미아는 치료를 멈추지 않은 채 걱정스러운 표정으로 입을 열었다.

"저, 저기…… 괜찮으세요? 정말 괜찮으신 거죠?"

"……응, 괜찮아."

정신이 돌아온 글렌은 허리 뒤춤에 총을 꽂으며 대답했다.

"추측이지만…… 분명 그 녀석은 의미를 찾고 싶었던 걸 거야."

"의미……요?"

루미아가 고개를 갸웃거리자 글렌은 고개를 끄덕였다.

"포엔하임가…… 인간을 초월하는 강한 힘에 매료된 나머지 인간의 용화라는 금기에 손을 댄 가문. 하지만 그 힘은…… 파멸이 확정된 힘이었지."

"……"

"의미 같은 게 있을 리가. 그런 건 처음부터 존재하지도 않았어. 하지만, 그래도 그 녀석은 의미가 필요했던 걸 거야. 선조 대대로 계승해온 그것을 버릴 수도, 새로운 인생과 가치관을 찾지도 못한 채."

"……"

"그나마 유일한 방법은 자신의 힘에 『의미를 만들어주는 것』뿐이겠지만…… 놈은 그것조차 할 수 없었어. 마지막까지 우직하게 일족의 신념에 따라서 죽었지. 진짜 꽉 막힌 바보였어. 동정해."

아무리 좋은 말로 포장한들, 그 어떤 이유가 있다 한들.

악당은 악당. 외도 마술사는 외도 마술사일 뿐.

하지만 그런 레이크의 삶은⋯⋯.

"어쩌면⋯⋯ 나도 그 녀석처럼 됐었을지도 몰라."

"예?!"

글렌이 그렇게 말하자 루미아는 놀란 눈으로 고개를 쳐들었다.

"『정의의 마법사』. ⋯⋯그런 존재할 리 없는 무의미한 환상을, 어린 시절 품은 동경에 사로잡힌 채 필사적으로 갈구했던 난⋯⋯ 솔직히 그 녀석을 비웃을 수가 없더라고."

"⋯⋯."

"만약, 이지만⋯⋯ 만약 그때⋯⋯『정의의 마법사』가 될 수 있을지도 모르는 강력한 금기의 힘이 눈앞에 아른거렸다면⋯⋯ 망설임 없이 손을 뻗었을지도 모르지."

그리고 레이크 포엔하임처럼 언젠가, 어딘가에서 아무런 의미도 없이 최후의 순간을 맞이하는 결말을 상상한 그때—.

"절대로, 그럴 리 없어요!"

루미아가 강하게 부정했다.

"루미아?"

"선생님은 절대로 그러실 리 없어요! 설령 지쳐서 길을 헤매더라도…… 선생님이라면 늘 옳은 길을 선택하셨을 거예요! 제가 존경하는 선생님은…… 그런 강한 분이신 걸요!"

"하하…… 그거 과대평가거든?"

글렌이 쓴웃음을 지었지만 루미아는 개의치 않고 말을 이었다.

"그리고 전 선생님의 『정의의 마법사』가 존재할 리 없는 무의미한 환상이라고 생각하지 않아요."

"……!"

"확실히 선생님께서 동경하고 목표로 삼았던 『정의의 마법사』의 형태는 환상일지도 모르지만…… 그 과정에서 선생님이 구하신 사람들은…… 환상이 아니잖아요? 자, 여길 잘 봐주세요. 선생님. 지금 여기 있는 제가…… 정말 환상처럼 보이세요?"

글렌이 아연실색하자 루미아는 방긋 웃었다.

"후훗, 아니죠? 선생님. 그렇다면 선생님께서 동경하고 목표로 삼으셨던 길은…… 결코 무의미했던 게 아니에요. 오히려 훌륭하고 가치 있는 길이죠."

"……."

눈앞에서 천사처럼 미소 짓는 루미아를 멍하니 쳐다본 글렌은 곧 피식 웃으며 말했다.

"그래. 그럴지도 모르지. ……미안, 좀 예민해졌었나 봐."

"선생님……."

"자, 그럼 다시 마음을 다잡고 가볼까."

그렇게 말한 글렌은 주머니에서 보석형 통신 마도기를 꺼냈지만 그것은 전투의 여파로 쪼개져 있었다.

"칫, 난감하네. 이래서야 하얀 고양이랑 연락도 못 하잖아."

글렌은 씁쓸한 표정이 되었다.

이런 습격을 받은 건 분명 시스티나도 마찬가지일 터.

전에도 비슷한 경험이 있었다.

그때 그녀가 싸웠던 상대는…….

"……시스티가 걱정되세요?"

루미아가 물었지만 글렌은 잠시 사이를 두고 단언했다.

"아니, 솔직히 전혀 안 되는데?"

그리고 씨익 웃었다.

허세도 낙관도 아닌 순수한 신뢰가 담긴 미소였다.

"지금의 그 녀석은 강해. 정신적으로든 육체적으로든 말이지. 아마 이젠 이브나 알베르트랑 진심으로 싸워도 쉽게 지진 않을걸? 내 개인적인 감정을 제외하면 걱정할 건 없어. 그 녀석은…… 내 자랑스러운 제자니까 말야."

그렇다. 자신들은 마술사. 인간의 길을, 섭리를 어느 정도는 벗어난 존재였다.

아무리 글렌이 과보호해봤자 학생들이 마술사로서 본인이 믿는 길을 걷는 이상, 죽음과 어둠은 떼려야 뗄 수 없는 관계다. 마술사란 본디 그런 인종인 것이다.

그나마 교사인 자신이 해줄 수 있는 일은 학생들이 중요한 선택지에 직면했을 때 무너지지 않도록, 잘못된 길을 걷지 않도록 『진정한 강함』이 무엇인지 가르쳐주는 것이었다.

과거에 글렌이 제국 궁정 마도사라는 위험한 직종에 취업했을 때 세리카가 마지못해 하면서도 긍정해줬을 때처럼 자신도 시스티나가 걷는 길을, 결단을 긍정해주는 것뿐이다.

글렌이 멍하니 그런 생각을 하고 있는데—.

"후훗, 그런가요. 부럽다. 시스티……."

루미아가 부러운 표정으로 웃었다.

"응? 왜?"

"에헤헤…… 글쎄 과연 왜일까요?"

그리고 그녀는 눈을 깜빡거리는 글렌의 손을 잡아당겼다.

"자, 가죠. 선생님. 아직 다 끝난 게 아니잖아요?"

"으, 응……."

그런 말을 주고받은 글렌과 루미아는 신전 최심부를 향해 다시 이동하기 시작했다.

————.

자신이 명확한 살의를 가지고 숨통을 끊은 진 가니스의 시신을 뒤로 한 시스티나는 홀로 이런 생각을 했다.

'……고마워, 사쿠야 씨. 마술제전에서 당신과 싸운 덕분에 난 마술사로서의 각오를 다질 수 있었어. 고마워요, 선생님. 그때 제 편을 들어주신 덕분에 지금의 제가 있는 거랍니다.'

하지만 그 표정은 무척 쓸쓸했다.

"……읍!"

속에서 뭔가가 치밀어 오르는 바람에 잠시 걸음을 멈추고 입가를 가렸다.

솔직히 기분이 좋지 않았다.

뭔가 돌이킬 수 없는 일을 저지른 것 같은 상실감.

어쩔 수 없었다. 그럴 수밖에 없었다. 그것이 옳은 선택이었다.

이렇듯 변명과 이유는 얼마든지 댈 수 있지만 자신이 상상했던 것보다, 각오했던 것보다 훨씬 더 마음이 무거웠다.

아마 평생 잊을 수 없는 기억이 되리라.

사람을 죽이면 반드시 후회하게 될 거라는 진의 말은, 그의 본심이 어떻든 간에 틀린 말은 아니었다.

하지만 결코 잊어서는 안 될 기억이었다.

마술사라는 초월적인 힘을 가진 존재로 살아가는 이상, 지금 느끼는 이 감각을 절대로 잊지 말아야 했다. 가슴 속에 새겨야만 했다.

만약 이것을 잊는다면 그때 자신은 길을 벗어난 자……
『외도 마술사』가 되고 말 테니까.

"……선생님도…… 이런 무거운 짐을 짊어지고 계셨던 걸까?"

멍하니 그런 생각을 했던 시스티나는 이윽고 자신의 멍청함에 쓴웃음이 나왔다.

"우문이네. 애초에 선생님께서 짊어지신 짐이 겨우 이 정도일 리 있겠어?"

짜악!

일단 두 뺨을 세게 쳐서 마음을 다잡았다.

"좋아! 그럼 가볼까. 선생님이, 루미아가…… 기다리고 있는 최심부로."

그리고 힘차게 고개를 끄덕이며 망설임 없이 걸음을 옮기는 시스티나의 모습은 더 이상 어리기만 한 소녀의 것이 아니었다.

————.

짝짝짝짝…….

펠로드는 박수를 쳤다.

"훌륭해. 멋져, 시스티나. 설마 네가 마술사로서 여기까지 성장했을 줄이야……."

그리고 감격한 표정으로 기뻐했다.

"역시 넌 진짜야. 나와 함께 진리를 손에 넣을 자격이…… 아카식 레코드를 얻을 자격이 있어. 아아, 정말 기뻐……."

펠로드의 혼잣말은 계속되었다.

"그리고 루미아…… 나의 사랑스러운 천사. 네 힘도 훌륭해. 아아, 기나긴 유구의 시간을 거쳐서 마침내 부활한 거구나. 내가 이 순간을 얼마나 기다려왔는지…… 줄곧 **진정한 너**와 재회할 날만을 고대해왔어."

하지만 펠로드의 표정은 곧 어두워졌다.

시스티나와 루미아.

그가 사랑하는 소녀들에게 붙은 불쾌한 벌레의 존재가 불현듯 떠올랐기 때문이다.

"……『광대』 글렌 레이더스…… 그는 대체 뭐지?"

펠로드의 계산에 생긴 작은 오차.

원래대로라면 그는 루미아라는 최고의 존재가 도와준 보람도 없이 레이크와의 싸움에서 꼴사납게 죽을 예정이었다.

그야말로 완벽하게 쓴 대본에 섞여든 불쾌한 소음.

불쾌한 점은 그뿐만이 아니었다.

시스티나와 루미아. 그녀들의 가장 크고 강한 감정은 어딜봐도 글렌을 향하고 있었다.

그것이 펠로드에게는—.

"……좀 질투 나는걸."

하지만 곧 그런 불쾌함을 날려버리듯 싱긋 웃었다.

"뭐, 됐어. 이제 곧 그녀들은 내 것이 될 테니까. 어차피 이게 마지막일 테니 잠깐 양보해줄게."

펠로드는 걸음을 옮겼다.

"그럼 가볼까. 슬슬 이번 막의 라스트 신이 시작될 테니까. 연출 담당은 나. ······그럼 아무쪼록 즐거운 시간이 됐으면 좋겠네."

그리고 펠로드는······.

제 7 장 금기교전

<small>아카식 레코드</small>

타움의 천문신전을 탐색한 지 5일째 되는 날.

마침내 글렌과 루미아는 최심부인 대 플라네타리움실에 도착했다.

깔끔하게 닦인 반구형 공간 중심에는 거대한 천칭 같은 마도장치가 있었다.

원통형 본체 부분에 얽혀서 드러나 있는 것은 톱니바퀴나 결정체, 용도를 알 수 없는 기계들. 그리고 저울팔 양 끝에 매달린 것은 정십이면체의 거대한 결정체였다.

타움의 천문신전 심장부이자 최대의 수수께끼인 플라네타리움 장치.

하지만 전에 본 광경과 다른 건 그 장치가 모종의 힘으로 인해 작동 중이라는 점이었다.

장치에 흐르는 막대한 마력에 각종 결정체가 다양한 색으로 점멸했다. 저울팔이 쉴 새 없이 뭔가를 그리듯 움직이고, 장치와 연결된 주위의 모노리스 표면에는 고대 룬 문자가 세찬 물결처럼 끊임없이 흘러내렸다.

천체도를 모방한 바닥의 문양에도 마력이 빛을 내며 흘렀고, 거기에 호응하듯 장치에 달린 거대한 정십이면체 결정도 벽에 별들을 투사해 끊임없이 변화하는 환상적인 대우주 공간을 연출했다.

그리고 그런 플라네타리움 장치 옆에는 한 소년이 서 있었다.

나이는 아마 루미아와 비슷하거나 약간 연상. 소수민족의 무늬 같은 자수가 새겨진 펑퍼짐한 로브를 입은 절세의 은발 미소년이었다.

저 얼굴을 글렌은 이미 알고 있었다.

뒤틀린 『정의』가 폭로한 저 소년의 정체는—.

"하늘의 지혜 연구회의 헤븐스 오더이자, 최고 지도자인 《대도사》 펠로드 베리프!"

글렌은 소년, 펠로드를 향해 애병(愛兵)인 퍼커션식 리볼버를 겨누며 외쳤다.

"뭐가 있을 거란 예상은 했는데, 그게 설마 네놈이었을 줄이야!"

"안녕, 『광대』…… 글렌 레이더스. 난 사실 널 제법 잘 알지만, 이렇게 직접 만나는 건 처음이지?"

"칫, 이왕 이렇게 된 거 여기서 해치워버리고 싶은 참이다만……."

글렌은 빈틈없이 펠로드를 경계하며 주위를 살폈다.

하지만 세리카의 모습은 어디에도 없었다.

"……너, 세리카는 어디 있는 거지? 설마…….."

"하하하, 아니야. 그녀는 내가 여기 왔을 땐 이미 없었어."

펠로드는 어깨를 으쓱이며 답했다.

"애당초 내가 방해할 리 없지. 오히려 남으면 성가시고, 그녀가 이렇게 떠나는 건 역사의 필연이기도 하니 말야. ……솔직히 배알이 뒤틀리긴 하지만."

그리고 영문을 알 수 없는 말을 하며 옆에 있는 플라네타리움 장치를 올려다보았다.

"지금 이 플라네타리움 장치는 세리카가 어떤 숨겨진 기능을 발동시킨 상태야. 분석하면 이 시대의 열등한 마술로도 좌표를 찾아서 그녀의 뒤를 쫓는 게 가능하겠지."

펠로드는 웃으며 손뼉을 쳤다.

"축하해. 너희는 늦지 않았어. 만약 세 시간만 더 늦었으면 장치의 숨겨진 기능을 유지하는 동력이 끊겨서 세리카를 영원히 만날 수 없게 됐을 거야."

"……켁, 너한테 축하받아봤자 하나도 안 기쁘거든?"

글렌이 펠로드를 어떻게 할지 망설인 순간—.

"펠로드 씨…… 어째서?"

옆에 서 있던 루미아가 당황한 얼굴로 입을 열었다.

"루미아?"

"아, 그랬었지. 루미아…… 너는 전에 나랑 스노리아에서 만났었지? 미안. 속일 생각은 없었어. 하지만 무슨 일이 있어도 널 한 번 만나고 싶어서……."

"아뇨, 그런 걸 묻는 게 아니에요."

루미아는 마치 뭔가를 두려워하는 것처럼 연신 고개를 저었다.

"처음에는 눈치채지 못했어요. ……하지만 지금 이렇게 가까이서 보니 확실히 알겠네요. 펠로드 씨, 당신은…… 당신은……!"

그리고 뭔가를 말하려던 그때—.

저벅.

뒤에서 발소리가 들렸다.

누군가가 이쪽으로 다가오고 있었다.

"펠로드 베리프. 스펠링은 『F』『e』『l』『o』『r』『d』, 『B』『e』『l』『i』『f』…… 『Felord Belif』일까? 보통은."

"하얀 고양이?!"

"시스티?! 무사했구나!"

방금 도착한 시스티나였다.

하지만 그녀는 재회를 기뻐할 틈도 없이 글렌과 루미아의 옆을 지나쳐 앞으로 나섰고, 펠로드와 정면으로 대치했다.

"……그런데 사실 이 이름은 애너그램이야. 순서를 바꾸면 『R』『e』『d』『o』『L』『f』, 『F』『i』『b』『e』『l』…… 맞아, 『Redolf Fibel』…… 우리 할아버님의 이름이 되지."

"……뭐? 갑자기 그게 무슨 소리냐, 너?"

글렌이 도대체 무슨 말인지 이해할 수 없다는 듯 황당해했다.

"……."

하지만 펠로드는 뭔가를 기대하는 것처럼 미소 지었고 시스티나는 그런 그를 향해 발언했다.

"기억났어. 할아버님께서 돌아가셔서 장례식을 치르게 된 그날…… 난 단 한 번도 할아버님의 얼굴을 못 봤다는걸. 보통은 고인의 관을 열어서 마지막 작별인사를 해야 했을 텐데 말야. 그래서 난 아버지의 서재에서 책상에 숨겨져 있던 **일기**를 찾아 읽어봤어. 그랬더니 할아버님께선…… 몇 년 전에 병으로 돌아가시기 직전, 마지막 고비가 찾아온 날 밤에 갑자기 모습을 감추셔서 행방을 알 수 없게 됐다고 적혀 있었지."

"……어?"

시스티나는 당황하는 글렌에게 반응하지 않고 말을 계속했다.

"할아버님의 행방은 아무리 찾아도 알 수 없었다나 봐. 하지만 그토록 병드신 몸으로 계속 살아계실 리 없으니 아직 어렸던 당시의 나에겐 진실을 숨긴 채 텅 빈 관으로 장례식을 치렀다고 적혀 있었어."

"……."

느긋하게 서 있는 펠로드는 여전히 웃고 있었다.

"저기, 펠로드 씨. 하늘의 지혜 연구회의 대도사…… 당신은 대체 누구지? 그 얼굴은…… 어째서 젊었을 때의 할아버님, 레돌프 피벨과 똑같은 거냐구?!"

"……?!"

글렌이 고개를 돌려서 눈으로 묻자 루미아는 고개를 끄덕였다.

한편으로 시스티나는 결정적인 질문을 던졌다.

"펠로드 베리프…… 당신은 혹시 정말로 우리 할아버님인 거야?!"

그러자—

"그 답은…… 예스이자, 노야."

펠로드에게서 앞뒤가 맞지 않는 답이 돌아왔다.

"장난하지 마! 얼버무리지 말고 대답해!"

"얼버무리는 게 아니야. 난 네 조부 레돌프인 동시에 레돌프가 아니기도 하니까. ……그래, 《계혼법(繼魂法)》이지."

"《계혼법》……?"

글렌의 중얼거림에 펠로드가 피식 웃었다.

"여기까지 온 너희라면 이미 내 정체가, 너희들이 고대라 부르는 시대에 군림했던 마왕…… 티투스 쿠뤄라는 것쯤은 알고 있겠지?"

글렌, 시스티나, 루미아는 동시에 숨을 삼켰다.

"난 옛날에 어떤 싸움에서 마왕으로서의 육체를 잃는 바람에…… 나약한 인간의 그릇에 들어갈 수밖에 없게 됐어. 그리고 어떤 목적을 위해 무슨 일이 있어도 장수해야 할 필요가 있었지. 하지만 평범한 인간이 영원에 가까울 정도로 오래 살려고 할 때 가장 큰 걸림돌이 되는 건 뭐라고 생각해?"

"육체인가요? 몸이 늙어서 죽는 건 어쩔 수 없으니……."

먼저 루미아가 대답했다.

"땡. 완전히 틀린 건 아니지만, 그건 너희의 하등한 마도 기술 차원의 이야기야. 진정한 마술을 구사하는 나에게 육체의 열화 따위는 간단히 극복할 수 있는 문제니까. 설령 불치병으로 죽어가고 있어도, 늙어서 죽기 직전이라도…… 그 육체를 전성기의 상태로 수복할 수 있어."

"그, 그럼…… 영혼? 죽으면 영혼은 소멸하니까……."

이어서 시스티나가 대답했다.

"……땡. 우등생인 너답지 않은 실수네. 영혼은 《섭리의 원환》을 영원히 돌고 있어. 즉, 언뜻 영혼이 죽음을 통해 이 세상에서 소멸하는 것처럼 보여도 영혼 그 자체는 어떤 외적인 영적 외상으로 소멸되지 않는 한 불멸이야."

"아……."

그녀는 자신의 실수를 깨닫고 표정을 씁쓸하게 일그러트렸다.

그러자 마지막으로 글렌이 대답했다.

"정신. ……마음이겠지."

"정답. 과연 제국에서 이름 높은 마도 최고 학부의 강사답네."

펠로드는 작게 박수를 쳤다.

"그래, 정신. 마음. 인체를 구성하는 3요소 중 아스트랄체. 시간 경과에 의한 마음의 마모…… 아스트랄체의 열화만은 어쩔 수 없어. 육체와 영혼이 건재해도 자아와 사고가 붕괴해 있다면 그건 도저히 살아 있는 상태라 할 수 없잖아?"

"그렇군. ……그걸 극복하는 방법이 그 《계혼법》이라는 거냐?"

"……맞아."

그리고 양손을 펼치며 자랑스럽게 말했다.

"방금 말했다시피 영혼은 불멸. 이걸 이용하지 않을 수는 없어. 내 영혼에 마왕으로서의 원초의 『의사(意思)』만을 각인하는 것. 이건 근본적인 본능, 존재의 근원, 행동지침, 행동원리, 충동, 신념…… 뭐, 그런 개념인데. 그런 내 영혼을 타인에게 계승시켜서 그 타인의 신선한 정보를 내 영혼에 덧씌우면, 내 『의사』를 따르는 『새로운 내』가 태어나 다시 활동할 수 있게 돼. 어때? 이것이야말로 라 틸리카의 가호를 잃은 내가 이모탈리스트가 될 수 있었던 방법이야."

마치 기습처럼 마음에 걸리는 단어가 튀어나왔지만 지금은 그게 문제가 아니었다.

"하! 그래서 넌 하얀 고양이의 할아버지인 동시에 아니기도 하다는 건가."

글렌은 노골적으로 혐오감을 드러냈다.

"기억과 인격과 육체는 하얀 고양이의 할아버지지만, 그 근본은 썩어빠진 별개의 존재…… 타인의 마음을 먹어치우고 그 자리에 본인의 『의사』만을 심었더라? 잘도 그런 쓰레기 같은 외법(外法)에 생각이 미치셨구만?"

"거짓말…… 거짓말이야!"

시스티나는 믿을 수 없다며 소리쳤다.

"당신이 내 할아버님? 그럴 리 없어…… 절대로 그럴 리 없단 말야!"

"유감스럽게도 내가 네 조부라는 건 어느 정도는 사실이야. 인정해."

"거짓말…… 그 할아버님께서…… 누구보다 훌륭한 인격자였던 할아버님께서 당신 같은 영혼을 받아들일 리가……!"

도저히 인정할 수 없는 것이리라.

"어차피 죽음에 직면한 할아버님께 강제로 계승시켰을 게 뻔해! 잘도, 잘도 할아버님을……!"

"유감스럽게도 나, 아니. 네 조부인가. 네 조부는 진심으로 날 받아들였는데? 애당초 이 《계혼법》이란 건 양자의 합의가 없으면 성공하지 못해."

"뭐?! 어디서 감히 그런 뻔한 거짓말을……!"

너무 화가 난 나머지 히스테리를 일으키려는 그녀를 글렌이 제지했다.

"아니…… 아마, 사실일 거다."

"서, 선생님까지……!"

"진정하고 들어. 마왕의 『의사』라는 게 얼마나 강한지는 모르겠다만, 『의사』만으로 사람을 뜻대로 움직이는 건 네가 생각하기에도 좀 이상하지 않냐?"

"……?!"

시스티나가 숨을 삼켰으나 글렌은 개의치 않고 말을 이었다.

"하얀 고양이…… 너희 할아버지는 분명 멜갈리우스의 천공성…… 고대문명의 수수께끼를 좇는 순수한 마도 고고학자였다고 했지?"

"……아."

"마왕의 『의사』가 구체적으로 어떤 건지는 모르겠지만, 틀림없이 고대문명의 핵심에 가까운 것일 터. ……그렇다면 죽기 직전에 그토록 간절히 바라던 고대문명의 수수께끼를 해명할 열쇠가 눈앞에 아른거린다면…… 다시 그것을 연구할 기회가 주어진다면…… 아무리 인격자라 한들 마술사는 마술사. 거기에 충동적으로 달려들지 않을 거라는 보장은 없어."

"그럴 수가……."

그때 불현듯 기억이 되살아났다.

생전의 조부에게 들었던 말이…….

『안타깝지만, 이 세상에는 제 뜻대로 풀리지 않는 일이 더 많은 법이란다. ……내 아버지도, 조부도, 증조부께서도 다들 마찬가지셨다. ……저 성에 이르는 실마리를 잡지 못한 채로 눈을 감으셨지.』

『정말로…… 안타깝구나…….』

"하하하, 글렌. 넌 정말 우수해. ……『광대』라고 부르는 게 미안할 정도야."

펠로드는 웃으면서 말했다.

"맞아. 인간의 『의사』는 강해. 강제로 붕괴시킬 수는 있어도 복종시켜서 삼키는 건 어려워. 그래서 내가 《계혼법》을 쓸 수 있는 인간에게는 어떤 조건이 필요해. 마왕의 『의사』가 삼켜버릴 수 있는 인격과 행동원리의 소유자…… 그래. 그건 멜갈리우스의 천공성에 도달하려고 하거나, 그 너머의 진리를 추구하는 마술사들뿐. 근간이 되는 《의사》의 벡터가 일치하기에 『집어삼킬 수』 있는 거지. 그런 의미에서 시스티나…… 네 조부는 참 쉬운 인간이었어. 최고의 적격자였지."

"당신……! 죽음을 눈앞에 둔 할아버님의 절망과 갈망을 파고들다니…… 비겁해! 용서 못 해! 절대로 용서 못 해!"

시스티나는 노골적으로 분노를 드러냈다.

"너무 그렇게 화내지 마렴, 시스티. 내 사랑스러운 손녀야. 난 그날의 선택을 조금도 후회하지 않는단다. 덕분에 난 이제 곧 멜갈리우스의 천공성에…… 모든 진리를 이 손에 넣을 수 있을 테니까. 드디어 내 오랜 꿈이 이루어지는 거야."

"당신 같은 건 내 할아버님이 아니야! 그 얼굴로 할아버님 의 소중한 꿈을 입에 담지 마!"

"하하하, 네가 뭐라 한들 난 네 조부거든? 육체도, 영혼 도, 정신도 전부."

"다, 닥쳐! 닥쳐! 닥쳐어어어어어어어!"

제아무리 시스티나라도 경애하는 조부를 끝없이 모독하 는 존재 앞에서는 이성을 유지할 수 없었다.

하지만 그 순간—.

"왜죠?"

루미아가 뭔가를 결심한 듯 입을 열었다.

"펠로드 씨…… 당신은 왜 이런 짓을 하는 거죠?"

"모든 건 멜갈리우스의 천공성에 도달하기 위해. 그리고 그 너머의 진리, 아카식 레코드를 다시 이 손에 넣기 위해. 난 그저『만물의 예지를 관장하고, 창조하고, 장악하는 그 아카식 레코드의 힘으로 인류를 구제하고 싶은 것』뿐이야."

"……?!"

어디선가 들어본 적 있는 말이었다.

'롤랑 엘트리아가 화형대 위에서 남긴 유언? 후반부는 정반 대지만…… 그리고 저 자식이 말하는『구제』라는 건 또 뭐지?'

글렌이 그런 생각을 하는 한편, 펠로드는 루미아를 돌아 보았다.

"그리고 내가 천공성에 다시 돌아가기 위해 필요한 열쇠가…… 루미아, 바로 너였어."

"……?!"

자신을 향하는 펠로드의 미소에서 뒷골이 섬뜩해지는 오한을 느낀 루미아는 반사적으로 뒷걸음질쳤다.

하지만 그는 감격한 듯이 웃으며 말을 계속했다.

"참으로……참으로 길었어. 나의 사랑스러운 천사. ……그날 네가 소멸당한 뒤로 사랑하는 널 되찾기 위해 정말 오랜 시간이 걸렸지."

"내, 내가…… 소멸당해……?"

"맞아. 아득히 먼 옛날 넌 소멸당해서 산산이 흩어지고 말았어. 하지만 너라는 존재는 내 영혼 속에서 그 상태로 잠들어 있었지. 그런 널 원래 모습으로 되돌릴 방법은 단 하나…… 『여자만 태어나는 저주를 건 어느 일족과 대대로 자식을 만드는 것』."

"……?!"

펠로드는 아무렇지 않게 역겨운 말을 지껄였고 이 자리의 모두가 경악했다.

"『막달라의 수태의식』이라고 하는데, 내 안에서 산산이 흩어진 채 잠든 네 영혼을 태어나는 아이에게 조금씩 계승시켜서 수복하는 마술의식이야. 이윽고 그 아이가 성인이 됐을 때 다시 그 아이와 맺어져서 아이를 낳으면, 그 아이가 가진 네 인자와 내가 가진 네 인자가 다음대의 아이로 계승

돼서 더 많은 네 인자를 가진 아이가 태어나는 방식이지. 이걸 반복하면…… 영원에 가까운 시간 끝에 언젠가 완벽에 가까운 네가 탄생하게 돼."

"너, 그게 무슨……."

글렌은 총을 겨눈 채 아연실색했다.

이런 역겨운 이야기는 난생처음 들어봤기 때문이다.

"R인자 통합률은 곧 《아르스 마그나》 부여율과 동일해. 루미아, 네 《아르스 마그나》 부여율은 98%. 넌 이미 거의 **그녀**라고 봐도 과언이 아니지. 사실 너와 한 번 더 아이를 만들면 100%에 가까운 네가 탄생할지도 모르지만 말야."

"으……아……아……!"

제아무리 루미아라도 새파랗게 질린 얼굴로 뒷걸음질칠 수밖에 없었다. 솜털이 모조리 곤두설 것 같은 모독적인 사고방식과 상상을 초월하는 역겨움에 입가를 가린 채 몸을 떨 수밖에 없었다. 공포와 고통은 견딜 수 있어도 이런 생리적인 혐오감은 무리였다.

"하하하, 조직 내에서도 지금의 완성도로 계획을 진행할지, 아니면 완벽을 기할지로 꽤 갈등이 심했어. 『현상 유지파』와 『급진파』로 나눠져서 한참을 다퉜지. 『Project : Revive Life』 덕분에 네 죽음에 관한 부담이 어느 정도 줄어들었고…… 만약 실패하더라도 내가 네 영혼을 회수해서 네 모친이나 언니에게 다시 널 낳게 만들면 될 뿐이니까 말야."

"이제 됐어. 알았으니까 좀 닥쳐."

그러자 글렌이 더는 못 들어주겠다는 듯 나섰다.

"네가 부정할 수 없는 진성 사이코 자식이라는 건, 이 세상에서 가장 사악한 어둠이라는 건 이해했으니까."

"……할아버님의 얼굴로! 목소리로! 그런 역겨운 소리를 지껄이지 마! 할아버님을 모욕하지 말란 말야!"

시스티나도 펠로드에게서 루미아를 감싸듯 한 걸음 나섰다.

"하얀 고양이, 시작하자. 저 미친 쓰레기 자식의 목적은 아직 잘 모르겠지만, 저딴 변태 마스터가 가져다줄 세계 구제가 제대로 된 것일 리 없어! 저 자식은 반드시 여기서 쓰러트려야 해! 각오를 다져!"

"알았어요, 선생님!"

"허어? 흐음?"

분개하는 글렌과 시스티나 앞에서 펠로드는 쓰게 웃었다.

"남의 연애를 방해하는 건 못 써, 『광대』."

"그게 변태 스토커 성범죄자가 할 소리냐, 등신."

"아하하, 설령 사랑의 형태가 다소 일그러졌다 해도……
그건 당사자 간의 문제야. 안 그러니, 루미아?"

양손을 펼친 펠로드는 지금도 조금씩 뒤로 물러나고 있는 루미아를 향해 걸어가며 말했다.

"아니, 이번에야말로 사랑하는 네 진정한 이름을 부르겠어! 자, 영원에 가까운 아득한 시간을 넘어 다시 내 곁으로 돌아와다오, 사랑스러운 그대여! 네 이름은······ **레 파리아!**"

그렇게 선언하자─.

두근.

"······어?"

루미아의 안에서 어떤 존재의 마력이 마치 심장소리처럼 주위로 울려 퍼졌다.

그것은 몹시도 불온하고 불길한 마력 파장이었다.

"루, 루미아?"

"왜, 왜 갑자기······."

"으, 아아, 아아아아아아아아아아아!"

루미아는 머리를 감싸 쥐고 괴로워하며 뒤로 물러났다.

그리고 의식이 반전하는 그 찰나의 순간, 내면의 세계를 들여다보았다.

─────.

언제 어디선가 본 풍경이었다.

이곳은 아무것도 존재하지 않고 그저 푸른 하늘뿐인 세계.

이곳에서는 시간도, 방향의 개념도 존재하지 않았다.

그저 끝없이 먼 푸른 하늘만으로 완결된 무한의 세계.

루미아는 그런 세계에 서 있었다.

그리고 자신 앞에 누군가가 있는 것을 깨달았다.

매우 얇은 옷을 입고 등에는 이형의 날개가 달린, 자신과 똑같은 얼굴.

지금까지 이 내면의 세계에서 몇 번이나 만났던 또 다른 자신이었다.

그녀는 수없이 많은 쇠사슬로 팔과 다리, 몸, 날개를 비롯한 온 몸이 휘감긴 채 아무것도 없는 푸른 세상에 홀로 매달려 있었다.

그 모습을 멍하니 올려보는데 또 다른 그녀가 눈을 뜨고 말했다.

『아아, 사랑하는 당신.』

그 순간, 그녀를 묶은 사슬 하나가 끊어졌다.

『아아, 사랑하는 당신. 사랑하는 당신. 사랑하는 당신…….』

열기를 띤 목소리로 그 말을 반복할 때마다 사슬이 하나씩 끊어졌다.

지금 이 순간, 또 다른 자신이 봉인에서 풀려나려 하고 있었다.

"……아……아아…….."

루미아는 뭔가 돌이킬 수 없는 일이 일어날 것 같은 예감에 몸서리를 치면서도 아무것도 할 수 없었다. 또 다른 자신이 해방되고 있는 모습을 그저 지켜볼 수밖에 없었다.

『만나고 싶었어. 만나고 싶었어. 만나고 싶었어. 만나고 싶었어. 만나고 싶었어. 만나고 싶었어. 만나고 싶었어. 만나고 싶었어. 만나고 싶었어. 만나고 싶었어……』

"싫어! 안 돼! 아니야! 그만……! 나오지 마!"

루미아는 머리를 감싸 쥐고 필사적으로 저항했지만 사슬이 끊어지는 것을 막을 수는 없었다.

이윽고, 마침내 모든 주박에서 풀려난 또 다른 루미아가 자신 앞에 천천히 내려왔다.

"아……아아……?!"

떨면서 뒷걸음치는 자신을 향해 다가오며 방긋 웃었다.

『난 당신. 당신은 나.』

"아, 아니야……."

『사실은 당신도 이미 알고 있지? 우리가 어떤 존재인지.』

"모, 몰라…… 난 몰라!"

『그래, 난…… 우리는 「사랑하는 그이」를 위해 존재했어. 우리는 우리의 모든 것을 「사랑하는 그이」에게 바쳐야만 해. 그것이야말로 내가, 우리가 존재하는 이유…….』

"아니야! 절대로 그렇지 않아!"

뒷걸음치며 거부밖에 할 수 없는 루미아를 또 다른 루미아가 여유 있는 걸음걸이로 따라왔다.

『자, 보렴. 루미아.』

"아……."

루미아는 그제야 깨달았다.

어느새 또 다른 자신이 《은 열쇠》를 들고 있는 것을. 《철기강장》 아세로 이엘로와 싸울 때 썼던 그 거대하고 강력한 《은 열쇠》를……

"그, 그건……?!"

또 다른 루미아는 당황하는 루미아에게 그 《은 열쇠》를 내밀었다.

『자, 루미아. 이걸 받아. 이건 당신의 힘이니까.』

"아니야……."

『아하하, 이젠 당신의 마음을 속이지 않아도 돼.』

그녀는 루미아에게 《은 열쇠》를 억지로 쥐게 하려 했다.

『난 알아. 지금 당신이 이 《은 열쇠》를 「사랑하는 그이」에게 주고 싶어서 안달이 나 있다는걸. 「사랑하는 그이」를 위해 힘을 쓰고 싶어서 견딜 수가 없지?』

"그, 그렇지는……!"

『아니, 맞아. 왜냐하면 당신은…… 우리는 그 신의 뱃속에서 태어났을 때부터 「사랑하는 그이」를 위해 존재했으니까.』

그리고—

『자, 루미아…….』

마침내 《은 열쇠》가 손에 쥐어지려 했을 때 루미아는 강한 의지로 또 다른 자신을 밀쳐냈다.

『……?!』

또 다른 루미아는 경악한 표정으로 자신을 쳐다보았다.

"……난 당신과 달라."

조금 전과는 달리 의연한 태도로 서 있는 루미아의 손에는 작은 《루미아의 열쇠》가 있었다.

"나가. 더 이상 내 마음을 침범하지 마. 내가 정말로 좋아하는 사람은 당신이 말하는 『그 사람』이 아니야. 당신은……내가 아니라구."

『…….』

또 다른 루미아는 한동안 넋을 잃고 자신을 쳐다보았다.

『……그런 것, 같네.』

하지만 곧 간담이 서늘해질 정도로 차가운 분노를 드러내며 웃었다.

『『사랑하는 그이』를 거절하다니…… 배신하다니…… 그런 당신이 나 일리 없지! 이젠 됐어!』

또 다른 루미아가 이를 악물자 《은 열쇠》가 불길한 빛을 퍼트렸고―.

철컥!

허공을 가로지른 쇠사슬 중 하나가 갑자기 루미아의 오른손을 휘감았다.

"어?!"

철컥! 철컥! 철컥!

경악할 틈도 없었다. 어디선가 계속 날아온 쇠사슬이 이어서 왼팔, 오른다리, 왼다리, 목, 몸을 차례차례 휘감았다.

이윽고 루미아는 방금 전의 또 다른 자신처럼 수많은 쇠사슬에 묶인 채로 허공에 매달릴 수밖에 없었다.

"아, 아아아! 그, 그만……."

온몸이 사슬로 묶이는 괴로움에 의식이 서서히 멀어져가는 루미아의 신음과, 또 다른 루미아의 홍소가 포개어졌다.

『아하, 아하하하! 당신은 확실히 나랑 다른가 보네! 이제 당신 따윈 몰라! 내가 당신을 대신해주겠어! 당신은 거기서 영원히 그러고 있으면 돼! 아하, 아하하, 아하하하하하하하하!』

《은 열쇠》의 빛이 강해지며 루미아의 시야를, 의식을 새하얗게 물들였다.

"안 돼애애애애애애애애애애애애애애애애애애!"

그리고 루미아의 의식은…….

————.

"《문에서 나와·공허에서 온 나·지금 **모든 사슬**이 끊어졌나니》."

루미아가 글렌과 시스티나 앞에서 갑자기 주문을 영창했다.

"루, 루미아? 너, 지금 무슨……."

글렌이 그렇게 물으려 한 순간—

쿵!

루미아를 중심으로 막대한 마력이 주위에 휘몰아쳤다.

"으억?!"

"루, 루미아?!"

그 충격 때문에 속수무책으로 날아가 바닥을 구르는 글렌과 시스티나.

사납고 폭력적으로 휘몰아치는 마력 폭풍.

그러는 사이에도 루미아의 안에서 흘러넘치는 압도적인 은색 빛이 그녀의 몸을 감싸 안았다.

"저, 저건……!"

"《은 열쇠》?! 잠깐……!"

루미아의 손에서 출현한 《은 열쇠》.

그리고 그 열쇠가 한층 더 밝은 빛을 주위로 퍼트리자, 망막을 태울 듯한 기세로 새하얗게 타오르는 빛 속에서 루미아라는 존재가 변화하기 시작했다.

등에서 현현하는 이형의 날개.

그것은 글렌과 시스티나가 익히 아는 남루스의 등에 난 날개와 완전히 동일했다.

"아앗?! 루, 루미아……!"

휘몰아치는 강풍 속에서 글렌과 시스티나가 루미아에게 조금이라도 다가가려고 발버둥치는 사이에 모든 변화가 끝나고 빛이 사라졌다.

그리고 루미아라는 소녀는 더 이상 이 세상에 존재하지

않았다.

"넌…… 누구지?"

글렌은 우두커니 서 있는 그 소녀에게 물었다.

확실히 모습 자체는 루미아와 똑같았다.

하지만 존재감은 명백히 잘랐다. 껍데기만 남긴 채 내용물이, 존재의 본질이 완전히 뒤바뀐 것 같은 분위기.

그 육체에서 흘러넘치는 신성함. 신기(神氣). 신비스럽고 모독적인, 압도적인 신기.

명백히 인간보다 압도적으로 상위 영역에 존재하는, 인간을 초월한 존재.

밀라노에서 마주친 사신의 권속들과 본질적으로는 같지만 그보다 절망적일 정도로 격이 다른 존재. 즉, 천사.

"……기억났어."

루미아, 아니. 루미아였던 소녀가 공허한 눈으로 입을 열었다.

그리고 땅을 박차며 하늘을 날더니 마치 순간이동처럼 펠로드의 옆에 착지했다.

"나는…… 레 파리아. 천공의 타움의 한 쌍, 하늘이자《공간^空의 천사^空》레 파리아."

"너……?!"

"그, 그게 무슨 소리니?! 루미아!"

글렌과 시스티나가 외쳤지만 그 목소리는 루미아에게 닿

지 않았다.

"아니, 난 루미아가 아니야. 난 레 파리아…… 난 이이를 위해 태어난 존재."

루미아, 아니. 레 파리아는 뒤에서 몸을 기대며 펠로드를 감싸 안았다.

"과거의 난 영원에 가까운 시간을 이이와 함께 존재했어. 사랑하니까. ……언니는 이이를 배신해 버렸지만, 나만은 사랑하니까. 그러니 난…… 나만은 이이의 곁에 있어야만 해."

레 파리아가 그렇게 말했고—.

"아아, 『공(空)의 무녀』이자 『밤하늘의 천사』…… 내 사랑스러운 천사. 마침내 내 곁에 돌아와준 거구나. 기뻐……."

펠로드가 감격한 목소리로 말했다.

"저 자식이……?!"

글렌은 총을 쥔 손에 힘을 넣고 외쳤다.

"너, 루미아한테 대체 무슨 짓을 한 거냐!"

"딱히 아무것도? 그저 전생의 그녀를…… 아니, 『진정한 그녀』를 떠올리게 해준 것뿐이야. 아무튼 그녀는 너희가 고대 마법문명이라 부르는 시대에 왕이었던 나를 늘 헌신적으로 섬겼던, 가장 총애하는 가신이었으니 말이지."

그러자 시스티나는 떨리는 목소리로 외쳤다.

"거, 거짓말…… 전부 거짓말이야! 루미아가 그랬을 리 없어! 루미아를 돌려줘! 루미아를 돌려달란 말야!"

"돌려줘? 이상한 소릴 하네. 그녀는 처음부터 내 꺼였는데 말야. 안 그래?"

"……예, 전 당신의 것이랍니다. 폐하."

펠로드의 물음에 레 파리아는 고개를 끄덕이며 긍정했다.

"루미아……!"

그 모습을 본 시스티나는 눈을 크게 뜬 채 아연실색할 수밖에 없었다.

"……."

글렌도 경악했는지 총구가 떨리고 있었다.

"……아아, 정말 긴 세월이었어."

하지만 펠로드는 개의치 않고 천장을 올려다보며 감동한 목소리로 중얼거렸다.

"그 여자가 모든 걸 망쳐 버렸지만…… 이제야 비로소 수정이 끝났어."

"……그 여자?"

"그 후로 정말 많은 일들이 있었지. ……이 알자노 제국을 세우고, 적이 될 레자리아 왕국을 세우고, 하늘의 지혜 연구회를 세우고, 그 세 조직을 뒤에서 조종해 적당히 싸우게 하면서 인구를 조금씩 늘려서…… 이 무대를 정성껏 만들어 냈어."

"……."

"그리고 현재 **그 여자**가 문지기로 세웠던 백은룡은 쓰러졌

고 마지막 열쇠…… 레 파리아가 내 곁으로 돌아왔지. 이것
으로 멜갈리우스의 천공성으로 가는 길이 전부 열린 거야.
후후후, 전부 내 각본대로 말이지. ……아하하하하! 아하하
하하하하하!"

환희에 잠겨 웃음을 멈추지 않는 펠로드 앞에서 글렌과
시스티나는 눈빛으로 생각을 교환했다.

'하얀 고양이. 시작하자.'

'……서, 선생님.'

'루미아 일은 나중에 생각하자. 먼저 저 펠로드부터 해치
우고 루미아를 제압하자고. 알겠지?'

'예. 하지만…… 상대는 그 《대도사》잖아요! 진짜 해치울
수단이 있긴 한 거예요?'

그러자 글렌은 시스티나에게 손에 든 권총을 슬쩍 보여줬다.

'……아, 마총 《페네트레이터》!'

'그래. 바짝 접근할 수만 있으면 내 오리지널 《페네트레이
터》로 반드시 죽일 수 있어!'

'……엄호할게요!'

'부탁하마.'

글렌과 시스티나가 서로에게 고개를 끄덕인 그때—

"《세트》!"

글렌이 빠르게 움직였다.

《페네트레이터》의 격철을 당기고 머리 위로 던지는 동시에

빈 오른손으로 《퀸 킬러》를 뽑아서 발포.

대기를 뒤흔드는 성대한 포격음과 함께 플린트락 피스톨의 총구가 불을 뿜었다.

"《나를 따르라·바람의 백성이여·나는 바람을 다스리는 공주일지니》!"

그러자 시스티나도 양손을 앞으로 내밀며 주문을 외쳤다.

흑마 개량2식 【스톰 그래스퍼】.

한 번 발동하면 자유자재로 주위에 바람을 일으키고 조종할 수 있는 그녀의 필살주문.

그녀의 몸을 중심으로 휘몰아치는 무시무시한 폭풍.

주문이 완성된 것을 확인한 글렌은 품속에서 한 장의 아르카나를 꺼냈다.

오리지널 【광대의 세계】.

효과는 일정 영역 내의 마술 발동을 완전 봉쇄.

펠로드가 아무리 뛰어난 마술사라 해도 이 시점에서 그는 평범한 광대로 전락하리라.

그리고 【광대의 세계】는 이미 발동 중인 마술에는 간섭할 수 없었다.

"선생님!"

시스티나가 【스톰 그래스퍼】의 힘을 빌려 흑마 개량2식 【스위프트 스트림】을 발동했다.

그러자 글렌은 《퀸 킬러》를 손에서 놓고 눈앞에 떨어진

《페네트레이터》의 그립을 움켜쥐었다.

그리고 시스티나가 일으킨 세찬 바람을 두른 채 《슈투름》과 같은 방식으로 단숨에 돌진했다.

시야에서 펠로드를 중심으로 한 풍경이 세찬 물결처럼 뒤로 흘러갔다.

이 거리라면 한 호흡에 접근할 수 있을 터.

총구가 펠로드의 몸에 닿기만 하면 글렌의 승리다.

"제로거리, 잡았……!"

하지만 그 순간, 글렌은 이상한 점을 깨달았다.

"……어?"

자신은 현재 엄청난 속도로 질주하고 있었다.

그렇게 펠로드를 중심으로 주위의 풍경이 세찬 물결처럼 뒤로 흐르고 있는데도 거리는 조금도 가까워지지 않았다. 간격이 줄어들지 않는 것이다.

펠로드는 아무것도 하지 않았다. 그저 여유 있는 태도로 서 있을 뿐.

애당초 그의 움직임을 봉쇄하기 위해 쏜 《퀸 킬러》의 총탄은 대체 어디로 사라진 것일까.

"큭?!"

글렌이 어쩔 수 없이 멈춰 서자 당연히 뒤로 흘러가던 풍경도 정지했다.

역시 피아의 거리는 한 걸음도 줄어들지 않은 상태였다.

캉, 캉, 캉, 카가가강……

그리고 발밑에서 금속음이 들려서 시선을 내려 보니 《퀸 킬러》의 총탄이 바로 옆의 바닥을 튕기고 있었다.

"가, 갑자기 왜 멈춰 서신 거예요? 선생님. 지금 그러고 계실 때가 아니잖아요!"

시스티나의 항의도 귀에 닿지 않았다.

"……?!"

이윽고 자신에게 일어난 현상의 정체를 깨달은 글렌은 온몸에 소름이 돋는 것을 느꼈다.

"오호라, 눈치가 빠른걸? 『광대』."

그러자 펠로드가 천천히 다가왔다.

"……?!"

글렌은 움직일 수 없었다. 마치 가위에 눌린 것처럼 옴짝달싹할 수 없었다.

"서, 선생님! 바, 바람이여!"

시스티나는 몸에 두른 바람을 움직였다.

【스톰 그래스퍼】의 힘을 빌린 흑마 개량2식 【블레이드 댄서】.

수없이 많은 바람 칼날이 펠로드의 몸을 갈기갈기 찢기 위해 파공성을 울리며 맹렬한 속도로 날아갔지만, 어째선지 그의 몸과 가까워질수록 속도가 줄어들더니 곧 허망하게 사라졌다.

"……어? 뭐야 이게……."

막은 것도 아니고, 피한 것도 아니고, 해제한 것도 아니었다.

들도 보도 못한 현상을 목격한 시스티나가 넋을 잃고 서 있는 사이에 펠로드는 글렌의 눈앞에 멈춰 서서 《페네트레이터》의 총신을 부드럽게 잡았다.

그리고 총구를 들어서 자신의 왼쪽 가슴에 가져다댔다.

"자, 어디 쏴봐."

펠로드는 씨익 웃었고―.

"큭?!"

글렌은 망설임 없이 《페네트레이터》의 방아쇠를 당겼다.

탕!

작렬하는 파멸의 화약 《이브 카이즐의 옥약》.

필중필멸의 마탄이 제로거리에서 펠로드를 향해 발사되었지만…….

카앙! 캉, 캉, 카가가강.

역시 이번에도 어느새 바닥을 구르고 있었다.

"이해했어?"

펠로드는 넋을 잃은 글렌에게 등을 돌리고 원래 위치로 돌아갔다.

그곳에서는 레 파리아가 《은 열쇠》를 들고 서 있었다.

"요컨대…… 너희의 공격은 **닿지 않아**."

"……?!"

"나의 천사 레 파리아는 《은 열쇠》로 공간을 지배하고 다루는 천사. 그녀의 가호를 거의 완전히 되찾은 나는 마왕이었던 시절처럼 레 파리아의 공간 지배능력을 행사할 수 있어. 방금 그건 공간을 뒤틀어서 너희와 내 거리를 무한대로 늘린 거야."

레 파리아에게 다가선 펠로드는 뒤를 돌아보며 웃었다.

"거리야말로 최강의 방패. 너희의 모든 공격은 나에게 통하지 않아. 설령 무한대의 사정거리를 가진 공격이 존재한다고 해도…… **시간이 유한한 이상 나에겐 닿을 수 없어.**"

주위가 침묵에 잠겼다.

"……세상에."

글렌은 넋을 잃은 채 서서히 총구를 내렸다.

"……그럴……수가……."

시스티나도 같은 표정으로 무릎을 꿇었다.

압도적이었다.

겨우 이것만으로도 격의 차이가 완벽히 증명되었다.

하늘의 지혜 연구회의 헤븐스 오더이자 최고 지도자인 《대도사》 펠로드 베리프.

절망적일 정도로 압도적이었다. 승산 따윈 눈곱만큼도 없었다.

그야말로 구름 위의 존재.

지금까지도 규격을 벗어난 적과 몇 번이고 싸워왔지만 이 남자는 그 이상이었다.

이런 터무니없는 적을 상대로 대체 어떻게 싸워야 할까.

무한대의 거리. 단순명쾌한 최강의 방패. 글렌이 지금까지 쌓아온 전투 경험을 총동원해도 공략의 실마리조차 보이지 않았다.

그렇게 넋을 잃은 글렌과 시스티나 앞에서 펠로드는 다시 입을 열었다.

"자, 너희를 처리하는 건 쉬워. 차원의 끝으로 추방하거나 공간 채로 압축해서 짓눌러버리면 끝. 하지만…… 시스티나는 내 귀여운 손녀고, 글렌. 너에게는 그런 손녀를 여기까지 성장시켜준 의리가 있어."

"칫, 무슨 말이 하고 싶은 거지?"

글렌은 온 몸이 식은땀으로 흠뻑 젖었지만 강경한 태도를 무너트리지 않았다. 정말로 허세밖에 남지 않은 그 모습은 사뭇 우스꽝스러웠으리라.

"너희 둘…… 하늘의 지혜 연구회에 들어오지 않을래?"

"……?!"

"아……!"

갑작스러운 권유에 글렌과 시스티나가 눈을 부릅뜨자 펠로드는 밝은 목소리로 말했다.

"뒤틀린 『정의』 때문에 요즘 회원 수가 엄청 줄어든 상태라서 새 입회자는 대환영이야. 시스티나, 네 마술사로서의 실력은 회원이 되기에 모자람이 없고…… 글렌, 너는 뭐……

서비스인 걸로? 될 수 있으면 너희가 우리 조직의 의의에 동조해서 우리와 같은 길을 걸어줬으면 해. 힘을 빌려주길 바라. ……어때?"

"……웃기지 마시지. 누가 너희들과 동조할 것 같아?!"

"이제 그만 좀 해. 당신 따윈 우리 할아버님이 아니라구!"

하지만 글렌과 시스티나는 어디까지나 저항할 의사를 보였다.

"흐으음~?"

둘의 허세에 펠로드는 조소했다.

"뭐, 좀 들어봐. 아무래도 너희는 우리의 활동을 뭔가 오해하는 것 같은데. 너희는 우리가 쓸데없이 범죄만 저지르면서 생명을 모독하는 테러리스트 집단이라고 착각하는 거 아니야?"

"……뭐가 다른데?!"

"전혀 달라. 우리의 활동은 전부 진리, 아카식 레코드에 도달하는 게 목적이거든."

"아카식 레코드으~? 제길! 무슨 말끝마다 아카식 레코드! 아카식 레코드! 제국, 왕국, 하늘의 지혜 연구회를 만들어서 의도적으로 분쟁을 조장한 것도, 사신의 권속을 부활시키려 한 것도, 네가 성범죄를 저질러온 것도 전부 그 아카식 레코드를 위해서란 거야?!"

"맞아. 그리고 그 아카식 레코드는 멜갈리우스의 천공성에 있어."

"······?!"

"그리고 너희에게도 보여줄게. 아카식 레코드가 어떤 것인지."

그렇게 말한 펠로드는 왼쪽 손등을 들어 보이더니 붕대를 풀었다.

거기에는 신비한 형태의 문장이 새겨져 있었다.

"뭐, 뭐야 그건······. 문장? 간략화 된 쌍둥이 천사의 문장······?"

"《타움의 문장》. 이 세상에서 진리를 추구하는 마술사가 도달하는 곳은 언제나 같아. 늘 이 타움의 문장에 도달하지. 자, 글렌. 시스티나. 눈 뜨고 똑똑히 봐. 아카식 레코드를······ 너희는 그 마음으로 체험하는 거야."

그러자 문장이 흐릿하게 빛나더니 그 형태가 글렌의 뇌에 강렬하게 새겨졌다.

다음 순간—.

"으, 으아아아—."

글렌은 의식이 뒤로 끌려가는 것을 느꼈다.

육체와 영혼을 남겨둔 채 정신만이.

저항할 수 없는 힘으로 계속해서 뒤로, 뒤로.

정신만 남은 글렌의 시야 속에서 풍경이 세찬 물결처럼 뒤로 흘러갔다.

어느새 정신을 차리고 보니 자신의 육체는 거의 콩알처럼 작아져 있었고, 곧 먼지보다 작아져서 완전히 보이지 않게 되었다.

하지만 그럼에도 글렌의 정신은 계속 뒤로 끌려가는 중이었다.

"—아아아아아아아아아아아아아아아아아아아아아—."

지금까지 경험해본 적 없는 감각에 마음이 산산이 부서지는 듯한 충격과 함께 이성이 실시간으로 갈려나가는 것을 느끼면서도 전혀 저항할 수 없었다.

이윽고 글렌의 정신은 세계를 벗어나고, 별을 벗어나고, 은하를 넘어 아득히 먼 우주 저편으로 계속 밀려나갔다.

"—아아아아아아아아아아아아아아아아아아아아아—."

그럼에도 멈추지 않는 정신은 마침내 빛의 속도로 외우주까지 튕겨 나왔다.

"—아아아아아아아아아아아?! ……아?"

그리고 깨달았다.

'……서, 선?'

자신들이 존재했던 우주가 어느새 한 줄기 선으로 변한 사실을…….

그리고 그 선은 무한대의 공간에서 빛의 속도로 늘어나며 끝없이 무한한 세계를 유성처럼 흘러갔다.

글렌은 지금 그가 있는 곳이 3차원이 아니라는 것을 깨달았다.

시간과 공간에 속박된 육체, 영혼과 달리 정신은 한없이 자유로운 존재다.

즉, 이곳은 시간의 멍에를 벗어난 **4차원 세계**.

그런 무한허수 공간을 빛이 속도로 흘러가는 저 선이야말로 자신들이 살던 세계의 진짜 모습인 것이다.

세계란 항상 시간 축 방향으로 변화를 거듭하는 것.

그렇다면 저 빛의 선이 뻗어가는 곳이야말로, 벡터야말로 시간 축.

육체와 영혼에서 해방되어서야 비로소 글렌은 처음으로 세계의 진정한 모습을 알게 된 것이다.

하지만 뒤로 끌려가는 글렌의 의식은 멈추지 않았다. 시야가 넓고 커졌다.

그리고 인식했다.

그곳에 존재하는 세계, 빛의 선이 하나가 아니라는 사실을…….

그 옆을 같은 시간 축 방향으로 동시에 뻗어가는 수많은 선이 존재한다는 것을 깨달았다.

그것들은 글렌의 세계선에서 분기된 선이었다.

아주 작은 가능성으로 분기된 if의 세계. 어쩌면 세라가

살아있을지도 모르는 세계. 글렌이 마술강사가 되지 않은 세계. 사소한 계기로 생겼을지도 모르는 『가능성』을 특이점으로 삼아 분기된 세계.

하지만 같은 방향으로 나아가는 선인 까닭에 글렌의 의식이 뒤로 끌려갈수록 그것은 한 줄기 선으로 합쳐지기 시작했다.

'평행세계…… **5차원 세계** 인식?!'

의식 속에서 평행세계가 통합되고 5차원을 인식할 수 있게 되자, 이번에는 그 세계선이 어떤 특이점을 분기점으로 삼아 가지를 치기 시작했다.

방금 전까지 같은 방향으로 나아가던 분기와는 달랐다.

방향이 전혀 다른 두 줄기 선. 이미 다른 진화를 이룬 별개의 세계다.

글렌은 그 세계를 들여다보았다.

시간의 멍에에서 해방된 너머에서 분기된 또 다른 세계선의 모습을…….

그곳은 글렌이 들도 보도 못 한 세계였다.

마술이 존재하지 않는 세계.

그 세계에 사는 사람들은 모두 기묘한 옷을 입고 있었다.

어째선지 모두 높은 사각형 건물에 살고 있고, 길은 회색돌로 평평하게 포장됐고, 차량은 말이 없는데도 아무렇지 않게 달렸고, 하늘에는 기계로 된 거대한 새가 날고 있었다.

길을 오가는 사람들은 저마다 손에 든 이상한 카드 같은 것을 바쁘게 만져대고 있었다. 그 카드 표면에는 마술 없이도 작동하는 기묘한 영상이 비춰졌고, 그것을 귀에 대고 누군가와 대화를 나누기도 했다.

　이 세계는 마술도 없이 대체 어떤 원리로 작동하는 것일까.

　글렌의 세계에도 존재하는 증기기관 같은 과학기술과는 전혀 다른 것처럼 보이지만 근본적으로는 서로 통하는 것처럼 느껴졌다. ……대체 왜?

　하지만 확실히 알게 된 점도 있었다.

　이곳은 이세계. 글렌이 사는 세계와 완전히 다른 세계인 것이다.

　'이세계…… **6차원 세계 인식?!**'

　글렌의 의식이 한층 더 뒤로 밀려났다. 그럴수록 시야가 넓고 커졌다.

　두 개로 분기된 세계선이 다시 가지를 치기 시작했다.

　두 개가 네 개로, 네 개가 여덟 개로, 여덟 개가 열여섯 개로 무수히 갈라지며 수많은 이세계를 형성했다.

　이윽고 하나의 세계선은 수없이 많은 가지를 친 한 그루의 나무가 되었다.

　들어본 적이 있었다. 이론으로 접해본 적이 있었다.

　수많은 이세계를 내포하는 근원적인 하나의 세계 단위.

　하지만 그것을 실제로, 이 정신만 남은 상태로 인식하게 될 줄은 꿈에도 몰랐다.

그렇다. 저 한 그루의 나무가 바로······.

'······차원수(次元樹)! 7차원 세계 인식?!'

이론상 최고 차원의 시야를 획득한 글렌은 그것에 차원수가 전방위 무한대로 존재한다는 것을 깨달았다.

그곳은 이를 테면 차원수의 숲이었다.

그리고 동시에 그 숲 속에서 난생 처음 보는 이형의 괴물들이 싸우는 것이 보였다.

"아, 아, 아아아아아아아아아아아아아아아아아아아아아아아아아아아아아아아아아아아아아?!"

그 순간, 글렌의 이성이 갈려나갔다. 자신들이 인식하는 세계의 바깥쪽이, 외우주가 이토록 무시무시할 줄 몰랐기 때문이다.

그들은 산처럼 거대하고, 태양처럼 강대하고, 불길하면서도 신성한 존재.

글렌은 본능적으로 그들, 우주적인 사신의 이름을 이해했다.

저 무한한 열량으로 날뛰는 홍련의 사자 같은 이형은 《염왕(炎王) 크투가》.

저 번개의 선으로 이루어진 몸을 자랑스럽게 빛내는 이형의 거인은 《금색의 뇌제》.

차원을 일그러트리는 폭풍의 바람을 다스리는 저 이형의 여왕은 《풍신(風神) 이타콰》.

그밖에도 모독적이고, 역겹고, 강대하고, 거대한 형언할 수 없는 이형의 괴물들이 수없이 활보하면서 사투를 벌였다.

그런 그들의 싸움은 고작 천재지변 수준이 아니었다.

그야말로 소우주와 소우주의 격돌, 초신성 폭발이었다.

그들은 존재하는 차원의 차이 때문에 차원수에는 직접 간섭할 수 없었다.

그리고 그들이 팔을 한 번 휘두르는 동안 차원수 안에서는 수천 년의 시간이 경과했다.

글렌의 세계가 그들, 외우주의 사신들과 마주칠 가능성은 한없이 제로에 가까웠다.

과연 누가 상상이나 할 수 있을까? 자신들이 살아가는 상식 속의 세계 바로 옆에 이런 괴물들이 우글거리고 있다는 사실을…….

그리고 글렌의 의식은 한층 더 뒤로 밀려났다.

모든 차원수의 원류, 근원의 방향으로 날아갔다.

거기서 글렌은 불현듯 깨달았다.

여기 존재하는 모든 차원수는 한 종자에서 발생한 것이라는 사실을…….

"……"

그렇게 한없이 뒤로 밀려난 글렌은 어느새 거대한 바다 위에 서 있었다.

아름다운 곳이었다. 신비로운 곳이었다.

시야 360도 전부가 별빛으로 이루어진 수평선.

촘촘한 별빛이 이 무한의 바다를 형성하고 있는 것이다.

"별…… 아니, 틀려. 이건…….."

글렌은 고개를 들었다.

머리 위는 수없이 많은 차원수의 가지로 메워져 있었고, 거기서 빛의 입자가 마치 눈처럼 자신이 서 있는 별의 대해 위로 하늘하늘 떨어져 내렸다.

저 아름다운 빛의 입자 하나하나가 바로 생명의 빛.

인간의 마음이었다.

"8차원…… 《의식의 바다》…… 집합 무의식의…… 제8세계……."

그렇다. 이곳은 모든 인간의 정신, 마음이 회귀하는 장소.

모든 세계의, 모든 인간의, 모든 기억이 모이는 곳이었다.

"아, 아아아……아아아아아아……!"

그 순간, 가슴속에서 어마어마한 행복감이 샘솟았다.

너무나도 큰 감동과 행복에 글렌은 어느새 눈물을 흘리고 있었다.

"이럴 수가…… 여기엔 모든 것이 있어. 모든 『지(智)』가 있다고……!"

그렇다. 이곳은 《의식의 바다》. 인간의 모든 기억과 경험이 잠든 장소.

그러하기에 이곳에서 알 수 없는 건 아무것도 없었다.

지식의 탐구자인 마술사에게는 그야말로 지고의 행복을 느끼게 하는 장소.

"으, 아……아아아……아아아아……."

글렌은 폭포수처럼 눈물을 흘리며 뭔가에 이끌린 것처럼 걸어갔다.

목표는 이 《의식의 바다》 중심에 떠 있는 한 톨의 씨앗.

모든 분기 우주, 모든 차원수의 발생원.

이 무한우주 세계에서 가장 먼저 태어난 최초의 영혼.

모든 마술의 근원이 되는 『원초의 소리』를 터트렸다 일컬어지는 『원초의 하나』.

이 세계의 모든 것을 이루는 근원인 제0특이점, 《원초의 영혼》.

그것이 바로 지금 글렌의 눈앞에 있었다.

손을 내밀면 닿는 곳에 있었다.

글렌이 손을 내밀자—.

"……아……."

분명 자신에게 맞춰서, 자신이 이해할 수 있는 형태로 모습을 바꾸는 것이리라.

《원초의 영혼》이 스르륵 해체되더니 뭔가가 적힌 종이들로 바뀌었다.

그리고 그 종이들은 한 데 모여서 한 권의 책으로 편찬되었다.

"……아."

글렌의 손 안에는 그 책이 들려 있었다.

글렌은 그 책을 가만히 내려다보았다.

"아, 아…….."

영문을 알 수 없었다.

"아아아아아아아아아……."

알 수 없었지만, 지금 자신은 뭐라 형언할 수 없는 극한의 행복을 느끼고 있었다.

너무 행복해서, 너무 행복해서 아무것도 생각할 수 없었다. 생각하기 싫었다.

"아아아아아아아아아아아아아아아아아아아아아!"

글렌은 울었다. 창피한 줄도 모르고 계속.

그 책을 안은 채 그저 하염없이 울었다.

그저 우는 것 외엔 이 행복한 감정을 표현할 방법을 몰랐다.

이 책을 가진 지금의 자신은 전지(全知)했다. 그리고 전능(全能)했다.

어쩌면 이 책을 『신』이라 표현하는 이도 있으리라.

이 책이 있다면 모든 것을 알고 모든 것을 이루어낼 수 있다.

하지만, 그러하기에 더욱 아무것도 하고 싶지 않았다. 할 필요가 없었다.

이렇게 이 책을 품에 안은 채 이 행복한 《의식의 바다》 속에서 영원토록 조용히 떠다니고 싶었다. 이 책을 손에서 놓고 싶지 않았다. 여기서 나가고 싶지 않았다.

'아아, 그래서, 이제, 난……'

자신의 존재를 전부 충족시키는 행복감에 안긴 채 글렌의 정신이 그대로 닫히며 끝나려 한 순간—.

『대체 뭐 하는 거야! 이 왕바보!』

뒤에서 그런 자신을 질타하는 목소리가 들렸다.

행복감으로 녹아내리던 글렌의 의식이 급속도로 되살아났다.

"나, 남루스……?!"

귀에 익은 목소리에 반사적으로 돌아보려 한 그때—.

『잠깐, 돌아보면 안 돼!』

남루스의 날카로운 경고에 그대로 몸이 굳었다.

『부탁이야, 돌아보지 마. 지금, 지금 이 모습만큼은…… 당신에게 보이고 싶지 않아. 이런 역겨운 모습은……!』

"……남루스…… 대체……?"

『내 진짜 모습을 당신은 이해 못 해. 직시했다간 이성과 자아가 확실히 붕괴할 거야! 그리고 무엇보다…… 나도 여자라구! 알아서 눈치 좀 채, 이 바보!』

"……으, 응."

솔직히 무슨 소릴 하는지 전혀 이해할 수 없었지만, 일단 고개를 끄덕였다.

『글렌, 거짓된 가짜 행복에 삼켜지지 마. 당신은 현실로 돌아와야 해.』

"······!"

『당신도 알잖아? 여긴 인간이 있어선 안 될 장소······ 그딴 책의 유혹에 지지 마. 마음을 단단히 먹고 원래 세계로 돌아오는 거야!』

그때였다.

『······뭐, 억지로 말릴 필요는 없잖아?』

또 누가 있었던 걸까?

성별을 특정할 수 없는 기묘하게 뒤틀린 쉰 목소리가 이번에도 뒤에서 들렸다.

『여기 있고 싶으면 있으면 돼. 아무튼 저 남자, 글렌은 무척 흥미 깊은 존재니까 말이지. ······우후후후.』

그러자 글렌은 온 몸에 소름이 돋았다. 목소리를 듣기만 해도 전례 없는 공포와 불쾌감이 솟구치며 이성을 마모시켰다.

『얼마 전에 《대도서관》에 흘러들어온 **그자**를 상대하는 것도 제법 즐거웠지만, 오락거리는 많을수록 좋잖아? 안 그래? 《천공의 타움》······ 이히히히햐하하하하하하하하하하하!』

메아리처럼 울리는 불협화음에 무심코 귀를 틀어막았다. 그 비웃는 소리만으로도 정신이 날아갈 것만 같았다.

『큭! 닥쳐, 《무구한 어둠》! 넌 내 마스터에게 손가락 하나 못 대!』

그러자 글렌의 뒤에서 어마어마한 소리가 들렸다.

아마 남루스와 『누군가』가 싸우는 것이리라.

이를 대체 뭐라 표현할 수 있을까.

공간이 찢어지는 소리? 괴물의 단말마? 폭발음?

그 무엇과도 정확히 일치하지 않지만, 지금 뒤에서는 글렌의 상식으로는 이해할 수 없는 우주 규모의 지옥이 펼쳐졌음은 이해할 수 있었다.

그리고 잠깐이라도 뒤를 돌아본다면 남루스의 말처럼 자아가 완전히 붕괴하리란 것도…….

『절대로 돌아보지 마! 보면 안 돼! 이해해선 안 돼! 그리고…… 달려! 글렌!』

뒤에서 싸우고 있는 남루스가 굳어버린 글렌에게 외쳤다.

『그 책을 버리고 돌아가고 말겠다는 강한 의지를 갖고 달려! 그러면 당신은 돌아갈 수 있어!』

글렌은 아연실색할 수밖에 없었다.

"이, 이 책을…… 버리라고? ……꼭 그래야 해?"

그것은 전지전능의 편린에 닿았던 지금의 글렌에게는 죽음이나 다를 바 없는 절망이었다.

『그래, 그 책은…… 지금 당신이 여기에 온 방법으로 건드릴 수는 있어도…… 가져가는 건 절대로 불가능해.』

"시, 싫어. 그, 그것만은……!"

글렌은 책을 껴안고 마치 떼쓰는 아이처럼 고개를 붕붕 저었다.

이 책을 버려? 이 무한한 지혜와 행복을 가져다주는 책을 자신은 과연 버릴 수 있을까?

버리기 싫었다. 이걸 버릴 정도라면 차라리 계속 여기에 남고 싶었다.

이 무한과 지고의 행복에 안긴 채 영원히 떠나고 싶었다.

"난 싫어! 돌아가고 싶지 않아! 이대로 내 존재가 사라져도 상관없어! 그야 이 책은……! 나는……!"

『응석부리지 마!』

하지만 남루스는 영혼 어린 절규로 질타했다.

『내 마스터가! 고작 그깟 유혹에 굴복하다니! 난! 줄곧, 줄곧 당신을 기다려온 난! 절대로 인정 못 해!』

"……?!"

『떠올려 봐! 지지 마! 당신의 소중한 사람들을! 당신이 지켜야 할 사람들을! 당신이 품고 있던 것들이! 인연이! **고작 금기교전 따위** 앞에서 잊힐 만큼 가벼운 거였어?!』

글렌은 반사적으로 가슴을 감싸 쥐었다.

그곳에는 세리카에게 선물했던 적마정석 펜던트가 있었다.

신기했다. 육체와 영혼을 남겨둔 채 정신만이 존재하는 세계에 왔는데도 이 펜던트만은 자신과 함께 있었다.

하긴 당연했다. 이 펜던트에 담긴 것은 『마음』.

그것은 글렌의 세리카에 대한 마음이자, 그녀의 자신에 대한 마음이자, 자신을 믿고 등을 떠밀어준 학생들의, 동료들의 마음이었으니까.

"……너, 너희들……."

그 순간, 글렌의 머릿속에서는 이 펜던트에 마음을 맡겨 준 이들의 모습이 주마등처럼 떠올렸다.

노엘 파티에 모여 준 학생들.

그리고 시스티나, 루미아, 리엘.

거기다 크리스토프, 버나드, 알베르트, 이브, 여왕 폐하와 포젤까지.

그리고 무엇보다도…….

『잘 지내렴, 내 사랑하는 **아들**.』

그렇게 말하며 등을 돌린, 사랑하는 누군가의 뒷모습이 떠오른 순간—

"으, 우오오오오오오오오오오오오오오오오오오오오!"

글렌은 책을 버렸다.

어린애처럼 울부짖으며 책을 버렸다.

그러자 어마어마한 상실감과 탈력감. 영혼 일부가 떨어져 나간 듯한 맹렬한 마음의 고통. 절망감. 갈망. 이제 이 세상에 존재할 필요가 없으니 이대로 사라지고 싶은 허무감이 끊임없이 밀려들었다.

하지만—

그럼에도―.

이런 작은 책보다―.

"난⋯⋯나느ㅇㅇㅇㅇㅇㅇㅇㅇㅇㅇㅇㅇㅇㅇㅇㅇㅇ은!"

훨씬 더 소중한 것이 있기에―.

훨씬 더 소중한 것을 되찾아야만 하기에―.

글렌은 돌아가야만 했다.

"으아아아아아아아아아아아아아아아아아아아아악!"

그리고 달리고, 달리고, 또 갈렸다. 가슴에 매달린 펜던트를 쥐고⋯⋯.

『그래, 그거면 됐어. 글렌⋯⋯.』

『아~아, 가버리는 거야? 칫, 유감인걸.』

등으로, 혹은 온 몸으로 그런 목소리를 느끼며 빛의 속도로.

아니, 빛을 속도를 뛰어넘은 속도로 달리고, 달리고, 또 달렸다.

지금의 글렌은 정신체, 물리 법칙에 얽매이지 않은 존재였기에 지금까지 온 여로를 전부 되짚어가며 초광속으로 돌아갔다.

―――.

"헉?!"

어느새 정신을 차리고 보니 글렌은 타움의 천문신전 최심부인 대 플라네타리움실에 서 있었다.

"헉……! 헉……! 헉……!"

거칠게 숨을 내쉬며 문득 손을 내려다봤다.

그곳에 있는 건 적마정석의 펜던트.

"하아……하아…… 뭐였지? 방금…… 설마 그게?"

옆에서는 시스티나가 자신처럼 창백해진 얼굴로 머리를 부여잡고 있었다.

아마 그녀도 자신과 같은 체험을 하고 온 것이리라.

"호오…… 둘 다 무사히 돌아온 모양이네?"

정면에는 펠로드와 레 파리아가 서 있었다.

"진정한 마술사인 시스티나는 그렇다 쳐도 너까지 돌아오는 건 좀 예상 외였는데 말야."

"망……할! 이딴 쓸데기 없는 거나 보여주긴……!"

아마 현실 시간으로는 1초도 채 지나지 않았으리라.

하지만 체감상으로는 몇 억 년이 지난 듯한 정신적인 피로감이 몰려왔다.

"그래서? 어땠어? 진리, **아카식 레코드와 접촉한 감상은?**"

펠로드는 비틀거리는 글렌과 시스티나에게 즐거운 표정으로 물었다.

"이젠 우리 조직의 의의를 이해했지? 그걸 손에 넣는 게 얼마나 행복하고 가치 있는 일인지."

"……헉! ……헉!"

"그리고 알았을 거야. 이 세계를 위협하는 진정한 악의 존재도. ……이제 좀 알겠지? 난 설령 『마왕』이라 불리는 한이 있어도 진정한 의미에서 세계를 구하고 싶었던 것뿐이야. ……아카식 레코드의 힘으로 말이지."

"후우……후우……."

글렌은 숨을 가다듬으며 펠로드의 말을 들었다.

"자, 『광대』. 그리고 내 사랑하는 손녀. 우리와 함께 가주겠어?"

그 순간—.

"……됐거든?!"

"사양하겠어!"

글렌과 시스티나는 동시에 거절했다.

"그래, 너희들의 이념은 이해했어! 영혼으로! 젠장, 확실히 이건 말로 설명할 수 없겠어! 외도 마술사 놈들이 대체 왜 너희들에게 가담했던 건지 이제야 알겠군!"

글렌은 펠로드를 날카롭게 노려보며 말을 퍼부었다.

"마술사라면 그것에 닿는 행위에 행복을 느끼지 않을 리 없겠지! 그리고 그 뒤에 남는 건 맹목적인 순종이나 자아 붕괴뿐일 테니까!"

"나는…… 그런 유혹에 굴복하지 않아! 그보다 할아버님을 모욕하는 짓이나 그만둬! 마왕!"

그런 두 사람의 반응에 펠로드는 예상 밖이라는 듯, 유감이라는 듯 한숨을 내쉬었다.

"이거 참, 또 권유에 실패한 건가. 진짜 요즘 따라 왜 이러지?"

그리고 손등의 문장을 보면서 말했다.

"이 《타움의 문장》으로 신비를 겪고 현실로 돌아올 수 있느냐가 하늘의 지혜 연구회 이너의 입회 자격인데…… 돌아온 후에 입회를 거절한 건 제국의 오랜 역사 속에서도 너희를 포함하면 고작 넷뿐이야."

"……?!"

"그러고 보니 입회를 거절한 건 전부…… 글렌, 너와 관계가 깊은 자들뿐이었지. 이게 과연 우연일까? 넌 대체 뭐지?"

"……내가 알겠냐, 멍청아."

글렌은 사납게 대답했다.

정말로 무슨 말인지 도무지 이해할 수 없었다.

펠로드는 그런 글렌을 잠시 흥미 깊은 눈으로 빤히 쳐다보았지만 곧 관심을 잃은 듯 어깨를 으쓱였다.

"뭐, 됐어. 입회하지 않을 거라면 슬슬 장애요인으로서 배제하는 수밖에."

"……아……."

그리고 손가락을 튕기자 뒤에서 레 파리아의 《은 열쇠》가 흐릿하게 빛나더니 시스티나가 투명한 상자 안에 갇힌 채 마치 조각상처럼 완전히 굳어버렸다.

"하얀 고양이?!"

"안심해. 평범한 공간 동결이야. 그녀는 내 사랑스러운 손녀…… 나중에 천천히 아카식 레코드의 훌륭함을 알려줄 생각이니까. 그리고……."

펠로드는 글렌을 흘겨보았다.

"……윽?!"

글렌의 시야에 어둠이 퍼져나갔다.

전후, 좌우, 상하에서 진득한 어둠이 퍼지며 몰려왔다.

마치 글렌이라는 존재를 무(無)로 돌려보내려는 것처럼…….

"우오오오오오오오!"

글렌은 필사적으로 저항했다.

주먹을 휘두르고, 총을 난사하고, 온갖 어설트 스펠을 날렸지만 전부 어둠에 파묻혀 무로 돌아갔다.

저항은 무의미. 방법이 없었다.

"잘 가, 글렌. 너라는 존재는 이제 곧 무로 돌아갈 거야."

"제, 제길……."

"잘 가, 내 대본에 들러붙은 좀벌레 같은 인간. 제법 즐거웠어."

"제기라아아아아아아아아아아아알!"

그렇게 글렌의 존재가 무로 돌아가려 한 그때였다.

"……어?"

"앗"!

어둠의 침식이 갑자기 멈추었다.

"……루미아?"

시선을 돌리자, 펠로드의 뒤에 있던 레 파리아에게 뭔가 이변이 일어났다.

손에 든 열쇠 끝이 흔들리더니 그 떨림이 곧 전신으로 퍼져 나갔고 감정이 느껴지지 않는 공허한 눈에서는 눈물이 주르르 흘러내렸다.

"무, 무슨 일이야? 레 파리아…… 왜 날 방해한 거지?"

"시, 시, 싫어……."

그러자 레 파리아는 은 열쇠를 떨어트린 후 머리를 감싸 쥐고 주저앉았다.

"왜……왜 방해하는 거지? 나는…… **우리**는 이이를 위해 존재하는데…… 그런데 왜 **당신**은…… 으, 아아아, 아아아 아아아아아!"

그리고 머리를 휘두르며 괴로워하기 시작했다.

그 모습을 본 글렌은 확신했다.

'역시 루미아는 아직 사라진 게 아니었어! 구할 수 있어! 아직 데려올 수 있다고!'

하지만 어쩌지? 어쩌면 좋지? 이런 상황에서 대체 무슨 수로?

대체 어떻게 해야 루미아를 구할 수 있지?

'트, 틀렸어! 전혀 모르겠어! 대체 어떻게 해야……!'

그렇게 글렌이 계속 망설이고 있을 때—.

『파(破)아아아아아아아아아아아아아아아!』

공간에 어마어마한 포효성이 울려 퍼졌다.
그리고 시스티나를 동결시켰던 공간이 깨지더니 글렌을 집어삼키려 했던 허무의 어둠도 단숨에 쓸려 나갔다.
"어?!"
동결 공간에서 해방된 시스티나가 제정신을 차렸다.
"바, 방금 그건…… 용의 포효【얼어붙는 입김】?!"
<small>드래곤즈 샤우트</small> <small>배니싱 포스</small>
"……이때를 기다렸어! 레 파리아가 불안정해지는 순간을!"
글렌이 반사적으로 돌아보자 거기에는 한 소녀가 서 있었다.
예전에 세리카가 스노리아에서 데려왔던 그 수수께끼의 소녀였다.
"글렌! 그녀는…… 루미아는 나한테 맡겨!"
"뭐?! 네가 왜?!"
"됐으니까! 느긋하게 설명할 시간이 없다고!"
땅을 박차고 글렌의 앞으로 몸을 날린 소녀는 마치 뭔가를 강제로 여는 것처럼 양손을 좌우로 강하게 잡아당겼다.
그러자 뭔가가 터지는 소리와 함께 공간에 균열이 생겼다.
"『무한대의 거리』를 일시적으로 완화했어! 글렌! 시스티나! 달려! 그리고 저 플라네타리움 장치를 통해 바로 세리카의 뒤를 따라가!"

"……?!"

그럼에도 글렌과 시스티나는 당혹스러움을 감추지 못했다.

『괜찮아. 걱정할 것 없어.』

그러자 이번에는 소녀의 뒤에서 남루스가 모습을 드러냈다.

"남루스?!"

글렌은 놀라서 그만 굳어버렸다. 자세히 보니 어느새 그녀는 손에 『황금색으로 빛나는 거대한 열쇠』를 들고 있었다.

『루미아는 나랑 그녀가 어떻게든 해볼게. 그러니 당신들은 여기서 이탈해! 지금의 당신들에겐 마왕과 대적할 수단이 없어!』

"하, 하지만……."

『빨리! 부탁이니까 지금은 우리를 믿어줘! 우리도 저자를 상대로 오래 버티진 못해! 그러니…… 어서!』

"서, 선생님! 지금은 일단 가죠! 이젠 그것밖에 방법이 없어요!"

상황을 파악하지는 못했지만 시스티나도 본능적으로 그것을 깨달은 모양이었다.

"루미아가 걱정되지만…… 그래도 지금은!"

그제야 글렌도 각오를 다졌다.

"그래, 알았다! 남루스와 이름 모를 아가씨! 뒷일은 부탁할게!"

그리고 시스티나와 함께 플라네타리움 장치를 향해 필사적으로 달리기 시작했다.

"우오오오오오오오오오오오오오오!"

"어딜 가려고?"

그런 둘을 향해 펠로드가 손을 내밀고 뭔가 주문을 영창하려 했으나—.

"그건 이쪽이 할 말!"

인간을 초월한 속도로 달려온 수수께끼의 소녀가 펠로드를 향해 오른손을 내밀었다.

거기서 내뿜어진 무지막지한 마력을 펠로드가 손에 발생시킨 무한대의 거리로 막자, 방향성을 잃은 파괴력이 그들의 주위로 휘몰아쳤다.

"……르 실바. 그 힘…… 그렇군. 네 짓인가!"

펠로드는 소녀의 뒤에 있는 남루스에게 시선을 돌렸다.

『……당연하잖아?』

그러자 여유 있게 서 있는 남루스의 《황금 열쇠》가 눈부시게 빛나고 있었다.

『소멸하진 않았을 거라고 예상했지만…… 설마 그런 역겨운 방법으로 존재를 유지하고 있었을 줄이야. ……진짜 밑바닥까지 떨어졌구나, 나의 전 마스터.』

"마왕 티투스! 영혼과 육체가 바뀌었어도 그 저열한 정신…… 《의사》는 그 시절과 전혀 변한 게 없군! 이제 더는 당신 마음대로 하게 내버려두지 않겠어!"

남루스와 수수께끼의 소녀는 그렇게 외친 후 펠로드와 사투를 벌이기 시작했다.

하지만 그 틈을 노리고 펠로드의 옆을 돌파한 글렌과 시스티나는 마침내 플라네타리움 장치의 앞에 도착했다.

"어, 어쩌죠? 선생님!"

"행선지 확인이나 자잘한 설정을 일일이 조사할 여유는 없어!"

플라네타리움 장치에 양손을 대고 【픽션 애널라이즈】를 발동한 글렌은 숨겨진 기능이 켜졌다는 장치의 상황을 대략적으로 파악했다.

확실히 《별의 회랑》이 열려 있었지만 특수한 장소로 가도록 설정된 모양이었다.

이력을 확인해보니 세리카 외에 이 장치를 건드린 사람은 없었다.

그렇다면 이 너머에는 틀림없이 세리카가 있을 터.

남은 건 장치를 작동하는 것뿐이다.

"뭐, 뭐야?! 이 요구 소비 마력량은!"

하지만 제어 모노리스에 표시된 수치를 본 글렌은 아연실색할 수밖에 없었다.

"내가 이런 걸 지불할 수 있을 리 없잖아! 지금 장난해? 여기까지 와서……!"

"선생님, 제 마력을!"

하지만 이런 상황을 예상했는지 시스티나는 이미 글렌과 임시 서번트 계약을 맺어서 패스를 연결한 상태였다.

이것으로 시스티나의 마력도 장치에 주입할 수 있을 터.

그럼에도 마력은 둘의 수명이 줄어드는 게 아닐까 싶을 정도로 막대한 양이 필요했다.

하지만 이젠 돌이킬 수 없었다.

"땡큐, 하얀 고양이! 간다아아아아아아아아!"

글렌은 옆에 있는 모노리스를 재빨리 조작했다.

표면을 따라 고속으로 흐르는 룬 문자들.

안정장치를 전부 해제하고 전 기능을 오픈.

이것으로 세리카가 있는 곳으로 전송하는 기능이 작동되었다.

"우오오오오오오오?!"

"아아아아아아아앗?!"

빨려나가는 막대한 마력에 둘은 차마 서 있지 못하고 무릎을 꿇었다.

하지만 그럼에도 글렌은 기백으로 장치를 조작했다.

플라네타리움 장치의 마력이 땅을 뒤흔드는 듯한 중저음과 함께 상승하자, 마력이 스파크처럼 튀고 머리위의 저울 팔이 기묘하게 빙글빙글 돌아가며 돔 형태의 벽에 투영된 별들을 복잡기괴한 형태로 빠르게 바꾸기 시작했다.

위이이이이이이이이이이이잉!

그리고 기묘한 고음과 함께 글렌과 시스티나의 발밑에 『문』이 형성되고 있었다.

"우오오오오오오오오오오오오오오오오오오오오오오오!"

"아아아아아아아아아아아아아아아아아아!"

그것을 본 둘이 한층 더 마력을 퍼부었고 마침내 『문』이 열리려 한 그때─.

"……시스티……."

뒤에서 그런 목소리가 들렸다.

"……?!"

무지막지한 마력 소비로 급성 마나 결핍증을 일으키는 바람에 몽롱해진 의식 속에서 들은 것이니 어쩌면 환청일지도 몰랐다.

하지만 분명히 들렸다.

"같이 가지 못해서 미안. 선생님을…… 잘 부탁해."

"루미아……?"

시스티나가 간신히 고개를 돌리자, 그곳에서는 하늘과 땅이 뒤집힐 듯한 사투를 벌이는 수수께끼의 소녀와 펠로드를 배경으로 눈물을 흘리면서 글렌과 자신을 배웅하는 루미아가 있었다.

"루, 루미아아아아아아아아아아아아아아아!"

"빌어머그으으으으으으으으으으을!"

그리고 마침내 허공에 열린 『문』, 《별의 회랑》이 눈부시게 빛나며 주위를 새하얗게 물들이더니 어마어마한 흡입력으로 글렌과 시스티나를 집어삼켰다.

그렇게 둘은 이곳이 아닌 저 먼 어딘가로 끌려갔다.

성력 1853년 그람의 달 31일.

성력 1852년——

성력 1851년——

성력 1850년——

————————

성력 1723년——

————————

성력 1658년——

————————

성력 1523년——

————————

————————

성력 1254년——

————————

성력 1136년——

————————

성력 1005년——

───────

성력 972년──

───────

───────

성력 132년──

───────

성력 원년──

───────

성력전 95년──

───────.

성력전 167년──

───────

성력전 227년──

───────

───────

성력전 1392년──

───────

성력전 2288년──

───────

성력전 3168년──

───────

───────

성력전 3398년——

성력전 3399년——

——성력전 4000년.

————.

————.

——.

종장 도달한 세상의 끝

…………

"——잠깐——, ——신——대체——."

…………

"——, ——왜——, ——런——곳——."

…………

"괜찮——, ——, ——차려!"

흔들흔들. 흔들흔들.

어둠 속을 헤매는 의식 한켠을 희미하게 자극하는 귀에 익은 목소리.

흔들리는 몸.

그것들이 어둠과 동화된 글렌의 의식을 천천히 끄집어 올렸고 의식의 윤곽이 서서히 선명해졌다. 마치 작은 거품이 서로 달라붙고 커져서 해수면을 향해 떠오르려는 것처럼.

"……으……아?"

의식이 각성을 향해 나아가고 있었다.

"저기, 당신. 괜찮은 거야? 아 진짜, 사람 성가시게 하긴! 오늘은 대체 뭐야?! 세리카가 갑자기 돌아오나 싶더니 이런 이상한 인간들까지……!"

천천히 눈을 떴다.

일자로 갈라진 틈에서 빛이 새어 들어오는 것을 느끼고 위아래로 벌리자, 초점이 맞지 않아서 흐릿한 시야 한가운데에 누군가가 있었다.

낯익은 누군가의 얼굴이…….

이윽고 천천히 초점이 잡힌 글렌의 동공은 바닥에 드러누운 자신의 얼굴을 내려다보는 소녀의 모습을 완전히 인식했다.

루미아와 똑같은 얼굴을 한 이 소녀의 이름은…….

"……남루스?"

그렇다. 글렌도 잘 아는 소녀, 남루스였다.

"……어, 어라?"

하지만 눈앞에 있는 그녀는 뭔가가 이상했다.

멍한 의식으로 대체 뭐가 이상한 건지 고민하자, 곧 답이 나왔다.

"남루스…… 너?"

글렌이 아는 남루스는 실체가 없었다. 늘 유령처럼 반투명한 몸이라 대화는 할 수 있어도 만질 수는 없었다.

하지만 지금 그녀는 투명하지 않았다. 분명히 실체가 있었다.

그 증거로 남루스는 글렌의 이마에 손을 대고 있었다. 감촉이 느껴졌다.

이게 대체 어찌된 일인가 싶어 당혹스러워 하는데—

"……누가 무명(無名)이라는 거야? 무례하긴."

남루스는 화가 난 듯 뺨을 부풀리며 글렌을 노려보았다.

"나한테는 라 틸리카라는 어엿한 이름이 있거든? 이상한 이름으로 부르지 마."

"……."

"그보다 당신은 대체 누군데? 처음 만난 상대한테 너무 무례한 거 아냐?"

글렌은 상체를 일으켰다.

옆에는 시스티나가 있었다.

의식을 잃었는지 축 늘어져서 엎드린 자세다.

멍한 정신으로 주위를 둘러보자 여기는 아무래도 타움의 천문신전 앞에 있는 광장인 모양이었다.

글렌 일행이 바로 조금 전까지 탐색했던 그 유적이 바로 근처에 있었다.

하지만 뭔가가 이상했다.

저 신전은 분명 인적이 드문 변경 벽지에 있었을 터.

하지만 지금 신전 주위에는 난생처음 보는 기묘한 건축양식의 건물이 쭉 늘어서 있었다. 사다리꼴 모양으로 지은 촌스러운 석조건물이다.

그리고 그런 건물 사이에는 기묘한 돌기둥이 솟아 있었다.

아무래도 여긴 어딘지 모를 이국의 도시 한복판인 모양이었다.

하지만 인기척은 전혀 없었다.

그리고 하늘은 당장에라도 타오를 것처럼 붉었다. 새빨갰다.

이제 곧 세상이 끝날 거라고 해도 납득이 갈 정도로 파멸적인 인상의 저녁노을이었다.

그리고 저 멀리 보이는 것은 멜갈리우스의 천공성…….

'……뭐야 여긴? 우리는 대체…….'

저 천공성이 보인다는 건 여긴 알자노 제국, 그것도 페지테와 비교적 가까운 장소라는 뜻이다.

하지만 글렌에게는 전혀 기억이 없는 풍경이었다.

잠시 공황 상태에 빠질 뻔했지만 곧 어떤 사실을 깨달았다.

지금 눈에 들어오는 이 도시의 정경은 사실 어디선가 비슷한 걸 본 기억이 있었다.

'……예를 들면 알베르트와 싸웠던 고대 유적도시 마레스…… 그 폐허가 원래대로 복원되면 아마 이런 느낌이 아닐까?'

그리고 어딜 어떻게 봐도 현대가 아니라 명백히 다른 시대의 풍경이었다.

"……."

글렌은 시스티나의 조부, 레돌프 피벨이 썼다는 논문을 떠올렸다. 신전이 보유했다는 **시공간** 전이 기능에 관한 논문을…….

그렇다는 것은 즉―.

"그, 그렇군. 우리는…… 고대…… 초 마법문명 시대로 날아온 건가."

그것밖에 마땅한 답이 없었다.

"뭐? 고대? 초 마법문명? 당신 그게 대체 무슨 소리야?"

남루스는 대체 무슨 소리를 하냐는 듯 몸을 흔들었다.

글렌은 쓴웃음이 나왔다.

너무나도 황당무계한 사태를 뇌의 처리속도가 따라잡지 못한 탓에 쓴웃음밖에 나오지 않았다.

즉, 이 남루스는 자신들이 아는 남루스가 아니라 아득히 먼 과거에 존재했던 그녀라는 뜻이다.

"하하……하하하…… 이럴 때는 뭐라고 해야 하더라?"

남루스의 손에 몸이 흔들리는 상태로 멍하니 생각했다.

"안녕, 남루스. 금방 또 만났네……는 좀 이상한가."

그렇다. 분명 이럴 때 딱 어울리는 인사말이 있었을 터.

"흐음…… 이럴 때는…… **처음 뵙겠습니다.** 라고 해야 할까?"

"뭐?! 당신 대체 무슨 소릴……!"

딱 봐도 영문을 모르겠다는 표정을 짓는 남루스를 본 글렌은 전에 타움의 천문신전에서 그녀와 처음 만났을 때를 떠올리며 쓴웃음을 흘렸다.

그런데 갑자기 맹렬한 잠기운이 엄습했다.

시간 도약의 영향인지 온 몸의 마나가 완전히 고갈된 상태다.

손가락 하나 까딱할 수 없는 상태에서 각성한 의식이 급

속도로 가라앉기 시작했다.

그야말로 폭력적인 수준의 잠기운 때문에 더는 의식을 유지할 수 없었다.

"미안…… 남루스. 나…… 조금만 더…… 잘게……."

"앗?! 잠깐, 당신! 이봐!"

남루스가 황급히 멱살을 잡고 흔들었지만 지금의 글렌에게는 그조차 아늑한 요람처럼 느껴졌다.

앞으로 자신은 어떻게 될 것인가.

과연 원래 시대로 돌아갈 수 있을 것인가.

같은 불안이 남았지만…….

지금은 그저 지친 몸와 마음을 회복하기 위해 한때의 휴식을 즐기기로 했다.

■작가 후기

안녕하세요. 히츠지 타로입니다.

변변찮은 마술강사와 금기교전 18권이 발매되었습니다.

편집자님 및 출판 관계자 여러분, 그리고 이 『변변찮은』을 지지해주시는 독자 여러분께 무한한 감사를.

18권! 마침내 20권의 고지가 보이기 시작했습니다!

그리고 이 18권은 『변변찮은』이라는 이야기의 최종결전의 전야제 같은 위치에 해당되겠죠.

노도의 전개. 노도의 복선 회수. 특히 6권에서 잔뜩 깔아둔 복선이 몇 년 만에 전부 회수되었습니다. 그때는 이해할 수 없었던 남루스의 언동이나 풀리지 않았던 수수께끼는 전부 이번 권을 위해서였던 겁니다!

예? 기억나지 않으신다고요? 무슨 말인지 모르겠다아아?!

정말 죄송합니다! 아니, 설마 이 작품이 이렇게까지 길어질지 몰랐거든요! 사실은 좀 더 빠른 단계에서 복선을 회수할 생각이었습니다만……

그러고 보면 참 아이러니하단 말이죠.

독자 여러분의 열화와 같은 성원 덕분에 시리즈 누계 360

만 권(2020년 12월 시점)에 도달할 정도의 장편 시리즈가 됐는데, 오히려 그 탓에 언젠가 독자 여러분을 깜짝 놀라게 해드리겠다는 의도로 실실 웃으며 깔아둔 복선이 잊혀버릴 줄은…… 으음~ 이 일도 참 제 마음대로 흘러가질 않네요.(웃음)

거기서 제안입니다. 혹시 괜찮으시다면 이『변변찮은』을 1권부터 다시 읽어보시는 건 어떨까요?

사실 히츠지는 이 작품 곳곳에 마법을 걸어놨습니다. 여기까지 읽어주신 여러분이라면 분명『아! 이 대사가 이런 뜻이었구나!』라든가『이런 곳에서 그 이름이!』같은 새로운 발견이 있을 겁니다. 마치 말린 오징어처럼 읽으면 읽을수록 새로운 재미를 느끼실 수 있겠죠.

뭐, 그건 그렇고.

여기까지 와서 전개가 급 드리프트를 밟았습니다만 이왕 이렇게 된 거 마지막까지 단숨에 나아가볼까 합니다. 아, 물론『변변찮은』본편은 당분간 계속 이어질 예정이지만요.

그리고 소식이 하나 더!

이번『변변찮은』18권 발매와 동시에 히츠지의 신작이 나올 예정입니다!

그 신작의 제목은『낡은 규칙의 마법기사』입니다!

『변변찮은 마술강사와 금기교전』이 마술사의 이야기였다면, 이『낡은 규칙의 마법기사』는 제목 그대로 올바른 기사의 이야기라 할 수 있겠죠.

아득히 먼 전설 시대에 활약했던 기사인 주인공 시드. 그런 그가 어쩌다 보니 기사와 기사도가 쇠퇴해 버린 현대에 되살아나는 이야기입니다.

글렌과는 다른 방향성의 멋진 주인공, 멋진 이야기를 쓰는 게 목표입니다. 만약 괜찮으시다면 한 번 읽어봐 주시길!

저는 twitter를 하고 있으니 쪽지나 댓글로 작품에 대한 감상이나 응원을 남겨주신다면 기뻐서 더 힘이 날 것 같습니다. 유저명은 『@Taro_hituji』입니다.

그럼! 아무쪼록 앞으로도 잘 부탁드리겠습니다!

히츠지 타로

  변마금 시리즈의 클라이막스를 여는 이번 18권 재밌게 읽어주셨을까요?

  그래선지 1권에서 등장했던 악역들이 다시 한 번 등장해 새로운 시작을 알려준 게 아닐까 싶습니다. 어찌 보면 전투력 측정기 역할이라고도 볼 수 있겠습니다만, 덕분에 글렌과 시스티나가 그동안 얼마나 강해졌는지 알 수 있었던 좋은 기회였던 것 같네요. 사실 시스티나는 그렇다 쳐도 글렌은 전투 스타일상 글로는 얼마나 강해졌는지 알기 어려운 감이 있었으니까요.

  작가님 말씀대로 그간 베일에 쌓여있었던 수많은 복선이 밝혀집니다만, 아무래도 여기에서 언급하는 건 본편을 읽는 즐거움을 반감시킬 테니 이번에도 자제를. ……그래도 딱 하나만 언급하자면 대도사는 하필이면 목적을 위해 선택한 방법이 방법인지라 개인적으로는 그동안 쌓아온 위엄을 한 번에 싹 날려버린 것 같은 감이 있네요.(웃음) 그래도 육체는 작가공인 톱클래스 미소년인 데다 신비스러운 이미지라 나름 인기가 있었을 텐데 오히려 이번 권을 계기로 독자 여러

분께는 죽어 마땅한 악역의 입지가 확고해지지 않았나 싶기
도 합니다.

  그럼 이 작품을 읽어주신 여러분께 늘 좋은 일이 있으시
길 바라며 이만 짧은 후기를 마치겠습니다.

변변찮은 마술강사와 금기교전 18

초판 1쇄 발행 2021년 10월 10일

지은이_ Taro Hitsuji
일러스트_ Kurone Mishima
옮긴이_ 최승원

발행인_ 신현호
편집부장_ 윤영천
편집진행_ 김기준 · 김승신 · 원현선 · 권세라
편집디자인_ 양우연
관리 · 영업_ 김민원 · 조인희

펴낸곳_ (주)디앤씨미디어
등록_ 2002년 4월 25일 제20−260호
주소_ 서울시 구로구 디지털로 26길 111 JnK디지털타워 503호
전화_ 02−333−2513(대표)
팩시밀리_ 02−333−2514
이메일_ lnovelpiya@naver.com
ㄴ노벨 공식 카페_ http://cafe.naver.com/lnovel11

ROKUDENASHI MAJYUTU KOSHI TO AKASHIC RECORDS Vol. 18
ⓒTaro Hitsuji, Kurone Mishima 2020
First published in Japan in 2020 by KADOKAWA CORPORATION, Tokyo.
Korean translation rights arranged with KADOKAWA CORPORATION, Tokyo.

ISBN 979−11−278−6231−2 04830
ISBN 979−11−86906−46−0 (세트)

값 7,800원

흑연의 성자 1권

마사미티 지음 | 이코모치 일러스트 | 이경인 옮김

최강 클래스의 직업 【성자】인 러셀은
소꿉친구와 파티를 맺고 여행하고 있었다.
그러나 멤버 전원이 회복마법을 익히게 되자,
회복밖에 할 수 없는 【성자】는 짐짝이 되었고……
러셀은 추방당하고 만다.
태어난 고향으로 돌아오자마자
마물의 습격을 받던 수수께끼의 미녀, 시빌라를 구한 러셀.
그는 던전이나 직업에 박식한 시빌라와 협력해서 새로운 던전 공략에 나선다.
공략은 순조로워 보였지만…… 인류 최대의 적 『마왕』과 마주치게 되는데?!
최대의 궁지 앞에서, 자신에게 잠든 무한의 마력과 시빌라의 인도를 받아
러셀은 최강의 힘을 손에 넣는다—!

NOVEL

© Takeru Uchida 2019
Illustration Nardack

이세계 치트 마술사 1~9권

우치다 타케루 지음 | Nardack 일러스트 | 박경용 옮김

평범한 고등학생 타이치와 린은 갑자기 나타난 빛에 휩싸여 버린다.
정신을 차리니 두 사람은 검과 마술의 이세계에 있었다.
마물과 맞닥뜨리지만 운 좋게 위험에서 벗어나고,
모험자의 조언으로 길드로 향하는 두 사람.
그곳에서 두 사람이 터무니없는 하이스펙의 마력을 가진 것이 판명된다.
평범한 고교생이 갑자기 최강 치트 마술사로―.
꿈만 같은 초자연 현상을 자신의 손으로 만들어내는 감동.
상상을 훨씬 뛰어넘는 압도적인 신체능력.
평화로운 나라에서 찾아온 타이치와 린의 이세계 모험이 시작된다.

「소설가가 되자」대인기 이세계 판타지를
서적용으로 전면 개고하여 재미가 300% UP!

라이트노벨의 새로운 빛! L노벨의 신간은 매월 10일에 발매됩니다. http://cafe.naver.com/lnovel11

최약무패의 신장기룡 1~16권

아카츠키 센리 지음 | 카스가 아유무 일러스트 | 원성민 옮김

5년 전 혁명으로 인해 멸망한 제국의 왕자 · 룩스는 실수로 난입하고 만
여자기숙사 목욕탕에서 신왕국의 공주 · 리즈샤르테와 만난다.
"……언제까지 내 알몸을 보고 있을 생각이냐, 이 바보 자식아아아앗!"
유적에서 발굴된 고대병기 장갑기룡.
일찍이 최강의 기룡사라고 불리던 룩스는,
지금은 공격을 전혀 하지 않는 기룡사로서『무패의 최약』이라고 불리고 있었다.
리즈샤르테의 도전을 받아 결투를 벌인 끝에,
룩스는 어찌 된 영문인지 기룡사 육성을 위한 여학원에 입학하게 되는데……?!
왕립 사관학원의 귀족 자녀들에게 둘러싸인 몰락왕자의 이야기가 시작된다.

왕도와 패도가 엇갈리는
『최강』의 학원 판타지 배틀, 개막!
TV애니메이션 애니플러스 방영작!

라이트노벨의 새로운 빛! ㄴ노벨의 신간은 매월 10일에 발매됩니다. http://cafe.naver.com/lnovel11

곰 곰 곰 베어 1~16권

쿠마나노 지음 | 029 일러스트 | 김보라 옮김

게임이 현실보다 재밌습니까?—YES
현실 세계에 소중한 사람이 있습니까?—NO

……온라인 게임 설문 조사에 대답했을 뿐인데
말도 안 되는 이세계(아마도)로 내던져진 나, 유나.
은둔이 경력 3년의 폐인 게이머.
맨 처음 장착하게 된 장비템이 『곰 세트』라니……,
이게 무어야—!?
하지만 세고 편하니까 뭐, 괜찮으려나?
울프를 쓰러뜨리고, 고블린을 쓰러뜨리고
극강 곰 모험가로서 일단 해볼까요.

은둔형 외톨이 소녀, 이세계에서 무적의 곰 모험가가 된다!

©Kyosuke Kamishiro, TakayaKi 2019
KADOKAWA CORPORATION

새 엄마가 데려온 딸이 전 여친이었다 1~2권

카미시로 코스케 지음 | 타카야Ki 일러스트 | 이승원 옮김

어느 중학교에서 어느 남녀가 연인 사이가 되고,
꽁냥꽁냥거리다, 사소한 일로 엇갈리더니.
두근거림보다 짜증을 느낄 때가 더 많아진 끝에…… 졸업을 계기로 헤어졌다.
그리고 고등학교 입학을 코앞에 둔 두 사람은—
이리도 미즈토와 아야이 유메는, 뜻밖의 형태로 재회한다.
"당연히 내가 오빠지.", "당연히 내가 누나 아냐?"
부모 재혼 상대의 딸이, 얼마 전에 헤어진 전 연인이었다?!
부모님을 배려한 두 사람은 『이성으로 여기며 의식하면 패배』라는
『남매 룰』을 만들지만—
목욕 직후의 대면에, 둘만의 등하교……
그 시절의 추억과 한 지붕 아래에 산다는 상황 속에서,
서로를 의식하고 마는데?!

라이트노벨의 새로운 빛! L노벨의 신간은 매월 10일에 발매됩니다. http://cafe.naver.com/lnovel11

왕녀 전하는 화가 나셨나 봅니다 1~3권

야츠하시 코우 지음 | 나기시로 미토 일러스트 | 이진주 옮김

왕녀이자 최강의 마술사인 레티시엘은
전쟁으로 목숨을 잃고 천 년 뒤의 세계에 전생한다.
그녀는 마력이 없다는 이유로 무능영애로 취급 당하지만,
레티시엘로서 익힌 「마술」은 사용할 수가 있었다.
그 뒤, 학원에서 레티시엘은 천년 뒤의 「마술」을 직접 목격하고—
그 조잡함에 격노한다!
레티시엘이 선보인 「마술」은 학원을 경악시키고,
이윽고 국왕에게까지 알려지기에 이른다.
정작 레티시엘은 「마술」 연구에 몰두하느라
그 사실을 전혀 알아차리지 못하는데—?!

전생 왕녀가 자신의 길을 걷는
최강 마술담, 개막!!